古典文獻研究輯刊

十一編

曾永義 主編

第16冊

中國古典小說意境論

康建強 著

國家圖書館出版品預行編目資料

中國古典小說意境論／康建強 著 -- 初版 -- 新北市：花木蘭文
化出版社，2015〔民104〕

序 6+ 目 2+200 面；19×26 公分

（古典文學研究輯刊 十一編；第 16 冊）

ISBN 978-986-404-122-0（精裝）

1. 古典小說 2. 文學評論 3. 中國

820.8   103027549

ISBN-978-986-404-122-0

9 789864 041220

古典文學研究輯刊
十一編　第十六冊　　　　　ISBN：978-986-404-122-0

中國古典小說意境論

作　　　者	康建強
主　　　編	曾永義
總 編 輯	杜潔祥
副總編輯	楊嘉樂
編　　　輯	許郁翎
出　　　版	花木蘭文化出版社
社　　　長	高小娟
聯絡地址	235 新北市中和區中安街七二號十三樓
	電話：02-2923-1455／傳真：02-2923-1452
網　　　址	http://www.huamulan.tw 信箱 hml810518@gmail.com
印　　　刷	普羅文化出版廣告事業
初　　　版	2015 年 3 月
定　　　價	十一編 29 冊（精裝）台幣 52,000 元

中國古典小說意境論

康建強　著

作者簡介

康建強（1976.5～），男，山東單縣人，山東大學文藝美學研究中心在站博士後，白城師範學院副教授、文學院副院長，北華大學碩士生導師，主要科研方向爲中國古代小說美學，主持、參與省部級科研項目 5 項，在《甘肅社會科學》、《青海社會科學》、《文藝評論》等 CSSCI 期刊上公開發表學術論文 16 篇。

提　　要

　　本書內容由六個部分組成。《緒論》介紹中國古典小說意境研究的歷史與現狀以及本書研究內容確立的要義。第一章《意境與中國古典小說意境》，從意境的語義界定、意的源起與意境的本質、意境的生成過程與觸發形式、意境的特徵與判定標準、中國古典小說意境界說五個方面對意境理論與中國古典小說意境進行基本界定與深度闡釋。第二章《中國古典小說意境成因論》，從小說形成方式演進與作者之意的濃鬱、小說意蘊的日益豐厚、詩性質素的融入與日益完善三個方面對中國古典小說意境的發生動因進行深度闡釋。第三章《中國古典小說意境發生發展論》，闡述了中國古典小說意境的發生發展過程及其在不同時期的表現與特徵。第四章《中國古典小說意境創設生成論》，從創生方式、創生理念與終極追求三個方面，對中國古典小說意境的創設生成進行深度闡釋。第五章《中國古典小說意境表現型態論》，對中國古典小說意境的層級、形式與類型作了客觀分析。

　　本書立足傳統文化原點，結合中國古典小說的實際表現，以文學、哲學、美學多維融合視角，對中國古典小說意境的成因、發生發展、創設生成與表現型態進行了整體與深度闡釋。客觀而言，不但實現了多處局部創新，而且有益於中國古典小說意境研究的深入發展。

《中國古典小說意境論》序

杜貴晨

　　《中國古典小說意境論》是康建強博士的學位論文。雖然在這之前他已發表過多篇學術文章，但這部書無疑是他迄今用功最多最具代表性的著作，值得向讀者作簡略的介紹。

　　在中國古典文學研究中，相對於作家作品與史或理論的探討，古典小說意境無論在小說學或文學意境理論的研究中都是不多人關注的題目。據我所知，近百年以來，有關這一題目的研究僅限於論文，這部書可能是中國古典小說意境研究迄今唯一的專著。這種不景氣的狀況不能簡單地歸之於古典文學研究者們的偏見或疏忽。原因恐怕更在於一是這個題目的研究既需要對作品與史的深刻瞭解，又需要文藝學和美學理論上紮實的功底，不是很多人都方便來做的；二是在古典文學中，比較以抒情為主的詩詞曲等，古典小說以寫人敘事勝，讀者專家的關注在彼，「意境」云云似乎不急之務，況且也難以捉摸如佛曰「不可思議」、「不可說」，難得形成集中和熱議的話題。由此造成這一課題的研究不多，有之也多是學者就文本個案自說自話，而少有交集，更未見有宏觀概論的專著出版。建強當年來讀博士選擇此題，並以近三年的時間奮力以成，正是由於看到了這方面研究薄弱，也可以說是出於一種學術的濟世心與使命感吧！而在當今學術著作出版大都無利可圖的情況下，臺灣花木蘭出版社願意推出這樣一部以窮理盡義為目標的著作，使其能廣以紙本接受讀者的審閱，則無疑是對建強博士研究工作的肯定，更是對中國學術一個切實的貢獻。作為建強的博士生導師，三載相長，念念於茲，我自然為此書的出版感到格外高興，所以應邀而願為之序。

　　這使我首先想到這部書稿最初成為建強攻讀博士學位論文的選題，我曾

是很讚賞，也很猶豫。讚賞的是這個題目較大氣，有難度，有價值，又有可持續研究的開闊前景，很可能形成一個有體系性的理論創造；猶豫的是一如上述這個題目所涉的「古典小説意境」之難以捉摸等原因，在作者閲讀和理論準備不足的情況下，很容易走入隔靴搔癢或空説空論、似是而非的學術陷阱或歧途。因此，當時我滿懷希望和不安的心情，一面肯定了建強提出這一選題的學術價值和勇氣，一面通過多次長談，反覆考量其在中國古典小説意境方面閲讀和思考的基礎以及理論上的準備。結果發現他自入校即埋頭苦讀，已經讀了當時能夠找到的幾乎所有探討這一課題的論文以及多種相關論著；又不僅是對這個題目有了較爲精心的準備才提出這一選題，而且他自碩士研究生階段就已經對文學與美學理論有濃厚的興趣。這使我逐漸理解到他提出和堅持這一選題並非做事的魯莽和性格的執拗，並進一步感受到他對論文寫作的成功抱有強烈的信心。事實上當時他就已經有了不少理論上的創想。加以我素來相信一個人對某種創造性工作滿腔熱情的愛好與矢志不渝的追求是走向成功最好的導師，而研究生導師特別是博士生導師於學生學業指導的責任，也不應該是以我爲中心地輕易改變其所學已初步具備的基礎與趨向，而是爲學生服務，盡可能給學生一片自由的天地，就其所學因勢利導，順勢而爲地推進和提高他。基於這樣的心情，我覺得沒有理由一定否決他選做這樣一個乍看似大而無當的選題。後來又經學科組的導師們在與建強幾經問對，這個題目就被確定下來。2012 年 5 月末建強按期博士畢業並順利通過論文答辯授予文學博士學位，證明了當時參加論文開題報告的老師們和本人對這件事的判斷是正確的。同時使我更加明確了這樣一個道理，即使在更需要學術閱歷和積累的古代人文科學研究領域裏，年長的指導者也應該相信年輕人，適當放手讓他們去做自己喜歡的大題目，乃至創造自己的理論體系。

這後一點從治學講究謹慎的角度來看可能有點不夠靠譜，卻是近世中國學術界薪火相傳中所最爲缺乏的。這只要看看中國的人文社會科學研究論著出版雖如山堆海積，但是無論哪一領域都鮮有中國學者自己創造的理論和思想就可以知道了。即以文藝研究而論，六十多年來我國流行的文藝理論，除了從外國「拿來」的，哪一説是中國的「國產」？有之，恕我舉如本人曾不自量力地提出並論證過的「文學數理批評」，當然是很不完善的，更夠不上是《陽春》、《白雪》，但自信獨創而且有用，所以十幾年來有不少年輕的文學研究者拿去試驗做古典的、現代的或者外國文學研究的論文，但在文學理論界

卻渺無知音，更慘於「和者蓋寡」。所以兩年前偶見有蘇文清、熊英二位學者發表《「三生萬物」與哈利・波特・三兄弟的傳說——兼論杜貴晨先生的文學數理批評》一文（《廣州大學學報(社會科學版)》2012 年第 4 期），附帶表彰本人的所謂「理論」，就頗有些被「天外來客」光顧的感覺。這個經驗移之於看待建強的博士論文，就是它通過答辯給我帶來的喜悅並沒有稍減我對此文所謂「中國古典小說意境的體系建構」能為學術界接受所懷有的憂慮。卻不料這篇論文在他畢業後不久就能獲有良好聲望的花木蘭出版社正式推出，豈非進一步體現了建強攻讀博士學位的成功，還初步顯示了論文的「體系建構」有為學術界接受的可能。其接下來的命運，但願比我所謂「文學數理批評」遭遇會更好一些，如果能夠引出一個關於「中國古典小說意境的體系建構」討論的新的局面，則建強三年苦讀和中間曾因勞累而一時患病的艱辛付出，就都也可以無憾矣！

這部書最突出的成就也就是其關於「中國古典小說意境」全面系統性的探討。這本是「中國古典小說意境」研究應有之義，必然之事。但是，正如本書中也曾顯示或指出，迄今以單篇論文宏觀討論「中國古典小說意境」者固然有之，但由於篇幅所限等原因，事實上無一能夠真正較為全面系統地討論「中國古典小說意境」。而大量有關「中國古典小說意境」的研究，除了「多集中於《紅樓夢》、《聊齋誌異》兩部著名文本」而外，均」缺乏對中國古典小說意境的整體關照」，更未遑「中國古典小說意境的體系建構」。這成為本書作者對「中國古典小說意境」研究的出發點和心力所注的主要目標。體現於分章的設計，除了本書《緒論》和第一章《意境與中國古典小說意境》從「意境」理論以及於「古典小說意境」的追根溯源之外，以下各章所論「中國古典小說意境」的「成因」、「發展」、「生成」、「型態」四章橫說豎說，大體包括了這一論題主要和基本的方面。而每章的探討有序展開，各有不同程度的拓展和層層深入之致。這使全書整體有結構合理、大而嚴謹的特點，當得起是第一部「中國古典小說意境的體系建構」之作。

這本書第二個突出的特點是分析細緻，新見迭出。如其綜論「中國古典小說意境研究呈現出明顯的薄弱態勢」諸表現，特別是「近 20 年的短暫發展於 2006 年之後又漸趨衰寂……表現有五」，以及「就意境一詞而言，意與境之間存在著三種組合關係」，漢魏晉南北朝小說意境表現的「偶發狀態」、「表現的簡單性與潛隱性」、「點型與單線型表現形式」等等，縱然不能說完全合

乎實際，但以作者的標準已是盡可能地做到了全面細緻，條分縷析。這顯然需要對所研究有系統深入的把握。至於以「意境是中國古代文學小說創作的最高旨趣」，「是……人的主觀心靈世界與外在客體世界在雙向生發運動過程中有機交融而形成的審美心理圖式」、「是一個產生於人類殘酷現實存在狀態與理想生存狀態的對比張力、形成於人『道』之間的雙向運動、以『人道合一』為終極追求因而具有哲學意蘊的美學範疇」等，雖然我並不能完全斷定其是否無所借鑒或一無依傍，並且有的還可以見仁見智，不見得就是確論，但是或在總體或從某一方面看都不失為一種新見，可作為進一步研究有益的參考或相關認識發展的基礎。

　　當然，相對於題目的宏觀性，這部書的論述雖局部多能具體而細緻，但總體上還偏於簡略，仍有不少亟待結合小說文本與歷史更深入細緻討論求證的地方。但是一方面書不可能是完美的，而建強富有年華，他有關這一課題的研究應該還會繼續。從而這部書值得一讀，還可以期待作者有這方面更新的研究論著出來。是以為序，謹獻為讀者的參考，並記下我與建強有關他論文的一段經歷，祝賀這部書的出版！

二〇一四年七月三十一日序於泉城濟南

《中國古典小說意境論》序

　　康建強博士的《中國古典小說意境論》即將付梓出版，囑我為之寫一個序言。我真的有點為難，倒不是因為最近身體欠佳，而是因為本人對中國古代小說是門外漢。小康在山師大杜貴晨教授處攻讀博士學位，杜教授是我國著名的中國古代小說的研究名家，小康受到真傳，他的著作也一定是杜教授指導的結果，我真的不敢班門弄斧。但小康最近又到我們山大文藝美學研究中心做博士後，作為合作導師，總要對他的著作談一點感想。那就作為感想發表一點對於小康著作的不成熟的想法吧。首先，我想說的是「意境」是中國古代文化藝術的一個重要理論形態，已經被眾多國內外學者所關注，王國維正是在意境的基礎上寫作《人間詞話》提出著名的「境界」之說，恰是意境論的深化與發展。其他如朱光潛、宗白華、方東美等近代美學大家均對意境論發表過自己的看法，可以說「意境」是中國古代美學與文學理論的重要核心概念之一。以「意境」作為中國古代美學與文學理論研究的突破口是非常恰當的，因此本書的選題是非常好的。本書從立論來說首先對於「意境」之內涵作出自己的界定，指出「意境是指在人類生存時空中，人的心理世界與外在客體世界在雙向生發運動過程中有機交融而形成的心理審美圖式」，並指出「小說家在小說中還通過人與自然之天相合、人與義理之天相合、人與主宰之天相合的訴求創構意境，表現出鮮明的追求『天人合一』的終極精神指向」。總的來說這一界定大體符合中國古代藝術中意境的實際。誠如唐王昌齡所言所謂意境乃「搜求於象，心入於境，神會於物，因心而得」，這裡將意與象、心與境、神與物的交融作為「意境」之要旨，小康之論也大體如此。當然「意境」之高遠者還要做到如司空圖所言「味在鹹酸之外」，並創設「可

望而不可置於眉睫之前」之「象外之象，景外之景」。其實，小康所言對於「天人合一」的追求就是一種對於「象外之象，景外之景」的創設。當然，本書作爲中國古代小說「意境」之研究還特別詳實地研究了中國古代小說特有之「意境」，涉及到成因論、發生發展論、創設生成論、表現型態論等等。特別是對於小說這種敘事類文學如何創設「意境」本書進行了自己的探索，即「在敘事、寫人以及語言體式方面的探索」，提出「在平凡的故事中寄寓深刻的人生經驗體悟」的小說「意境」之創設途徑，都是很有價值的。因爲，中國傳統「意境」理論都來自抒情性詩歌與繪畫，那是一種寄情於景，情景交融的狀況，而對於敘事性小說情意與敘事之交融則所論很少。本書在情事交融方面應該是一種新的富有成效的探索。本書重點研究宋元之後特別是明清時期小說創作中「意境」的生成，總結出「寄興於象、高度繁複的詩性語言、圓環型表現形式等多樣化意境構設手法」等，這是富有創意的。總之，本書是康建強博士的一個重要成果，期望小康在此基礎上取得更多學術研究的成績。

曾繁仁 2014 年仲夏寫於泉城寓所

目
次

緒　論

　　中國古典小說意境是指中國古典小說因其深刻思想內容與其藝術化表現有機統一並經由讀者二次創造形成的審美心理圖式。這一結晶的出現是中國古典小說在漫長的發展歷程中因其形成方式與文本表現不斷演進的客觀結果。在不同時期，因小說創作與研究觀念的差異，中國古典小說意境研究的表現亦各異。

一、中國古典小說意境研究的歷史與現狀

　　受傳統小說觀念和小說文體特徵現實表現的影響，歷代研究者較少注意古典小說的意境特徵或者缺乏以意境理論研究古典小說的明確意識。誕生於詩歌領域進而延伸到繪畫、音樂、書法等領域的「意境論」，研究者將其適用範圍主要限定於抒情文學範疇而較少對敘事文學範疇進行解讀與歸納總結。這一併行而缺乏互相觀照的傳統慣性導致歷代研究者較少將古代小說與意境結合起來進行綜合研究。因此，歷史地導致了中國古典小說意境研究的薄弱狀態。在文獻梳理和宏觀把握的基礎之上，謹對中國古典小說意境研究的歷史與現狀作一簡要論述。

（一）漢代至宋元時期：萌發期

　　漢代以前，「小說」還沒有作為一種文體確立，意境理論亦沒有誕生，故無古典小說意境研究之事實存在。漢至隋代期間，小說還處於初步定體後的初期，只具「粗陳梗概」之面目；加之意境理論還處於孕育階段，且這一時期關於小說的陳述多集中在創作動機、創作原則、故事論述等方面，因此關

於小說意境研究的言論亦爲數不多。梁代蕭綺《拾遺記序》曰：「辭趣過誕，音旨迁闊，推理陳跡，恨爲繁冗；多涉禎祥之書，博采神仙之事，妙萬物而爲言，蓋絕世而宏博矣。」〔註1〕稍露小說意境研究之痕跡，然亦屬爲數不多之言論。

　　中國古典小說意境研究在唐代開始出現源於兩個重要因素。第一，唐人小說的創作實際。唐人「始有意爲小說」，〔註2〕以豐富的想像和優美的語言寫景敘事，使得唐代小說初步具備了意境特徵。第二，意境論的誕生影響了研究者的意識世界。所以，唐代關於小說意境的論述開始以較爲明確的面目出現。如沈既濟曰：

　　　　嗟呼，異物之情也有人焉！遇暴不失節，徇人以至死，雖今婦
　　　人，有不如者矣。……向使淵識之士，必能揉變化之理，察神人之
　　　際，著文章之美，傳要妙之情。〔註3〕

結合文本內容進行考察，此語不但點出《任氏傳》初具意境特徵，而且對文本的意境未能更進一層略表遺憾。然終唐一代，關於小說意境的論述也只是隻言片語。

　　宋代關於小說意境的論述逐漸增多，多集中在筆記和小說序跋、評點中。如洪邁就對唐人小說具有意境特徵作了宏觀表述：「唐人小說，小小情事，淒婉欲絕，洵有神遇而不自知者，與詩律可稱一代之奇。」〔註4〕此外，關於古典小說意境的細化認識也不乏精到見解。「大率唐人多工詩，雖小說戲劇，鬼物假託，莫不宛轉有思致」，〔註5〕指出唐人詩情對於小說意境營造的作用；劉應登《世說新語序》亦曰：「晉人樂曠多奇情，故其言語文章，別是一色，《世說》可睹已。……而清微簡遠，居然玄勝。概舉如衛虎渡江，安石教兒，機鋒似沉，滑稽又冷，類入人夢思，有味有情，咽之愈多，嚼之不見。」〔註6〕不但指出情感是小說意境營造的前置因素，而且點明《世說

〔註1〕〔梁〕蕭綺，拾遺記，齊治平校注，北京：中華書局1986年版，第1頁。
〔註2〕魯迅，中國小說史略，上海：上海古籍出版社，1998年版，第51頁。
〔註3〕〔唐〕沈既濟，任氏傳；袁閭琨、薛洪勣主編，唐宋傳奇總集，鄭州：河南人民出版社，2001年版，第75頁。
〔註4〕〔宋〕洪邁，容齋隨筆；黃霖，中國歷代小說論著選，長沙：江西人民出版社，1985年版，第64頁。
〔註5〕〔宋〕洪邁，容齋隨筆；黃霖，中國歷代小說論著選，長沙：江西人民出版社，1985年版，第64頁。
〔註6〕余嘉錫，世說新語箋疏，北京：中華書局，2007年版，第931頁。

新語》具有「清微簡遠玄勝」的意境特徵；而羅燁《醉翁談錄》則涉及到了小說意境的感染效應：

> 說國賊懷奸從佞，遣愚夫等輩生嗔；說忠臣負屈啣冤，鐵心腸也須下淚。講鬼怪令羽士心寒膽戰；論閨怨遣佳人綠慘紅愁。說人頭廝挺，令羽士快心；言兩陣對圓，使雄夫壯志。談呂相青雲得路，遣才人著意群書；演霜林白日昇天，教隱士如初學道。噇發跡話，使寒門發憤；講負心底，令奸漢包羞。〔註7〕

雖是對講說故事整體特徵的表述，然亦包含了小說意境的感染效應。

有元一朝乃戲曲創作之繁盛時期，非小說創作之擅場，且時間短暫，研究者的視力較少聚集於小說意境的研究，言論寥寥，且無新見，故不贅述。

總體而言，關於中國古典小說意境的論述，自漢至隋還處於醞釀階段，幾無明顯具體之言論。到了唐代，才初露端倪，宋元時期始面目初具。因此，這一階段可視為中國古典小說意境研究的萌發期。

（二）明清時期：發展深化期

意境理論不但於明清時期在詩歌繪畫領域內深化，而且開始向敘事文體轉移。在元代以後的美學中，便出現了「事境」和「人境」的範疇。如祝允明於《送蔡子華還關中序》中曰：「身與事接而境生，境與身接而情生。……境之生乎事也。」〔註8〕標誌著「事」與「意境」在理論上正式接軌了。此後，李贄在評點《水滸傳》時，便提出了「事境」的範疇。如其評第一回「王四醉酒」的情節時說：「絕好事境，絕好文情。」〔註9〕此時期，「人境」也開始進入小說評點。如脂硯齋《紅樓夢評》第五回評「幽微靈秀地，無可奈何天」時曰：「女兒之境，兩句盡矣。」〔註10〕意境理論的發展，不但導致它向敘事文體延伸，而且直接促進了古典小說意境研究的發展。綜合而論，明清時期的中國古典小說意境研究主要表現在以下幾個方面。

〔註7〕〔宋〕羅燁，醉翁談錄，上海：古典文學出版社，1957 年版，第 5 頁。

〔註8〕〔明〕祝允明，送蔡子華還關中序；胡經之，中國古典美學叢編，北京：中華書局，1988 年版，第 247 頁。

〔註9〕〔明〕施耐庵，水滸傳（匯評本），北京：人民文學出版社，2005 年版，第 31 頁。

〔註10〕〔清〕曹雪芹，脂硯齋重評石頭記，上海：上海古籍出版社，1985 年版，第 143 頁。

1. 規模擴大

據筆者的不完全統計，明清兩代有近百位研究者關於 30 部之多小說意境的 1000 條左右的表述，主要見於各種筆記、小說序跋、小說評點、叢話和有關小說研究專門論文中的局部闡述。就研究者數量而言，明代到 1840 年之間小說意境的評點者少於 1841 到 1911 年之間研究者的數量；就研究對象而言，主要集中於經典文本，其他小說文本的意境論述相對較少；就論述條目數量而言，明代到 1840 年間的數量要少於 1841 到 1911 年間的數量。

2. 表現為從發展到深化再到逐漸轉型的動態發展過程

明清時期的中國古典小說意境研究，據其實際表現，可大致劃分為三個階段。

（1）明代。明代的中國古典小說意境研究，已正式拉開發展的帷幕，無論是研究的規模、涉及的廣度和深度都超過宋元時代，表現出良好的發展態勢；但就其表現而言，雖為論述小說意境，但並未明確標出「意境」二字。這反映出「意境」理論雖已延伸至小說文體的研究，但在當時的語境下還處於非自覺意識，仍處於以詩學思維來進行小說評點的狀態。

（2）清初至 1840 年。在這一時期，由於意境理論的深入發展和小說創作規模的擴大，古典小說意境研究的規模、廣度和深度都要超過明代，呈蓬勃發展之勢。具體表現為：研究者數量、研究對象數量以及有關論述的數量都多於明代；廣度和深度也遠超過明代；不但將「異境」、「眞境」、「妙境」、「文境」、「境」等詞語廣泛用於表述小說意境，而且馮鎮巒於《讀聊齋雜說》中曰：「《聊齋》之妙，同於化工賦物，人各面目，每篇各具局面，排場不一，意境翻新，令讀者每至一篇，另長一番精神。」〔註11〕第一次明確將「意境」二字用於對小說的解讀，標明理論意識開始走向自覺。

（3）1841 年至 1911 年。這一時期是中國進入現代社會的轉型時期，意境理論有了新的內涵和發展。梁啓超的「新意境論」不但豐富了意境的內涵，而且促進了小說意境理論研究的自覺。至王國維，意境論最終完善，並明確將敘事文體包括小說納入意境理論範疇。而且他身體力行，將意境論施於小說的分析與解讀。這都促進了中國古典小說意境研究的繼續發展：明確以意境論小說者逐漸增多，研究規模、廣度與深度延續上一階段的發展態勢

〔註11〕 〔清〕蒲松齡，聊齋誌異，會校會注會評本，張友鶴輯校，上海：上海古籍出版社，1983 年版，第 13 頁。

並有所深化；就形式而言，仍沿用傳統的小說序跋與筆記，評點卻日益衰微。與此同時，西方小說理論的逐漸傳入與翻譯小說的盛行也影響了中國古典小說意境研究，使其具備了一些新的特徵：就形式而言，開始出現在大量的叢話與專篇論文的局部論述之中；就研究思維而言，開始出現一般規律的探討與理論分析的傾向。這均可以視為後來中國古典小說意境研究轉型的先聲。

3. 多為零散的片言隻語，缺乏系統的理論建構

受感悟式思維方式的影響，中國傳統文學研究向來缺乏嚴密的理論形態建構，這種狀況在明清時期的小說意境研究中也同樣存在。雖然有大量關於古典小說意境的表述，但大多散見於眾多作家關於小說的評點、序跋與筆叢中，存在狀態極為不集中；仍然處於偶發狀態，指向亦不集中；另外，就研究程度而言，還缺乏將小說與意境有效結合的研究意識，因此沒有上昇到理論層次。這都導致了小說意境研究的非系統性和理論建構的缺失。

4. 對小說意境的實際表現進行了簡要述評

這一時期關於小說意境的近千條論述主要表現為感悟式評論，雖然散亂卻涉及到了小說意境的諸多方面。

（1）對小說因其文體要素的藝術化展示而具有意境特徵作了明確揭示

受傳統「天人合一」思想的影響，中國古代小說作者多以寫意化筆法進行藝術形象塑造、繪景和敘事，這使得部分古典小說具備了意境特徵。古代小說評點者對此心領神會。如毛宗崗在《三國志演義》第三十五回回評中曰：

> 隱隱躍躍，如簾內美人，不露全身，只露半面，令人心神恍惚，猜測不定。至於「諸葛亮」三字，通篇更不一露，又如隔牆聞環佩聲，並半面亦不得見。純用虛筆，真絕世妙文！〔註12〕

明確指出《三國志演義》因人物描寫而具有的意境表現。對於小說中由敘事所生發的意境，毛宗崗亦有指認：

> 此卷以雀始，以馬終。有曹操得雀，卻遠引舜母夢雀；有舜母夢雀，卻便有禪母夢斗。又因銅雀生出金鳳，又因金鳳生出玉龍。前有鳳與龍，後有鶴與馬。將有的盧之躍，先有白鶴之鳴。至於張飛喪馬，趙雲奪馬，劉備送馬，劉表還馬，蒯越相馬，伊籍諫馬；

〔註12〕〔明〕羅貫中，三國演義，毛宗崗批評本，孟昭連校點，長沙：嶽麓書社，2006 年版，第 227 頁。

種種波瀾，無不層折入妙。此文中佳境。〔註13〕

此語表面是就文本的敘事形式而言，其實亦是對因敘事內容而生發意境的間接指認。而對《紅樓夢》第一回中大荒山無稽崖的描寫，脂硯齋則評曰：「要寫情要寫幻境，偏先寫出一篇奇人奇境來」，〔註14〕指出《紅樓夢》環境描寫具有的意境特徵。古代小說研究者對於文本整體所表現出來的意境也不乏精到見解。如劉廷璣於《在園雜志》中曰：

> 《西遊》爲證道之書，丘長春借說金丹奧旨，以心猿意馬爲根本，而五眾以配五行，平空結構，是一蜃樓海市耳。此中妙理，可意會不可言傳，所謂語言文字，僅得其形似者也。〔註15〕

（2）論述了情感、文本要素、創作技巧等因素對小說意境營造的作用與表現

關於文本結構與作家創作手法對於小說意境營造的重要作用，陶家鶴曾於《綠野仙蹤序》中曰：

> 試觀其起伏也，如天際神龍；其交割也，如驚弦脫兔；其緊溜也，如鼓聲爆豆；其散去也，如長空風雨；其豔麗也，如美女簪花；其冷淡也，如孤猿嘯月；其收結也，如群玉歸笥；其插串也，如千珠貫線；而立局命意，遣字措詞，無不曲盡情理，又非破空搗虛輩所能以擬萬一。使余竟日夜把玩，目蕩神怡，不由不歡賞爲說部中極大山水也。〔註16〕

而月岩《孝義雪月梅傳回評》曰：「敘岑蔣內室分手，寫得情意纏綿，淒涼酸楚，妙在用家常本分語傳出，能令讀者陪許多眼淚，眞寫生妙手，然非有情人不能道隻字。」〔註17〕則點出了語言之於小說意境營造的作用。「將欲通之，忽若阻之；將欲近之，忽若遠之。令人驚疑不定，眞是文章妙境。」〔註18〕明確點出巧妙運用創作手法所營造的小說意境。明代湖海士《西湖

〔註13〕〔明〕羅貫中，三國演義，毛宗崗批評本，孟昭連校點，長沙：嶽麓書社，2006年版，第220頁。

〔註14〕〔清〕曹雪芹，脂硯齋重評石頭記，上海：上海古籍出版社，1985年版，第27頁。

〔註15〕〔清〕劉廷璣，在園雜志，張守謙點校，北京：中華書局，2005年版，第83～84頁。

〔註16〕〔清〕李百川，綠野仙蹤，北京：人民文學出版社，1987年版，第815頁。

〔註17〕〔清〕陳朗，雪月梅傳，濟南：齊魯書社，1986年版，第188頁。

〔註18〕〔明〕羅貫中，三國演義，毛宗崗批評本，孟昭連校點，長沙：嶽麓書社，

二集序》曰：「周子間氣所鍾，才情浩瀚，博物洽聞，舉世無兩，不得已而借他人之酒杯，澆自己之壘塊，以小說見，其亦嗣宗之慟，子昂之琴，唐山人之詩瓢也哉！」〔註19〕則點出了小說意境營造中的作家情感因素。

（3）對小說意境風格特徵、風格轉換和審美效應的闡述

脂硯齋於《紅樓夢》第五十五回回前批曰：「此回接上文，恰似黃鍾大呂後，轉出羽調商聲，別有清涼滋味。」〔註20〕《負喧絮語》曰：「有《老殘遊記》。雖篇幅稍短，而意趣淵厚，取境遠奇，底是作手。」〔註21〕分別指出了《紅樓夢》局部意境、《老殘遊記》整體意境的「清涼」與「淵厚」特徵。李贄對小說中局部意境風格的不同、轉換及其審美效應還有明確認識與形象點評，於《水滸傳》第二十三回回評中曰：「上篇寫武二遇虎，真乃山搖地撼，使人毛髮倒卓；忽然接入此篇，寫武二遇嫂，真又柳絲花朵，使人心魂蕩漾也。」〔註22〕余集曾在《聊齋誌異題辭》中曰：「每讀至思徑斷絕，妙想天開，輒如寥天孤鶴，俯視人世逼仄，不可一日居，深以未能擺脫世網，棲神太虛為憾。」〔註23〕周克達亦於《唐人說薈序》中曰：「此其人皆意有所託，借他事以導其憂幽之懷，遣其慷慨郁伊無聊之況，語淵麗而情淒婉，一唱三歎有遺音者矣。」〔註24〕均對小說意境的審美效應作了形象表述。

（4）論述了小說意境與文體的關係並對小說意境類型的不同做了指示

關於小說意境與文體的關係，古代研究者不曾注目。《新小說》第一號可謂開風氣之先：「故新小說之意境，與舊小說之體裁，往往不能相容。」〔註25〕指明了革新小說意境與革新文體之間的關係，有震耳發聵之效。邱煒

2006 年版，第 316 頁。
〔註19〕〔明〕周清源，西湖二集，周楞伽整理，北京：人民文學出版社，1989 年版，第 567 頁。
〔註20〕〔清〕脂硯齋，紅樓夢評；朱一玄，紅樓夢資料彙編，天津：南開大學出版社，2001 年版，第 471 頁。
〔註21〕孔另境，中國小說史料，上海：上海古籍出版社，1982 年版，第 244 頁。
〔註22〕〔明〕施耐庵，貫華堂第五才子書水滸傳，南京：江蘇古籍出版社，1984 年版，第 291 頁。
〔註23〕〔清〕蒲松齡，聊齋誌異，會校會注會評本，張友鶴輯校，上海：上海古籍出版社，1983 年版，第 6 頁。
〔註24〕〔清〕周克達，唐人說薈序；丁錫根，中國歷代小說序跋集，北京：人民文學出版社，1996 年版，第 1795 頁。
〔註25〕新民叢報第二十號，1902 年。

萱曾曰：「謂爲所撰《水滸傳》有自由意境，」〔註26〕點明了《水滸傳》意境的具體特徵。而冷血則在《世界奇談敘言》中曰：「讀《紅樓夢》，一境也；讀《水滸》，一境也。讀《西廂》，一境也；讀《西遊記》，一境也。……天下之境無盡止，天下之好探境者亦無盡止。我願共搜索世界之奇境異境，以與天下好探新境者共領略。」〔註27〕對不同小說文本具有不同類型的意境這一現象做了進一步指認。

（三）1912 年至今：轉型沉寂復蘇期

1911 年辛亥革命的成功標誌著中國開始步入現代歷程，社會的各個方面如社會結構、生產方式、意識形態、文化觀念等都發生了巨大變化。與此相適應，中國古典小說意境研究也發生了重大轉折。根據社會發展的實際特徵，筆者以新中國的建立爲限，將這一時期分爲兩個階段：1912 年至 1948 年爲第一階段；1949 年至今爲第二階段。

1. 1912 年至 1948 年：轉向中走向衰落

1912 年後的幾年間，中國古典小說意境研究尚延續此前的態勢。如解弢曾於《小說話》中曰：

> 《水滸》如燕市屠狗，慷慨悲歌；《封神》如倚劍高峰，海天長嘯；《紅樓》如紅燈綠酒，女郎談禪；《聊齋》如梧桐疏雨，蟋蟀吟秋；《桃花扇》如流水高山，漁樵閒話；《七俠五義》如五陵裘馬，馳騁康莊；《儒林外史》如板橋霜跡，茅店雞聲；《茶花女》如巫峽哀猿，三聲淚下；《品花寶鑒》如玉壺春醉，曉院鶯歌；《新齊諧》如劇場三花，插科打諢。〔註28〕

用比喻的形式分析了不同小說的意境風格特徵與區別。再如眷秋於《小說雜評》中所言：

> 《水滸》與《石頭記》，其取境絕不同。《水滸》簡樸，《石頭記》繁麗；《水滸》剛健，《石頭記》旖旎；《水滸》雄快，《石頭記》縹緲；《水滸》寫山野英夫，《石頭記》寫深閨兒女；《水滸》忿貧民之失所，故爲豪傑吐氣，《石頭記》痛風俗之奢靡，故爲豪戚貴族箴

〔註26〕阿英，晚清文學叢鈔・小說戲曲研究卷，北京：中華書局：1984 年版，卷四。
〔註27〕冷血，世界奇談敘言，談者記，新新小說第一號，1904 年。
〔註28〕解弢，小說話；黃霖，中國歷代小說論著選，長沙：江西人民出版社，1982 年版，第 472 頁。

規；其相反如此。然兩書如華嶽對峙，並絕千古。故小說必自闢特
別境界，始足以動人。〔註29〕

則點明「取境」不同造成《水滸傳》與《石頭記》意境風格差別的原因。不
但在數量上不曾衰減，關注視野、思維方式亦延續了此前的傳統特徵。

　　然而，傳統文論自王國維「意境說」「戛然而止」。這雖然是針對詩學
領域得出的結論，但在中國古典小說意境研究領域也有同樣表現。1915 年
新文化運動開始前後，中國古典小說意境研究在二十世紀一零年代末期迅
速衰落，且出現了「被轉向」的跡象。「研究中國小說的方向，不外『史』
的探討與『內容』的考索。」〔註 30〕在這種研究理念的影響下，中國古典
小說意境研究急劇衰落。據筆者的不完全統計，從 1912 年到 1948 年間，
僅有近 30 位學者就中國古典小說意境發表了 52 條陳述，年均每人不到 2
條，人數少，數量少；就其表現形式而言，多散見於研究者並非有關中國
古典小說意境的專門論文或專著內且論述範圍狹窄。但是，仍有一些研究
者如鄭振鐸、胡適、錢玄同、沈雁冰等大家對古典小說的意境作了論述，
並出現了一些新的變化，即由傳統的感悟式表述轉爲理論分析與一般規律
的探討。

　　胡適在《建設的文學革命論》中曰：

　　　　描寫的方法，千頭萬緒，大要不出四條：（1）寫人，（2）寫境，
　　（3）寫事，（4）寫情。寫人要舉動，口氣，身份，才性……都要有
　　個性的區別：件件都是林黛玉，決不是薛寶釵；件件都是武松，決
　　不是李逵。寫境要一喧，一靜，一石，一山，一雲，一鳥……也都
　　要有個性的區別：《老殘遊記》的大明湖，決不是西湖，也決不是洞
　　庭湖；《紅樓夢》裏的家庭，決不是《金瓶梅》裏的家庭。寫事要線
　　索分明，頭緒清楚，近情近理，亦正亦奇。寫情要眞，要精，要細
　　膩婉轉，要淋漓盡致。──有時須用境寫人，用情寫人、用事寫人；
　　有時須用人寫境，用事寫境，用情寫境。……這裡面的千變萬化，
　　一言難盡。〔註31〕

〔註29〕眷秋，小說雜評，雅言：1913 年，第三期。
〔註30〕鄭振鐸，中國小說史料·序；孔另境，中國小說史料，上海：上海古籍出版
　　　　社，1982 年版，第 1 頁。
〔註31〕胡適，建設的文學革命論；陳金淼，胡適研究資料，北京：北京出版社，2000
　　　　年版，第 354 頁。

雖是就創作方法立論，其實亦涉及到了小說意境的創設方法，表現了古典小說意境研究的新進展。蕭乾《小說藝術的止境》則曰：「詩的小說是重意境而輕情節，戲劇的小說是重情節而輕意境。所以《喬太守亂點鴛鴦譜》、《兒女英雄傳》，是戲劇的小說，而《俞伯牙撫琴》、《浮生六記》便是詩的小說了。」〔註32〕提出了「戲劇的小說」和「詩的小說」，不但是小說認識的新進展，而且點明了這兩種小說對於意境要求的不同。

2. 1949 年至今：從沉寂走向復蘇

1949 年至 1977 年，是中國古典小說意境研究的停滯期。在這一時期的前期，受國內特殊氛圍和各種政治運動的影響，中國古典小說意境研究基本處於停滯狀態；從 1966 年到 1977 年的十二年時間內，受「文化大革命」的影響，中國古典小說意境研究基本處於空白狀態。在這一時期二十九年的時間內，據筆者的不完全檢索，沒有出現一篇關於中國古典小說意境的專門論文，專門論著更毋庸提及。因此，這一時期可以說是中國古典小說意境研究的斷層期。

新時期以來，國家撥亂反正，改革開放，開創了政治穩定、經濟繁榮、文化發展的新局面。與此同時，學術文化研究鬆綁，獲得了較為獨立自由的空間，開始了繁榮發展的良好態勢。這一時期，中國古典小說意境研究也開始復蘇並取得了一定成績。據筆者的統計，30 多年來，約有 82 位學者，發表了 127 篇關於中國古典小說意境研究的學術論文；共有 37 部小說研究著作提到了中國古典小說的意境；就研究內容來看，涉及到了中國古典小說意境的諸多方面，表現出良好的發展態勢。與前人相比，此階段中國古典小說意境研究的開拓主要體現在以下幾個方面。

（1）論述了古典小說具有意境的原因

1984 年李彤的《〈紅樓夢〉的意境表現淺探》一文較早對這一問題做了探討。作者從三個方面作了分析。首先，他認為古典小說繼承了中國文學的表意性傳統；其次從小說的文體特徵出發，認為小說較之詩歌有更大容量，可以為環境描寫、刻畫人物、引入詩詞等創作手法並進而營造意境提供更大可能性；再次，通過釋道文化因素對曹雪芹心理世界的影響並結合其情感特徵論述了作者情感對《紅樓夢》意境形成的影響。〔註 33〕該文立足實際，對古

〔註32〕蕭乾，小說藝術的止境，大公報・星期文藝，第十五期，1947 年 1 月 19 日。
〔註33〕李彤，紅樓夢的意境表現淺探，紅樓夢學刊，1984 年第 1 輯，第 135～154 頁。

典小說具有意境的原因作了詳細論述，深爲肯綮之論。而吳士餘則在《詩學文化的意境與小說敘事思維的分化》一書中認爲：

> 詩學文化的意境說在形象思維機制上達到了審美意識（意）與審美對象（境）的同一與和諧；這種思維圖式對強化小說家體驗人生的思維悟性，擴大表現現實情感的思維張力，將現實的喜怒哀樂昇華到審美的情感意志，使小說敘述達到審美主體與客體同一的審美境界。〔註34〕

從中國傳統詩學文化思維對古典小說的影響與滲透分析了古典小說具有意境的原因，宏觀而又深刻。

（2）對特定古典小說文本的意境營造方法進行了具體分析與論證

這方面的研究成果較多，且大多論述深刻。如曹金鐘的《「矛盾」與〈紅樓夢〉中意境的創造手法》一文認爲：

> 《紅樓夢》中創造意境的手法多種多樣，其中很重要的兩種就是將詩畫創作中的模糊化創造意境的藝術手法和繪畫中的空白，創造性地運用到小說的創作中。而這兩種手法又都與《紅樓夢》中存在的「矛盾」現象有著密切的關係。利用「矛盾」創造煙雲模糊的藝術效果，利用「矛盾」製造空白，進而創造內涵豐富和具有高度審美價值的意境，從而增強小說的朦朧美、空靈之美。〔註35〕

結合畫論對《紅樓夢》意境的創造方法作了深刻闡述。金豔霞的《試論〈紅樓夢〉意境營造的辯證藝術》則從「境與象：境生象外；虛與實：虛實相生；情與景：情景交融；言與意：言近意遠」〔註36〕四個方面對《紅樓夢》的意境營造手法進行了闡述；姜耕玉的《別構一種靈寄——〈紅樓夢〉的意境創造》一文，認爲作家利用寫意化的人物形象塑造、景物描寫，汲取古典詩詞、戲曲、典故、傳說、諺語中的意境，吸取中國寫意花鳥畫的「點筆」，山水畫中點、線結合的「皴筆」乃至大片塗繪，多重透視、散點透視等手法進行小說文本意境的創造。〔註37〕角度雖異，但均深刻闡釋了古典小說具有意境的

〔註34〕吳士餘，中國文化與小說思維，上海：上海三聯書店，2000 年版，第 121 頁。
〔註35〕曹金鐘，「矛盾」與《紅樓夢》中意境的創造手法，紅樓夢學刊，二零零八年第六輯，第 181 頁。
〔註36〕金豔霞，試論《紅樓夢》意境營造的辯證藝術，甘肅聯合大學學報，2009 年第 4 期，第 60～66 頁。
〔註37〕姜耕玉，別構一種靈寄——《紅樓夢》的意境創造，紅樓夢學刊，一九八五

原因。

（3）論述了古典小說意境與詩歌意境的異同

這方面的論述不多，代表性的文章有三篇。劉世劍《小說意境與詩歌意境之區別——兼論小說詩化》一文較早從審美效應不同、表現形態不同、取境造境不同三個方面對小說意境與詩歌意境的不同作了探討。〔註 38〕吳士餘《中國文化與小說思維》則認爲：「小說意境的創造和開拓，不同於詩學的意境構造，它包含著兩個方面，即主觀情愫的凝聚和提煉，以及思想哲理的開掘和深化。」〔註 39〕從「情理」角度對其區別做了闡述。周先愼《論〈聊齋誌異〉的意境創造》一文則對小說意境與詩歌意境的共同點和不同點都作了分析。首先，他通過對文本的具體分析，總結了二者的相同之處，其表現有二：「第一是情景交融。第二是意蘊豐富。」其次，闡述了小說意境與詩歌意境的不同點。其表現有兩點：「其一是小說藝術是以塑造人物形象爲中心，或者是以塑造人物形象爲主要手段來反映現實的。因此，小說的意境創造離不開人物塑造這個中心任務。」「其二是，作爲敘事文體的小說離不開情節，尤其是中國古典小說有重情節的藝術傳統，因此小說的意境創造又不能游離於情節之外。」〔註 40〕然後通過對《聊齋誌異》的具體分析論證了其觀點，徇爲的論。

（4）對中國古典小說意境的分類、層次、表現形態與審美類型、風格作了探討

關於小說意境的層次，周書文《小說的美學建構》一書認爲：

藝術意境是以情景交融爲基礎、虛實相生爲特色的多層次、立體化藝術整體。縱觀小說的藝術意境創造，我以爲它基本上是由三個層次有機組合起來的藝術結構。那就是：以情景交融爲基礎，建構起富有審美誘導力的形象實體；以虛實相生爲特點，形成畫面、形象富有完整美的藝術狀態；以渾然一體的藝術世界、組合爲總體性、多義感的藝術境界。〔註41〕

年第四輯，第 165～184 頁。

〔註38〕劉世劍，小說意境與詩歌意境之區別——兼論小說詩化，東北師大學報，1990年第 6 期，第 65～69 頁。

〔註39〕吳士餘，中國文化與小說思維，上海：上海三聯書店，2000 年版，第 137 頁。

〔註40〕周先愼，論《聊齋誌異》的意境創造，蒲松齡研究·紀念專號，1995 年 Z1期，第 237～251 頁。

〔註41〕周書文，小說的美學建構，天津：百花文藝出版社，1997 年版，第 103 頁。

雖是基於小說文體立論，然而對古典小說實際表現與其意境層次的美學闡釋
具有啟發之功。對於中國古典小說意境的審美類型與風格，該書認為：「正是
這樣的故事情節的畫面轉換與剛柔意境的調節，便不斷調整著讀者的審美情
緒，使之在不斷轉換中調整著審美心態，保持著持久的審美關注。」〔註42〕
從傳統美學出發，將古典小說意境的審美類型與風格分為剛質意境和柔質意
境。裘新江《庭院深深深幾許──紅樓三境》一文則認為：「《紅樓夢》的意
境既存在於局部，更存在於整體，並具有層次性」，而且將其表現形態分為「塵
境」、「幻境」和「空境」，認為「塵境」為實境、寫境（現實之境）；「幻境」
為虛境、造境（理想之境）；「空境」為聖境、靈境（哲學之境，心靈之境）。
〔註43〕對《紅樓夢》意境的類別與表現形態均作了闡述，較有代表性。《誰解
其中味──詩味傳統下的意境理論和〈紅樓夢〉》一文亦從悲劇美、哲理美和
空靈美三個方面具體論述了《紅樓夢》的審美類型；〔註44〕而《別構一種靈
寄──〈紅樓夢〉的意境創造》則結合畫論具體分析了《紅樓夢》濃淡簡繁
的意境風格與色調感。〔註45〕

（5）揭示了意境論對中國古典小說批評的影響與表現

這一範疇的論文屈指可數，齊海英、於海濱《古典小說批評與意境》一
文堪為代表。該文認為：

> 以中國古代「天人合一」思想作為文化之源的意境範疇全面而
> 深刻地影響了中國古代的文學實踐和理論，其影響力也及於中國古
> 典小說批評領域。意境對古典小說批評的影響主要體現在兩個方
> 面：一是點評家對古典小說文本原創意境的揭示，二是點評家意境
> 化的評點法。此二者造成了古典小說批評的意境化審美特色。〔註46〕

這篇文章不但指出了意境與中國古典小說的關係，而且揭示了意境對中國古
典小說批評的影響與表現。

〔註42〕周書文，小說的美學建構，天津：百花文藝出版社，1997 年版，第 9 頁。
〔註43〕裘新江，庭院深深深幾許──紅樓三境，紅樓夢學刊，二零零一年第二輯，
　　　　第 136～153 頁。
〔註44〕裘新江，誰解其中味──詩味傳統下的意境理論和《紅樓夢》，滁州師專學報，
　　　　2002 年 03 期，第 32～34 頁。
〔註45〕姜耕玉，別構一種靈寄──《紅樓夢》的意境創造，紅樓夢學刊，一九八五
　　　　年第四輯，第 165～184 頁。
〔註46〕齊海英、於海濱，古典小說批評與意境，渤海大學學報（哲學社會科學版），
　　　　2005 年第 3 期，第 1 頁。

　　這期間，在中國古典小說意境研究領域，辛曉玲的《中國古典小說意境三部曲——〈紅樓夢〉〈聊齋誌異〉〈三國演義〉與人生》一書值得關注。這是第一部關於多部中國古典小說意境集中闡釋的專門論著。作者從文藝理論的角度出發，結合三部文本實際對其意境進行了充分的闡釋。與前人與同時代的研究者相比較，其研究內容有四個方面值得注意。第一，該書直接從人境、物境與事境三個方面論述了三部小說文本意境的形成與表現。第二，對議論之於《聊齋誌異》意境塑造的作用作了探討。第三，從人物視角與意境關係的角度闡釋了《紅樓夢》意境的營造。第四，從閱讀欣賞與意境完成的角度闡釋了《紅樓夢》意境的審美效應。這四個方面的論述不但新穎深刻，而且對於中國古典小說意境研究大有啟發之效。〔註47〕

　　這一時期，還有一些關於中國古典小說意境其他方面的研究。如對於六朝志怪小說與唐傳奇意境及其創設方法的闡述，從聲音描寫、服飾對具體古典小說意境的研究，中國古典小說與國外小說意境的對比研究等等。因無創見，不再詳述。

　　綜上所述，在兩千多年的歷史時空中，中國古典小說意境研究雖已取得可觀成果，但是仍然存在諸多問題。

（一）薄弱的研究態勢

　　雖然意境是中國古代文學小說創作的最高旨趣，但是其研究並沒有達到相應的狀態。在兩千多年的歷程中，儘管中國古代小說研究已取得了豐碩成果，但是在這一成果範圍之內，關於中國古典小說意境的研究成果所佔比例卻極小。這充分說明，歷代研究者均未將意境作為中國古代小說研究工作的重點，重視程度不夠。因此，與版本、作者、敘事等其他研究方向相比，中國古典小說意境研究呈現出明顯的薄弱態勢。

（二）完善研究體系的缺失

　　1840 年以前，中國古典小說意境研究範疇雖然已經產出了豐富的評點，但是其指向非常分散；另外，受感悟式的思維特徵影響，因而沒有建立嚴謹完善的研究體系。1841 年以後，雖然經歷了轉型、衰落、沉寂並最終出現復蘇的態勢，但是依然未能實現研究體系的有效建設。其表現有二：第一，未

〔註47〕辛曉玲，中國古典小說意境三部曲——《紅樓夢》《聊齋誌異》《三國演義》與人生，北京：民族出版社，2007 年版。

能實現對古代中國古典小說意境研究經驗的充分總結；第二，當進入現代性學術思維與研究方法階段之後，中國古典小說意境研究依然延續傳統的思維與方法慣性。因此，仍然沒有實現研究體系的初步建立。

（三）良性發展趨勢的沉寂

上世紀 70 年代末期 80 年代初期，中國古典小說意境研究漸現復蘇之勢。然而，經過近 20 年的短暫發展於 2006 年之後又漸趨衰寂。其表現有五：

第一，研究成果的數量與質量均有待提高。就論文而言，數量仍然較少，年均不足 4 篇，高質量的文章不多，而且存在著抄襲模仿的現象；就論著而言，大多只是簡單提到中國古典小說意境，以「節」爲單位進行論述的也只有 6 部，因而缺乏充分的論述。第二，研究內容沿襲較多而創新較少，除了上世紀 80、90 年代以及本世紀初幾篇質量較高的論文之外，近十年缺乏更上一層樓的表現。第三，研究多集中於《紅樓夢》、《聊齋誌異》兩部著名文本而缺乏對中國古典小說意境的整體觀照。第四，缺乏從中國古典小說實際出發的研究品格，存在以理論覆蓋文本的現象；理論層次在較低水平徘徊，缺乏理論體系的構建。第五，存在著名實不符現象，即不能從「意境」理論的實際內涵出發，無意識之中偏離了意境應有的理論範疇。

二、「中國古典小說意境論」確立的要義

在複雜的文體發展過程中，中國古代小說形成了鮮明的意境特徵，歷代研究者對此多有涉及並獲得了可觀成果。但是，從目下研究狀態與意境研究對於中國古代小說研究的重要性兩個方面進行綜合考察，中國古典小說意境研究仍然存在巨大發展空間。因此，「中國古典小說意境論」這一選題極具確立的要義。

（一）「中國古典小說意境論」確立的必要性

意境是一個產生於人類殘酷現實存在狀態與理想生存狀態的對比張力、形成於人「道」之間的雙向運動之中、以「人道合一」爲終極追求因而具有哲學意蘊的美學範疇。「意境者，文之母也」，「不講意境是自塞其途，終身無進道之日矣」。〔註48〕作爲中國古典美學的核心範疇，歷代藝術創作者均以創造意境作爲藝術實踐的最高追求。雖然中國古代小說並不是一個純文學範

〔註48〕林紓，春覺齋論文・意境，北京：人民文學出版社，1959 年版，第 75 頁。

疇，但是中國古代文學小說創作的實際表現亦鮮明體現出這一傾向。因此，意境不但是中國古代文學小說的重要特徵，進行中國古代小說意境研究亦為題中應有之義。

另外，在中國古典小說意境當前研究狀態亟需加強的現實背景下，這一選題更具研究價值。因此，進行「中國古典小說意境論」這一選題研究是一項必要而且有意義的工作。

（二）研究價值

1. 能夠使中國古代小說的文學發展軌跡明晰化

在中國古代，「小說」一詞的含義所指甚廣，在各個時期也不一致，與現代文學意義上的小說一詞相差甚遠，這歷史地導致了中國古代小說研究存在一些缺陷：有以現代小說觀念研究古代小說者；有以古代小說觀念與現代小說觀念綜合研究古代小說者；有從古代小說實際進行研究者；其結果是導致小說作為一種文學文體的發展流變軌跡缺少足夠的清晰化。而「中國古典小說意境論」這一研究，在一定程度上能夠加深對中國古典小說文學文體發展的認識，並理出一條發展的軌跡，從而對這一缺陷有所補正。

2. 能夠促進中國古典小說意境研究的系統化

在意境理論與中國古典小說意境界定的基礎上，本書首先從中國古典小說意境的發生、發展作一歷史的論述，其次對中國古典小說意境的創生方式、創生理念、終極追求作一橫向闡釋，最後對其表現型態進行深度闡述。這種歷史與邏輯、宏觀與微觀相結合的方式，能夠實現對中國古典小說意境的充分闡釋，避免中國古典小說意境研究的簡單化，進而促進中國古典小說意境研究的系統化。

3. 對意境理論體系研究有所補益

意境論是中國古典美學的核心範疇和最高理想，在各種文學藝術樣式中都有體現。傳統的意境理論主要將視線集中於詩歌、繪畫、園林等領域，而缺乏對敘事文體尤其是小說文體的觀照，因而導致了意境理論的不完善。對中國古典小說的意境進行研究，總結其特點、規律，能夠豐富、補益傳統的意境理論體系。

第一章　意境與中國古典小說意境

　　意境是與人的存在密切相關具有哲學質性的美學範疇。它存在於兩個領域，其一爲普遍的現實生活；其二爲特殊的藝術實踐。作爲一個專有名詞，意境在唐代以前雖未出現，但它在華夏民族的生活與藝術實踐中卻是一個事實存在。當其由王昌齡於唐代提出之後，首先在詩學領域得到發展並逐漸具有了明確的理論意識；其後又漸次浸入繪畫、書法、音樂、園林、建築等藝術領域，並最終發展成爲中國古典美學的重要範疇。中國社會於 20 世紀進入現代階段之後，意境研究在詩學、繪畫、園林、音樂、舞蹈等領域廣泛展開，獲得了深度發展和豐碩成果。儘管學說紛紜碩果累累，但由於未能從傳統語境出發確立動態宏觀視域，意境理論至今未能實現科學建構。因此，從意境的源起出發，對其生成、本質、特徵、判定標準與終極追求進行動態的宏觀考察，從而進行一定的基礎性、根本性研究和正本清源性的闡釋，對於意境理論與中國古典小說意境的體系建構將大有裨益。

第一節　意境概念與本質界定

　　「意境」一詞自誕生以來，諸多研究者從不同角度對其作出了一己之界定。據不完全統計，至少有二十種之多。「或看作思想境界，或看作思想藝術達到的程度，或看作藝術特徵，或看作詩中意象，或看作整體形象，或看作人物塑造的表現手段，或看作作家的整體構思，或看作立體的審美空間景象，或看作情景交融，或看作貫注形象的情思意脈……。紛紛總總，兼容並包，它儼然成了一個無所不備的綜合性概念。」〔註1〕客觀而言，這些定義都對意

〔註 1〕 蘇恒，意境漫談，西華師範大學學報，1984 年第 1 期，第 20 頁。

境作了較爲合理的解釋，但均未直達意境的本質。

一、意境的語義界定

「概念是思維的一種形態，一般說來，它反映了事物的本質或特徵」。〔註2〕因此，我們應從事物產生的源起、本質特徵方面給予事物科學的定義。詞語是表達事物的語言符號，所以，事物概念的合理界定應先從詞語本身開始。

（一）意

「意，志也，從心，察言而知意也。從心，從音。」〔註3〕「意」是由「音」、「心」上下結構而成的文字符號。《說文解字》又曰：「音，聲也，生於心。」〔註4〕「心，人心。」〔註5〕由此可見，「意」的本義是「心中生音，心音爲意」。而「言」，在甲骨文中寫作 𠮷，象於 𠙵（舌）前加一橫，表示聲音通過舌尖發出。語言和聲音密切相關，所以，「甲骨文『言』、『音』同字，『言』也就是『音』。」〔註6〕因此，《說文解字》曰：「察言而知意也。」據此，也可將「意」看作是由「言」、「心」上下結構而成的符號，亦可釋爲「心中之言爲意」。因此，「意」爲「心音」、「心言」，指人心的活動與狀態。

《毛詩序》曰：「在心爲志，發言爲詩，情動於中而形於言。」〔註7〕孔穎達疏曰：「感物而動，乃呼爲志。」〔註8〕因此，「心動爲志」，心動是「感物」的結果。心動即「志」具有兩種運動形式：一是「心言」形式，即「心慮言辭，神之用也」；〔註9〕二是「心音」形式，即「凡音之起，由人心生也。人心之動，物使之然也。感於物而動，故形於聲。」〔註10〕故《說文解字》曰：「意，志也。」由此可見，人的心理活動就是「意」。「所謂『心音』活動方式，就其發生而言，是情感色彩很濃的心理活動方式，它沒有或

〔註2〕 宋文堅，邏輯學，北京：人民出版社，1998 年版，第 346 頁。
〔註3〕 〔漢〕許愼，說文解字，天津：天津古籍出版社，1995 年版，第 217 頁。
〔註4〕 〔漢〕許愼，說文解字，天津：天津古籍出版社，1995 年版，第 58 頁。
〔註5〕 〔漢〕許愼，說文解字，天津：天津古籍出版社，1995 年版，第 217 頁。
〔註6〕 趙誠，甲骨文簡明詞典，北京：中華書局，1988 年版，第 234 頁。
〔註7〕 〔唐〕孔穎達，毛詩正義，北京：北京大學出版社，1999 年版，第 6 頁。
〔註8〕 〔唐〕孔穎達，毛詩正義，北京：北京大學出版社，1999 年版，第 6 頁。
〔註9〕 趙仲邑，文心雕龍譯注，桂林：灕江出版社，1983 年版，第 345 頁。
〔註10〕 孔令河，五經譯注，濟南：山東友誼出版社，2001 年版，第 1629 頁。

較少經過語言的規範和定型，因而是一種較爲原始的心理活動方式，帶有較多的無意識內容。就其延伸性表現而言，是指音樂化了的心理活動方式。」〔註11〕如《說文解字》曰：「音，聲也，生於心，有節於外，謂之音。宮、商、角、徵、羽，聲也；絲、竹、金、石、匏、土、革、木，音也。」〔註12〕這是音樂化了的情感心理活動方式。「所謂『心言』活動方式，是意識內容經過語言規範和定型的心理活動方式，帶有很強的理性內容。」〔註13〕二者結合起來，共同構成了「意」的形成與活動方式。因此，「『意』是一個由感性心理與理性心理、意識與無意識、一般心理與樂化心理所構成的心理世界。」〔註14〕

在「意」的意義範疇之內，以「意」爲「元符號」生發出一個動態宏闊的符號圖式。在《說文解字》中，以「意」爲「元符號」生出「音」、「言」、「心」三個符號；以「音」爲基礎再生出 7 個文字符號，以「言」爲基礎再生出 261 個文字符號，以「心」爲基礎，再生出了 280 個文字符號。而且，這 548 個符號還具有繼續生發的能力和空間，因此形成了一個與客觀世界相對應的宏闊動態的空間。所以，外在世界有多大，「意」的世界就有多大。

因此，「意」是指由感性心理與理性心理、意識與無意識、一般心理與樂化心理所構成的微妙、廣闊、動態的宏觀心理世界。

（二）境

漢代以前，只有「竟」字而無「境」字。《說文解字》曰：「竟，樂曲盡爲竟，從音從人。」〔註15〕「竟」由「音」、「人」上下結構而成，與音樂和人有關，本義是指樂曲盡了。段玉裁注曰：「曲之所止也，引申凡事之所止、土地之所止皆曰竟。」〔註16〕隨著社會生活的豐富與人類認識能力的不斷拓展，「竟」字的符號表現與使用範圍也開始分化與拓寬。漢末蔡邕於《九勢》中曰：「須翰墨功多，即造妙境耳。」〔註17〕於今見文獻中第一次將「境」引入文藝美學領域，表示審美意識的空間。因此，「意竟」亦可

〔註11〕古風，意境探微，南昌：百花洲文藝出版社，2001 年版，第 162 頁。
〔註12〕〔漢〕許慎，說文解字，天津：天津古籍出版社，1995 年版，第 58 頁。
〔註13〕古風，意境探微，南昌：百花洲文藝出版社，2001 年版，第 162 頁。
〔註14〕古風，意境探微，南昌：百花洲文藝出版社，2001 年版，第 164 頁。
〔註15〕〔漢〕許慎，說文解字，天津：天津古籍出版社，1995 年版，第 58 頁。
〔註16〕洪成玉，古今字，北京：語文出版社，1995 年版，第 34 頁。
〔註17〕洪丕謨，書論選讀，鄭州：河南美術出版社，1988 年版，第 6 頁。

說是意盡了。梁代顧野王在《玉篇》中曰：「境，界也。」〔註18〕「竟，終也。」〔註19〕從此，「境」與「竟」第一次分別開來，成爲表示地理空間和意識空間的專用符號。在此意義上，「意境」便是「意的境界」、「意的世界」或「意的空間」。後來，受漢譯佛經的影響，「境」的內涵又有發展變化。丁福保《佛學大辭典》曰：「心之所遊履攀緣者，謂之境。」〔註20〕「心之所遊履攀緣」指心理活動即思維，而「境」就是心理活動的對象。淨土宗所謂「初觀落日」，「以具日之心，緣於即心之日。令本性日，顯現其前。」〔註21〕就是指「以落日爲境」。儘管佛教各部派對「境」的理解不盡一致，但大多將其作爲「心」所認識的對象而類似於「物」。因此，唐代也有人將「境」看作「物」。張守節《史記・樂書正義》注曰：「物者，外境也。」〔註22〕在此意義上，「意境」是指意中之物或意中之象。到了明清時期，人們又多以「景」釋「境」。「景，光也，從日，京聲。」〔註23〕從構形上看，「景」由「日」與「京」上下組合而成。「日，實也，太陽之精不虧。」〔註24〕「京，人所爲絕高丘也。」〔註25〕所以，「景」的本義是日光照耀高丘，是由「日」與「高丘」構成的復合景觀。此時，單個的「物」並不是「境」，只有兩個或兩個以上的「物」所構成的復合的自然或人文景觀才是「境」。

綜上所述，「境」字的結構和內涵的發展演變大致經歷了四個階段：一是「竟」，可釋爲「盡，邊緣，極致」，表示時間與空間的極致；二是「境」，可釋爲「境界」、「空間」、「世界」，表示地理與意識空間範圍；三是佛學中的「境」，可釋爲「物，象」；四是「景」，可釋爲「物象與物象構成的復合自然人文景觀」；而後述二者又可歸納爲表示人的心靈所觀照的物象。至此，可以做出一個初步界定：「境」是指存在於時空中的復合物象所能夠達到的極致。

（三）意　境

唐代王昌齡於《詩格》中曰：

〔註18〕〔梁〕顧野王，宋本玉篇，北京：中國書店，1983 年版，第 29 頁。
〔註19〕〔梁〕顧野王，宋本玉篇，北京：中國書店，1983 年版，第 176 頁。
〔註20〕丁福保，佛學大辭典，北京：文物出版社，1984 年版，第 1247 頁。
〔註21〕林世田，淨土宗經典精華，北京：宗教文化出版社，1999 年版，第 368 頁。
〔註22〕〔唐〕張守節，史記正義，北京：中華書局，1959 年版，第 1040 頁。
〔註23〕〔漢〕許慎，說文解字，天津：天津古籍出版社，1995 年版，第 138 頁。
〔註24〕〔漢〕許慎，說文解字，天津：天津古籍出版社，1995 年版，第 137 頁。
〔註25〕〔漢〕許慎，說文解字，天津：天津古籍出版社，1995 年版，第 111 頁。

> 詩有三境。一曰物境。欲爲山水詩，則張泉石雲峰之境，極麗
> 絕秀者，神之於心。處身於境，視境於心，瑩然掌中，然後用思，
> 了然境象，故得形似。二曰情境。娛樂愁怨，皆張於意而處於身，
> 然後馳思，深得其情。三曰意境，亦張之於意，而思之於心，則得
> 其眞矣。〔註26〕

此處的意境爲詩歌三境之一，是其作爲一個固定詞語在具體語境中的第一次
應用，表示意的境界。然而，一個詞語在具體語境中的實際應用並非界定其
概念的全部因素，因爲概念界定應從詞語的總體涵蓋範圍出發。詞語的構成
並非語素與語素的簡單相加，而是客觀存在著一定的組合關係。就意境一詞
而言，意與境之間存在著三種組合關係。其一爲聯合關係，即意與境並列組
合，表示意與境的交融；其二爲偏正關係，即意之境，或偏重於意或偏重於
境；第三種爲動賓關係，即以意照境偏重於意向境的投射。據此，可以推斷
出三種組合關係的共同特徵，即意境是主體之意與客體之境在雙向運動中相
互生發的結果。也就是說，人的意具有主觀能動性，能夠對境進行觀照並將
意投射到境中去；而境作爲一種客體，具備觸發主體之意的屬性並能夠容納
主體之意。而意境，就在主體之意與客體之境的雙向運動中生成。

至此，可從語義學角度做出初步界定：所謂「意境」，是指在人類生存時
空中，人的主觀心靈世界與外在客體世界在雙向生發運動過程中有機交融而
形成的審美心理圖式。

二、「意」的源起與「意境」的本質

語言是人類思維的表達工具，因而概念的語義界定只是代表了該思維物
化之後的實際內涵。「言不盡意」，在思維向語言轉化的過程中，一部分思維
被語言過濾或者因難以表達而遺漏或變形。因此，如要實現對「意境」的充
分而徹底的界定，還必須在語義概念之外對「意」的源起作深層考察，才能
對其完成直達本質的深刻認識。

（一）「意」之發生的原初驅動力

欲望是人類存在的天然伴隨物。「人無羽毛，不衣則不犯寒。上不屬天，
下不著地，以腸胃爲根本，不食則不能活。是以不免於欲利之心。」〔註27〕

〔註26〕〔宋〕陳應行，吟窗雜錄，北京：中華書局，1997年版，第206～207頁。
〔註27〕邵增樺，韓非子今注今譯，臺北：商務印書館，1983年版，第921頁。

人由於現實的生存需要而天然地內具利欲之心。而「人之情，食欲有芻豢，衣欲有文繡，行欲有輿馬，又欲夫餘財蓄積之富也，然而窮年累世不知不足，是人之情也。」〔註28〕則說明人欲多多且不知滿足。故「好利而惡害，是人之所生而有也，是無待而然者也。」〔註29〕生而「好利而惡害」是人在誕生之初就已既定的本質特徵。因此，實現內在的欲望是人類存在發展的必然要求。然而，如果悸動的欲望不能得到有效滿足，則會導致人類心靈的挫折進而產生痛苦。但是，如若陷於對欲望的感性追求則會導致嚴重的後果，「今之人性，生而有好利焉，順是，故爭奪生，而辭讓亡焉；生而有疾惡焉，順是，故殘賊生，而忠信亡焉；生而有耳目之欲，有好聲色焉，順是，故淫亂生焉，而禮儀文理亡焉；然則縱人之性，順人之情，必出於爭奪，合於犯分亂理，而歸於暴。」〔註30〕對這一客觀事實，荀子、韓非子等均有聲同氣應之說。「人生而有欲，欲而不得，則不能無求，求而無度量分界，則不能不爭。爭則亂，亂則窮。」〔註31〕「人有欲則計會亂，計會亂而有欲甚，有欲甚，則邪心盛，邪心盛則事徑絕，事徑絕則禍難生。」〔註32〕總之，欲望的無節制追求會導致社會的混亂與欲望追求失敗者的心靈痛苦，而痛苦則會導致人類心靈的悸動並進而促動意的發生。

欲望的過度追求有諸多表現，其極端者則為人性之惡的發酵並進而導致殘酷的社會現實狀態。「是以內者父子兄弟做怨惡，離散不能相合，天下之百姓，皆以水火毒藥相虧害，至有餘力，不能以相勞。腐朽餘財，不以相分，隱匿良道，不以相教，天下之亂，若禽獸然。」〔註33〕孟子雖為「性善論」者，對此亦不乏鑿鑿之論，「世衰道微，邪說暴行有作，臣弒其君者有之，子弒其父者有之。」〔註34〕「庖有肥肉，廄有肥馬；民有饑色，野有餓莩，此率獸而食人也。」〔註35〕「爭地以戰，殺人盈野；爭城以戰，殺人盈城；此所謂率土地而食人肉，罪不容於死。」〔註36〕雖未明確指出殘酷的社會現實

〔註28〕熊公哲，荀子今注今譯，臺北：商務印書館，1975年版，第58頁。
〔註29〕熊公哲，荀子今注今譯，臺北：商務印書館，1975年版，第68頁。
〔註30〕熊公哲，荀子今注今譯，臺北：商務印書館，1975年版，第475頁。
〔註31〕熊公哲，荀子今注今譯，臺北：商務印書館，1975年版，第368頁。
〔註32〕邵增樺，韓非子今注今譯，臺北：商務印書館，1983年版，第920頁。
〔註33〕李漁叔，墨子今注今譯，臺北：商務印書館，1979年版，第71頁。
〔註34〕楊伯峻，孟子譯注，北京：中華書局，2005年版，第155頁。
〔註35〕楊伯峻，孟子譯注，北京：中華書局，2005年版，第155頁。
〔註36〕楊伯峻，孟子譯注，北京：中華書局，2005年版，第175頁。

是由於人性之惡所致，但其中的關係其實毋庸多言。

　　雖然馬克思認為「人的本質是一切社會關係的總和」，〔註37〕然而究其實，人的社會本質實根源於人的自然屬性。人類始終生活在欲望的搏殺與調和之中。由人生而好利惡害的屬性所決定，殘酷的社會現實是人類生活過程中的主調，並進而對人的心靈給予持續而強烈的刺激，這就是意得以發動的原初動力。

（二）「意」之發生的牽引力

　　「惻隱之心，人皆有之；羞惡之心，人皆有之；恭敬之心，人皆有之；是非之心，人皆有之。」〔註38〕當惡性的發酵導致殘酷的社會現實抑或人類心靈的痛苦之時，性向善這一屬性就會促使人類啟動對現實生存狀態的反思並展開對理想生存狀態的渴求。在華夏文明範疇之內，相對於儒、墨等其他流派，先秦時期的道家對這一問題作了尤為深刻的闡釋。

　　老子曰：「有物混成，先天地生。寂兮寥兮，獨立而不改，周行而不殆，可以為天地母。吾不知其名，強字之曰道。」〔註39〕認為「道」是創生萬物的根源。又曰：「人法地，地法天，天法道，道法自然。」〔註40〕認為「道」的本質特徵是「自然」，天地萬物與人亦遵循「道」的法則，那麼「自然」也應是天地萬物與人的本質特徵和存在狀態。在此理論基礎之上，老子於《道德經》中給予人類必要的告誡並描繪了人類社會遵循「道」的特性而運行的美好藍圖。「天地不仁，以萬物為芻狗；聖人不仁，以百姓為芻狗。」〔註41〕天地萬物和人都應該在自然的狀態下存在發展。然而，「馳騁田獵，令人心發狂；難得之貨，令人行妨。」〔註42〕外在的誘惑對人的心智和行為有嚴重的消極影響；而人一旦被私欲的滋長所控制，便會產生極大的危害，「罪莫大於可欲，禍莫大於不知足，咎莫大於欲得。」〔註43〕因此，要達到「自然」的人道契合狀態，必須要克制人的私欲和競爭傾向，「不尚賢，使民不爭；不貴

〔註37〕陳先達，馬克思主義哲學原理，北京：中國人民大學出版社，1999年版，第247頁。
〔註38〕楊伯峻，孟子譯注，北京：中華書局，2005年版，第259頁。
〔註39〕陳鼓應，老子譯注及評介，北京：中華書局，1984年版，第163頁。
〔註40〕陳鼓應，老子譯注及評介，北京：中華書局，1984年版，第163頁。
〔註41〕陳鼓應，老子譯注及評介，北京：中華書局，1984年版，第163頁。
〔註42〕陳鼓應，老子譯注及評介，北京：中華書局，1984年版，第78頁。
〔註43〕陳鼓應，老子譯注及評介，北京：中華書局，1984年版，第163頁。

難得之貨，使民不爲盜；不見可欲，使民心不亂」。〔註44〕因此，在現實生活中，聖人要引導百姓克制欲望規避爭奪傾向，「是以聖人欲不欲，不貴難得之貨；學不學，復眾人之所過。」〔註45〕統治者則要避免發佈繁多的政令，「悠兮其貴言。功成事遂，百姓皆謂：我自然。」〔註46〕讓百姓保持自然的生活狀態。此外，還必須堅守「無爲」、「虛靜」的狀態，「我無爲而民自化，我好靜而民自正，我無事而民自富。」〔註47〕「不欲以靜，天下將自定。」〔註48〕只有這樣，人民才能自然而然地生存發展，社會才能保持安定的狀態，人類才能達到人道契合的理想生存狀態。

因此，無論是欲望的無法滿足抑或是殘酷社會現實狀態給人類心靈造成的嚴重苦痛，都會推動人類展開對理想生存狀態的思考與追求。這就對人類心靈產生了極大的吸引，促使人類之意的持續發生並牽引著其走向。

（三）意境的形成及其本質

「意，志也，從心，察言而知意也。從心，從音。」〔註49〕「意」就是「志」且「從心」。「心，人心。」〔註50〕而「志」又是心感物而動的產物，「在心爲志」，〔註51〕「包管萬慮，其名曰心；感物而動，乃呼爲志。」〔註52〕在這一意義上，「意」是心感物而動的產物。然而，「心」與「物」之間並非僅僅只存在心感物而動的單向運動，「物」同時也具有感發人心的功能。「人心之動，物使之然也。」〔註53〕由此可見，在「心」與「物」之間存在著「感物」與「物感」的雙向運動。因此，就「意」的產生而言，它既是「心」對外在「物」的世界感應的結果，又是外在「物」的世界作用於人心的結果。而就其本身而言，「『意』是指由感性心理與理性心理、意識與無意識、一般心理與樂化心理所構成的微妙、廣闊、動態的宏觀心理世界。」〔註54〕所以，

〔註44〕陳鼓應，老子譯注及評介，北京：中華書局，1984年版，第244頁。
〔註45〕陳鼓應，老子譯注及評介，北京：中華書局，1984年版，第309頁。
〔註46〕陳鼓應，老子譯注及評介，北京：中華書局，1984年版，第130頁。
〔註47〕陳鼓應，老子譯注及評介，北京：中華書局，1984年版，第284頁。
〔註48〕陳鼓應，老子譯注及評介，北京：中華書局，1984年版，第209頁。
〔註49〕〔漢〕許慎，說文解字，天津：天津古籍出版社，1995年版，第217頁。
〔註50〕〔漢〕許慎，說文解字，天津：天津古籍出版社，1995年版，第217頁。
〔註51〕〔唐〕孔穎達，毛詩正義，北京：北京大學出版社，1999年版，第6頁。
〔註52〕〔唐〕孔穎達，毛詩正義，北京：北京大學出版社，1999年版，第6頁。
〔註53〕孔令河，五經譯注，濟南：山東友誼出版社，2001年版，第1629頁。
〔註54〕古風，意境探微，南昌：百花洲文藝出版社，2001年版，第164頁。

「意」是外在「物」的世界和「心」交合作用的產物。

　　使人心與外在物的世界發生交合作用的觸發範圍極為廣闊，它包括人自身以及與人密切關聯的天地萬物，而其中最根本的觸發點則是人的存在。對於人而言，現實的生存狀態主要表現為惡性的充分發酵和私欲的無限制滋長，充斥著爭鬥、混亂與血腥，給人的心靈帶來了無法驅除的深重苦難。因而，人類站立于堅實的痛苦大地之上，發出了對於人道契合理想生存狀態的強烈訴求，即人類能自然、無為、虛靜而和諧地存在著。然而，理想的遙不可及與現實的沉重痛苦形成了強烈反差，並進而形成了一種無法調和的巨大矛盾張力，驅動著人類的心靈處於永不停息的生產與擴張狀態。這就是「意」得以持續發生的本質原因。「心之所遊履攀緣者，謂之境。」〔註55〕外在的物的世界與心互相感發並充分交融，「意境」也就自然而然地產生了。因此，所謂「意境」是人類在現實存在狀態的壓迫與對理想生存狀態的訴求即人道疏離與人道契合的對比張力中產生的。因而，「意境」產生於「人」與「道」之間的雙向運動過程之中，既是人追尋道的媒質，又是人追尋道的精神結晶，而其最高境界則是人道合一。

　　至此，可以為意境作一個較為中肯的界定：意境是一個產生於人類殘酷現實存在狀態與理想生存狀態的對比張力、形成於人「道」之間的雙向運動、以「人道合一」為終極追求因而具有哲學意蘊的美學範疇。

第二節　意境的生成過程與觸發形式

　　從宏觀角度而言，意境是一個在人「道」之間雙向運動過程中形成的具有哲學蘊含的審美範疇；從微觀層次而論，意境則是一個在現實生活領域與藝術實踐領域形成的具有哲學內涵的審美精神圖式。在其微觀生成過程之中，它既可以作為一種精神圖式而僅僅停留在主體的意識世界，又可物化為具體的存在形式。世界是物質的，而「運動是物質的存在方式，物體的屬性只有在運動中才能顯示出來」。〔註56〕意境自醞釀形成之始至其最終完成，存在著一個動態的生成過程與多元的觸發形式。

〔註55〕丁福保，佛學大辭典，北京：文物出版社，1984年版，第1247頁。

〔註56〕陳先達，馬克思主義哲學原理，北京：中國人民大學出版社，1999年版，第50頁。

一、意境的生成過程

完整的意境創造包括現實生活、人、藝術實踐與接受者四個元素，它既表現爲人類在現實生活中的審美活動過程，又是人類審美活動的結晶。因此，它的生成過程與人密切相關。

（一）意境的初次生成

「春秋代序，陰陽參舒，物色之動，心亦搖焉。」〔註 57〕其實，不止四時景物的變遷，政治的變動、人生的遭際等因素均可引起心靈的觸動，故曰「人心之動，物使之然也。」〔註 58〕此時，「處身於境，視境於心」，〔註 59〕當主體之意與外在世界充分融合並達到「神與物遊」的狀態時，意境就在創造主體的精神世界初次生成了。然而，美的感覺存在於心中，很多時候無法用文字表述出來。這時，意境創造主體面臨兩種選擇。其一，不將意境付諸表述或者藝術創造實踐。這時，意境僅僅作爲一種精神圖式停留在主體自身的意識世界之中，其創造過程也就戛然而止。因而，此時的意境因爲不具備物化表現形式從而只爲意境創造主體自身所擁有。然而，完整的藝術活動應該包括生活、創作者、藝術存在形式和接受者。因此，此種存在狀態的意境只是現實生活中的一種特殊存在形式，並不具備普遍性。其二爲付諸表述或者進入藝術實踐階段，這時意境的生成過程就會繼續延伸。因此，對於意境的總體生成過程而言，存在於創造主體精神世界中的意境仍然屬於意境的初次生成階段。

（二）意境的表達與物化

意境是創造主體之意與外在之境交融的產物，在初次生成階段表現爲具有審美性質的精神圖式而內在於創造主體的精神世界。當其開始由內而外進入表現階段時，仍然存在著兩種選擇。

其一爲創造主體對其只進行表述而並不進入實際的藝術實踐。表述又可分爲兩種情況。一種爲簡單表述。如意境創造主體只是說：「意境眞美啊！」此時的意境也只能屬於創造主體自身，因爲他幾乎沒有透露任何有關這一意境的信息，其他人也因此無法介入，意境的生成過程也就停止了。一種爲藝術化的表述，也是一種較爲特殊的表述。如《世說新語‧言語第二》：

〔註 57〕趙仲邑，文心雕龍譯注，桂林：灕江出版社，1983 年版，第 376 頁。
〔註 58〕孔令河，五經譯注，濟南：山東友誼出版社，2001 年版，第 1629 頁。
〔註 59〕趙仲邑，文心雕龍譯注，桂林：灕江出版社，1983 年版，第 376 頁。

桓公北征，經金城，見年輕時所種之柳皆已十圍，慨然曰：「樹
猶如此，人何以堪！」攀枝執條，泫然流淚。〔註60〕

此時的表述者桓溫實際擔負著兩種角色：作爲第一人稱的意境描述者和第三
人稱的意境鑒賞者。此時，就其第三人稱意境鑒賞者的角色表現而言，已經
表明了意境生成過程的繼續。

其二爲創造主體將其付諸藝術實踐。「登山則情滿於山，觀海則意溢於
海。」〔註61〕主體之意與外在之境充分融合。當這種情感轉化爲創作衝動
之後，創作者便開始進入構思階段，「其始也，皆收視反聽，耽思傍訊，精
鶩八極，心游萬仞。其致也，情瞳曨而彌鮮，物昭晰而互進，傾群言之瀝液，
漱六藝之芳潤，浮天淵以安流，濯下泉而潛浸。」〔註62〕隨著構思的逐漸
成熟，創作衝動愈加遏不可止，「神動天隨，寢食都廢，精凝思極，耳目都
融，奇言玄語，恍惚呈露」，〔註63〕最終進入具體的藝術實踐階段。「是以
執術馭篇，似善弈之窮數；棄術任心，如博塞之邀遇。故博塞之文，借巧倘
來，雖前驅有功，而後援難繼。少既無以相接，多亦不知所刪，乃多少之並
惑，何妍蚩之能制乎！若夫善弈之文，則術有恆數，按部整伍，以待情會，
因時順機，動不失正。數逢其極，機入其巧，則義味騰躍而生，辭氣叢雜而
至。視之則錦繪，聽之則絲簧，味之則甘腴，佩之則芬芳，斷章之功，於斯
盛矣。」〔註64〕經由藝術化的表現方式，創造者精神世界中的意境最終物
化爲各種具體的存在形式。

（三）意境的再次創造與最終完成

「作品意義的不確定性和意義的空白促使讀者去尋找作品的意義，從而
賦予他參與作品意義構成的權利。」〔註65〕因此，「當一部作品由它的創作者
完成之後，作者便失去了他對作品意義的壟斷權。」〔註66〕闡釋學認爲「每

〔註60〕徐震堮，世說新語校箋，北京：中華書局，1984 年版，第 64 頁。
〔註61〕〔梁〕劉勰，文心雕龍・知音；趙仲邑，文心雕龍譯注，桂林：灕江出版社，
　　　　1983 年版，第 248 頁。
〔註62〕〔晉〕陸機，文賦；郭紹虞，中國歷代文論選，上海：上海古籍出版社，1998
　　　　年版，第 66 頁。
〔註63〕〔明〕胡應麟，詩藪，上海：上海古籍出版社，1979 年版，第 140 頁。
〔註64〕趙仲邑，文心雕龍譯注，桂林：灕江出版社，1983 年版，第 358 頁。
〔註65〕胡經之，西方二十世紀文論史，北京：中國社會科學出版社，1988 年版，第
　　　　277 頁。
〔註66〕金元浦，文學解釋學，長春：東北師範大學出版社，1997 年版，第 311 頁。

一部文學作品在原則上都是未完成的，總有待於進一步的補充」，〔註67〕強調
讀者在文學作品意義建構中的重要作用與地位。這一觀點同樣適用於廣義的
藝術意境範疇。清代惲南田在談到自己鑒賞巨然的一副山水畫時說：

> 偶一批玩，忽如寄身荒崖邃谷，寂寞無人之境，樹色離批，澗
> 路盤折，景不盈尺，遊目無窮。自非凝神獨照，上接古人，得筆先
> 之機，研象外之趣者，未易臻此。〔註68〕

如果說巨然精心營構的山水畫具有「召喚結構」，那麼此時惲南田則通過藝術
的「鑒賞」、「接受」活動而游心於境，使內聚於「召喚結構」的審美體驗重
又復現並且注入新的審美因素，從而形成具有新的活力與生氣的藝術意境。
因而，此時的意境不僅具有創作主體的經驗內容，而且也具有接受主體的生
命活動特點。正是因為具有這種二重性特徵，意境被看做創作主體和接受主
體的共同創造。因此，正是由於接受者的完形與再次創造，意境的生成過程
才最終完成。

二、意境的觸發形式

在意境的生成過程之中，有兩個關鍵節點極具重要作用：其一為初次生
成階段創造主體精神世界內的意境觸發；其二為再次創造階段接受者精神世
界內的意境觸發。如果缺失了這兩個關鍵節點，意境的生成便無從談起。因
此，對意境觸發的深刻瞭解有助於實現對意境生成與表現的充分認識。意境
是牽合生活、創作主體、創作實踐、藝術形式與接受者的複雜美學範疇。在
其生成的動態過程中，因創造主體與觀照客體的階段性變化，意境的觸發也
存在不同形式與表現。

（一）初次生成階段創造主體精神世界內的意境觸發

如要實現對意境這一觸發形式的充分認識，必須回到意境概念初起的原
點。王昌齡《詩格》曰：

> 詩有三境。一曰物境。欲為山水詩，則張泉石雲峰之境，極麗
> 絕秀者，神之於心。處身於境，視境於心，瑩然掌中，然後用思，
> 了然境象，故得形似。二曰情境。娛樂愁怨，皆張於意而處於身，

〔註67〕〔波蘭〕羅曼・英伽登，文學的藝術作品，英譯本，柯拉包維茨譯，伊凡斯
　　　　頓，1973 年版，第 251 頁。

〔註68〕〔清〕惲格，甌香館集，北京：商務印書館，1941 年版卷十二《畫跋》，

然後馳思，深得其情。三曰意境，亦張之於意，而思之於心，則得

其眞矣。〔註69〕

首次於此處出現的意境一詞，有其獨特內涵。「格，標準也。」〔註70〕如《禮記・緇衣》曰：「言有物而行有格。」〔註71〕鄭玄注曰：「格，舊法也。」〔註72〕再如《後漢書・傅燮傳》曰：「由是朝庭重其方格。」〔註73〕李賢注曰：「格，猶標準也。」〔註74〕因此，所謂《詩格》其實是關於詩歌做法的理論闡釋。「唐代人最初使用的『境』字，也是技術性的規範，它強調『境』的區別，講究『境』的取捨，突出『境』的作用等，是爲『格』所包容的或者說是爲『格』服務的另一個重要的關於『詩法』的概念。」〔註75〕因此，此處作爲詩歌三境之一的意境，是創作者「張之於意，而思之於心」的結果；在發生方向上，它與物境相對而強調創作者之意的率先發動與主觀能動性。因此，意境在其誕生之初，其義是指在初次生成階段從創作者角度出發的以意照境與立意取境。這一內涵可在《論文意》中得到充分印證：「夫置意作詩，即須凝心，目擊其物，便以心擊之，深穿其境。如登高山絕頂，下臨萬象，如在掌中。以此見象，心中了見，當此即用。」〔註76〕從這一角度而言，意境的原初內涵實源於其在初次生成階段創造主體精神世界之內的觸發。

（二）再次創造階段接受者精神世界內的意境觸發

藝術創作者精神世界內意境的觸發是意境初次生成的必要前提，而接受者精神世界的意境觸發則是意境最終完成的必要基礎。創作者創作出意境物化載體之後，對於接受者而言，意境的觸發則存在兩種方式。

其一爲意與境會。接受者之意與境會與創造者角度的意與境會存在細微差別。對創造者而言，其意是一種先在之意，即西方闡釋學所謂的「前置視

〔註69〕　〔宋〕陳應行，吟窗雜錄，北京：中華書局，1997 年版，第 206～207 頁。

〔註70〕　〔清〕陳廷敬，康熙字典，北京：社會科學文獻出版社，2008 年版，第 524 頁。

〔註71〕　〔漢〕鄭玄，禮記正義，十三經注疏本，北京：北京大學出版社，1990 年版，第 1516 頁。

〔註72〕　〔漢〕鄭玄，禮記正義，十三經注疏本，北京：北京大學出版社，1990 年版，第 1516 頁。

〔註73〕　〔南朝宋〕范曄，後漢書，北京：中華書局，1973 年版，第 1876 頁。

〔註74〕　〔南朝宋〕范曄，後漢書，北京：中華書局，1973 年版，第 1876 頁。

〔註75〕　周進芳，「意格」與「意境」考辨，學術論壇，2004 年第 4 期，第 136 頁。

〔註76〕　〔日本〕遍照金剛，文鏡秘府論，北京：人民文學出版社，1975 年版，第 129 頁。

域」，可能與藝術客體之境並無直接關聯，因而他要立意取境或以意照境。而對於接受者而言，其意則與藝術客體之境密切相關。這時，意與境會的實現必須具備三個條件並經歷三個階段方能實現。第一，接受者的先在之意。在面對物化意境載體之前，接受者的先在之意是意境能夠得以觸發的必要條件。第二，藝術客體之境的有效觸發。「詩情緣境發」、〔註77〕「觀文者披文以入情」，〔註78〕藝術客體給予接受者有效刺激之後，「沿波討源，雖幽必顯」，〔註79〕本來靜止、潛隱的藝術客體之境及其內在之意才趨於活躍靈動。第三，意與境的交融。此時，趨於動態活躍的藝術客體之境及其內在之意給予接受者持續刺激，而接受者之意亦漸次聚焦，趨於明確深化，二者相激相應，意境得以再次觸發。因此，意與境會類型的意境觸發形式，是一種由接受者之意率先無意識發動、藝術客體之境首先給予刺激而最終形成的動態循環式類型。（如下圖示）

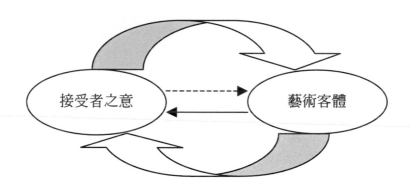

其二爲境生象外。當接受者之意處於關閉狀態時，藝術客體以其充分的藝術撞擊力主動給予接受者足夠的刺激，誘引其意發生或者刺激其本來內在之意覺醒，引導接受者進入藝術客體的藝術境界。這時，接受者之意沿著藝術客體之境及其內在之意的運動軌跡，實現主體之意與客體之境的有效融合。此時，「義得而言喪，故微而難能；境生於象外，故精而寡和。」〔註80〕

〔註77〕〔唐〕皎然，秋日遙和盧使君游何山寺宿敭上人房論涅槃經義，北京：中華書局，1979 年版，第 9175 頁。
〔註78〕周振甫，文心雕龍今譯，北京：中華書局，1986 年版，第 432 頁。
〔註79〕周振甫，文心雕龍今譯，北京：中華書局，1986 年版，第 432 頁。
〔註80〕〔唐〕劉禹錫，劉禹錫集，上海：上海人民出版社，1975 年版，第 173 頁。

接受者的意識世界，呈現爲「如藍田日暖，良玉生煙，可望而不可置於眉睫之前也」〔註81〕朦朧迷離式的狀態，意境得以再次觸發。因此，境生象外類型的意境觸發形式，是一種由藝術客體率先發動刺激主體之意生發進而使意境得以觸發的動態循環式類型。（如下圖示）

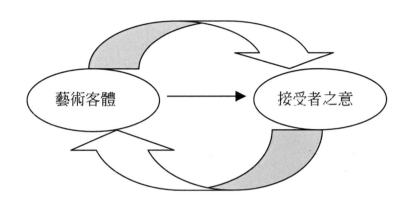

對意境不同觸發形式的表現及其內涵的充分認識有助於實現對意境概念的合理界定與意境理論體系的科學建構，而目前學界關於意境概念以及理論體系眾説紛紜的局面亦與對這一問題缺乏充分認識有一定關係。如蔣寅的《原始與會通：「意境」概念的古與今——兼論王國維對「意境」的曲解》一文，從概念史的角度對「意境」進行了有效梳理與界定，認爲其原初意義爲「立意取境」，實爲關於在初次生成階段創造主體精神世界內意境觸發的中肯之論。然而他又認爲王國維雖然開啓了「意境」的現代化轉型，然而由於其對「意境」概念進行了曲解，使得「意境」由一個中性色彩的名詞成爲一個具有主觀價值色彩的術語，「當代學者對意境的所有闡釋，只是在做這樣一件工作：將自己對古典詩歌乃至全部古典藝術的審美特徵的抽象認識，納入一個歷史名詞——『意境』中，並將其解釋爲意境概念固有的內涵」〔註82〕，進而對目前學界內意境的泛化現象提出了批評。對此，毛宣國涌過《「意境」闡釋何爲——與蔣寅先生商榷》一文進行了有針對性的辯駁，認爲王國維對「意

〔註81〕〔唐〕司空圖，與極浦談詩書；杜黎均，二十四詩品譯注評析，北京：北京出版社，1988 年版，第 200 頁。

〔註82〕蔣寅，原始與會通：「意境」概念的古與今——兼論王國維對「意境」的曲解，北京大學學報，2007 第 3 期，第 12～25 頁。

境」的闡釋實爲在傳統詩學背景下的新發展，後世「意境」概念的研究與古代的「意境」概念實具內在關係。〔註83〕二人的爭辯雖以王國維的「意境」闡釋爲核心，焦點則在於對「意境」概念的界定，而其部分原因實由於對意境觸發的認識不同所致。在意境理論研究領域，二者的爭辯頗具代表性，反映了諸多學者對於意境觸發的不同認識。圍繞著這一問題，還出現了意境範疇、意境概念體系應如何建構等問題的爭論。究其根源，實因對意境觸發缺乏動態性考察觀念所致。

雖然意境是主體在殘酷現實存在狀態與理想生存狀態訴求之間的對比張力下的生成之意與外在之境交融而在主體精神世界形成的具有哲學色彩的審美心理圖式，但是，由於生成階段、主體的階段性變化以及觸發形式的不同，其內涵表現爲動態性的概念建構。對於藝術創造者而言，意境首先是主體之意在先的以意照境與立意取境，然後才表現爲融第一人稱與第三人稱爲一體的主體之意與外在之境的交融；對於藝術接受者而言，則表現爲經由意與境會與境生象外兩種途徑而形成的意境交融。這一動態內涵不但與意境概念的歷史發展歷程一致，而且對於解決目前學界關於意境內涵的紛爭具有重要意義。

第三節　意境的特徵與判定標準

意境是存在於藝術創造者與接受者意識世界具有哲學質性的審美精神圖式，鮮明的精神性決定了對其特徵與判定標準難以進行樸素、明確而精準的闡釋。儘管如此，仍有諸多研究者作了大量探索性嘗試，爲這一問題的有效解決打下了堅實基礎。在前人成說的基礎上，結合自己對於意境概念與本質的認識，筆者將從意境的生發、存在、表現與闡釋角度對其特徵與判定標準作一新的闡述。

一、意境的特徵

目前學界對於意境的特徵存在多種闡釋。如顧祖釗先生從意境的表現、結構、審美三個方面將其歸納爲情景交融、虛實相生、韻味無窮；薛富興先生則將其歸納爲主客一體、時空二維、動靜結合、虛實相生等方面；還有學

〔註83〕毛宣國，「意境」闡釋何爲——與蔣寅先生商榷，湖南大學學報，2009　第　5期，第 75〜80 頁。

者將其總結爲表眞摯之情、狀飛動之趣、傳萬物之靈趣。不難發現，研究者大多從意境形成及其之後的表現出發對其特徵作出了較爲客觀深刻的界定，體現了從事物本身出發進行闡釋的科學觀念。然而，意境是與藝術創造者與接受者密切相關的精神現象，如果結合二者對其特徵進行有效界定應該更能夠直達本質。

（一）鮮明的精神性

「意」源於殘酷現實存在狀態與理想生存狀態訴求的矛盾即其對比張力給予主體心靈的持續刺激，其生成首先在精神世界誕生。此時對於創造者而言，無論是以意照境，「耳聞目擊，神寓意會，凡接於形似聲響，皆爲境也。然達其幽深玄虛，發而爲佳言；遇其淺深陳腐，積而爲俗意。復如心之於境，境之於心。心之於境，如鏡之取象；境之於心，如燈之取影。亦各因其虛明淨妙，而實悟自然。故於情想經營，如在圖畫，不著一字，眘乎神生」；〔註84〕還是立意取境，「搜求於象，心入於境，神會於物，因心而得」，〔註85〕意境的觸發都在其精神世界內進行。當創造者將這一精神圖式具化爲物質性客體之後，接受者精神世界內的意境觸發則要以此爲基礎。「夫綴文者情動而辭發，觀文者披文以入情。」〔註86〕無論是「或先境而後意」，〔註87〕還是「或入意而後境」，〔註88〕「古詩『路遠喜行盡，家貧愁到時』；『家貧』是境，『愁到』是意。又詩『殘月生秋水，悲風慘占臺』，『月』、『臺』是境，『生』、『慘』是意」，〔註89〕意境的觸發與生成仍然是其精神世界的結晶。

在意境的整個生成過程之中，無論是「意」的觸發，藝術創造者的以意照境、立意取境還是藝術接受者的意與境會、境生象外，意境都是主體精神世界的結晶。儘管意境的創造要以一定的物質性載體爲基礎，但是它主要體

〔註84〕張建，元代詩法校考，北京：北京大學出版社，2001年版，第208頁。

〔註85〕〔唐〕王昌齡，詩格；陳應行，吟窗雜錄，北京：中華書局，1997年版，第208頁。

〔註86〕〔梁〕劉勰，文心雕龍‧知音，周振甫，文心雕龍今譯，北京：中華書局，1986年版，第250頁。

〔註87〕〔唐〕白居易，文苑詩格；陳應行，吟窗雜錄，北京：中華書局，1997年版，第201頁。

〔註88〕〔唐〕白居易，文苑詩格；陳應行，吟窗雜錄，北京：中華書局，1997年版，第201頁。

〔註89〕〔唐〕白居易，文苑詩格；陳應行，吟窗雜錄，北京：中華書局，1997年版，第201頁。

現爲主體精神世界的審美活動。因此，意境是主體意識世界認識行爲的產物，鮮明的精神性是其首要的突出特徵。

（二）生發的艱難性

對於意境創造者而言，意境的觸發不是一件信手拈來之事，其生發的難度有如「蜀道之難」。

首先，主體精神世界的觸發角度與寬度決定了意境生發的艱難性。「登山則情滿於山，觀海則意溢於海。」〔註90〕其實是藝術創作者進入藝術思維階段的狀態。「作爲自然的人，人們是自私的、貪婪的、懶惰的與懦弱的。」〔註91〕由於思想的懶惰性，主體之意總體上處於蟄伏狀態，並不能隨著紛擾的現實生活的發生而此起彼現。事實上，作爲個體，人的內在之意與複雜的現實生活也並不存在一一對應的關係。「知覺定勢主要來自於兩個方面：早先的的經驗和像需要、情緒、態度和價值觀這樣一些重要的個人因素。簡言之，我們傾向於看見我們以前看過的東西，以及看見最適合我們當前對於世界所全神貫注的和定向的東西。」〔註92〕個體均具有不同的前置視野與獨具特徵的意識興奮點。「你能不能觀察眼前的現象，取決於你運用什麼樣的理論。理論決定你到底能觀察到什麼。」〔註93〕而「客觀事物對人的作用必須通過人的認識過程，而且由於人的認識的每一次活動又都不是單純地被孤立的一件事物決定的，人在生活實踐中積累的知識和經驗制約著當前的認識。」〔註94〕因此，即使現實生活多麼豐富，如果不能進入主體的視野觸及其精神焦點，主體內在之意難以被觸發。所以，意的觸發的困難決定了意境得以生發的艱難性。

其次，意境的哲學深度與審美要求決定了其生發的艱難性。意境是一個具有哲學蘊含的美學範疇。它源於人類在現實存在狀態與理想生存狀態的訴求即人道疏離與人道契合的對比張力，生成於人「道」之間的雙向運動過程之中。意境既是人追尋道的媒質，又是人追尋道的精神結晶，其最高境界是

〔註90〕〔梁〕劉勰，文心雕龍今譯；周振甫，文心雕龍今譯，北京：中華書局，1986年版，第248頁。
〔註91〕〔英〕休謨，人性論，關文運譯，北京：商務印書館，1997年版，第638頁。
〔註92〕〔美〕克雷奇，心理學綱要（下），周先庚譯，北京：文化教育出版社，1981年版，第78頁。
〔註93〕〔美〕愛因斯坦；王克儉，小説創作的隱性邏輯，北京：北京大學出版社，1994年版，第80頁。
〔註94〕曹日昌，普通心理學，北京：人民教育出版社，1979年版，第65頁。

人道合一。因此，內在的哲學深刻性對「意」與「境」及其審美交融提出了嚴格要求。「意」必須是由感性心理與理性心理、意識與無意識、一般心理與樂化心理所構成的微妙、廣闊、動態的心理世界，必須既是個人的又是宇宙的高尚之意；境亦非萬境皆可，「境」必須是存在於時空中的復合物象所能夠達到的極致。如不能實現這一要求，意境實難以生發。以《雪濤小說》中的一則故事爲例：

> 一市人，貧甚，朝不謀夕。偶一日，拾得一雞卵，喜而告其妻曰：「我有家當矣。」妻問安在？持卵示之，曰：「此是，然須十年，家當乃就。」因與妻計曰：「我持此卵，借鄰人伏雞乳之，待彼雛成，就中取一雌者，歸而生卵，一月可得十五雞。兩年之內，雞又生雞，可得雞三百，堪易十金。我以十金易五牸。牸復生牸，三年可得二十五牛。牸所生者，又復生牸。三年可得百五十牛，堪易三百金矣。吾持此金以舉債，三年間，半千金可得也。」〔註95〕

市人越說越高興，完全陷入迷狂狀態。當他說到要娶一個小老婆時，其妻「弗然大怒」，「以手擊卵，碎之。」這時，他才如夢初醒，一個雞蛋的家當就這樣毀掉了。由此可以看出，任何浮泛、淺薄與充滿了私欲之意都決不能構設出眞正高尚、深刻與美妙的意境。然而，在紛擾的意的世界，由於深刻高尚之意的稀缺性，加之意與境交融的困難以及意境內在審美的諸多嚴格要求，亦使得意境的生發極爲稀有而艱難。

（三）存在的潛隱性

意境是個體生命體驗的精神結晶，它深藏於主體的精神世界，如果不表現爲藝術實踐，那麼它就難以被第三者感知。就這一意義而言，其存在具有確切的潛隱性。即使在藝術實踐領域，其潛隱性亦毋庸置疑。在文學創作者的藝術實踐過程中，他將意境這一生命體驗融入到藝術形象、故事或者環境描寫中去，通過審美語言進行藝術化表現而非膚淺的圖示。「夫詩人之詩思初發，取境偏高，則一首舉體便高；取境偏逸，則一首舉體便逸。」〔註96〕「然後選義按部，考辭就班，……馨澄心以凝思，眇眾慮而爲言。」〔註97〕都體

〔註95〕〔明〕江盈科，雪濤小說，上海：上海古籍出版社，2000 年版，第 175 頁。
〔註96〕〔唐〕皎然，詩式；何文煥，歷代詩話，北京：中華書局，2006 年版，第 15 頁。
〔註97〕〔晉〕陸機，文賦；白壽彝等主編，文史英華，長沙：湖南出版社，1993 年

現了創作者在藝術實踐過程中的匠心經營。因此，當創作者將精神世界的意境物化爲具體的形式之後，意境便潛隱在文本之中而處於靜止狀態。如果缺失了接受者的發現與闡釋，意境將永遠沉潛於文本的迷宮之中。即使接受者及時進入，意境的再次生發亦非輕而易舉之事。作爲人類表達思維的工具，雖然「漢語在信息的多元、豐富、立體方面，是有先天的優勢」，〔註98〕然而文學是描述人類欲望的審美語言圖式，它不是對人類欲望的公文式直白表述，而是一座語言的迷宮，「蘊含了大量文化積澱的漢語文字底下，潛隱、流動著大量生動、形象的信息、畫面和意境，——就像來去無形的蹤跡」。〔註99〕因此，文學創作的性質及其特徵決定了意境存在的潛隱性。

與文學範疇殊途同歸，意境存在的潛隱性在書畫、音樂等領域亦有明確表現。「中國作家的人格個性反因此融化潛隱在全畫的意境裏，尤表現在筆墨點線的姿態意趣裏面。」〔註100〕與文學意境潛隱在文字的迷宮中類似，書畫意境亦沉隱在筆墨點線之內。范璣曾曰：「人知無筆墨處爲虛，不知實處亦不離虛，即如筆著於紙，有虛有實，筆始靈活……更不知無筆墨處是實，蓋筆所未到，意以到也。甌香所謂虛處實，則通體皆靈，至雲煙庶處，謂之空白，極要體會。」〔註101〕黃苗子亦曰：「中國書畫用墨，其實著眼處不在墨處，而在白處，用墨來擠出白，這白才是畫眼，也即精神所在，這個古人叫做『計白當黑』。」〔註102〕前人對於書畫中的虛實、黑白進行不遺餘力的解說，其實質都是試圖對其意境作出有效闡釋；同時亦表明書畫意境的闡釋是一件頗費心力之事，闡釋的艱難意味著存在的沉潛。如蘇軾的《黃州寒食詩帖》，其詩蒼勁沉鬱，飽含著生活凄苦、心境悲涼的感傷，其書筆酣墨飽，神充氣足，恣肆跌宕，飛揚飄灑，巧妙地將詩情、畫意、書境融合在一起，營造出氣韻渾融的意境氛圍。然而，如若不充分瞭解蘇軾此時的生活境況與現實心境，不能全身心融入流動的筆勢之中，不能認眞體會詩歌內涵，「天下第三行書」

版，第 10 頁。
〔註98〕鄭敏，結構～解構視角：語言・文化・評論，北京：清華大學出版社，1998年版，第 139 頁。
〔註99〕張桃洲，試論鄭敏詩思與詩學言路的共通性，詩探索，1999 第 1 期，第 75 頁。
〔註100〕宗白華，論中西畫法的淵源與基礎，中國現代美學名家文叢・宗白華卷，杭州，浙江大學出版社，2009 年版，第 270 頁。
〔註101〕范璣，過雲廬畫論；潘運告，中國歷代畫論選，長沙：湖南美術出版社，2007年版，第 267 頁。
〔註102〕黃苗子，師造化法前賢，文藝研究，1982 第 6 期，第 129 頁。

的意境只能永遠沉睡在筆墨紙張之下，無法喚醒。

蘇軾 《黃州寒食詩帖》

（四）生成、表現與闡釋的差別性

雖然意境的生成必須以特定的物質載體作爲基礎，但鮮明的精神性是其存在的主要特徵。「有一千個讀者，就有一千個哈姆雷特。」受主體因素的影響，意境具有豐富的差別性特徵。

首先，藝術意境的有無因闡釋主體的不同而各異。同一件藝術作品，有的接受者認爲其有意境，有的接受者認爲其沒有意境。以杜甫的《古柏行》爲例，

> 孔明廟前有老柏，柯如青銅根如石。
> 霜皮溜雨四十圍，黛色參天二千尺。
> 君臣已與時際會，樹木猶爲人愛惜。
> 雲來氣接巫峽長，月出寒通雪山白。
> 憶昨路繞錦亭東，先主武侯同閟宮。
> 崔嵬枝幹郊原古，窈窕丹青戶牖空。
> 落落盤踞雖得地，冥冥孤高多烈風。
> 扶持自上神明力，正直原因造化功。
> 大廈如傾要梁棟，萬千回首丘山重。
> 不露文章世已驚，未辭剪伐誰能送？
> 苦心豈免容螻蟻，香葉曾經宿鸞鳳。
> 志士仁人莫怨歎，古來材大難爲用。〔註103〕

關於這一首詩歌，可謂仁者見仁智者見智。全詩通篇採用比興寄託的手法，處處詠柏，句句喻人，形象鮮明，寄意幽遠。故浦起龍在《讀杜心解》中曰：

〔註103〕〔唐〕杜甫，杜甫全集，仇兆鼇注，秦亮點校，珠海：珠海出版社，1996年版，第1111頁。

「言本不炫俗，而英彩自露；並非絕俗，而扶進自難。」〔註104〕然而沈括卻說：「四十圍乃徑七尺，無乃太細長乎？」〔註105〕以實證的態度對待藝術創作，將生活真實與藝術真實混為一談，意境二字更毋庸說起。這一現象在杜牧的《江南春》也有類似表現：「千里鶯啼綠映紅，水村山郭酒旗風。南朝四百八十寺，多少樓臺煙雨中？」〔註106〕清新明麗的描寫中蘊含著時間的滄桑感，詩歌描繪出一幅美麗的江南春景圖，頗富意境。然而楊慎之論卻令人大跌眼鏡：「千里鶯啼，誰人聽得？千里綠映紅，誰人見得？若作十里，則鶯啼綠映紅之景，村郭、樓臺、僧寺、酒旗皆在其中矣！」〔註107〕魯迅先生曾說：「詩歌不能憑信了哲學和智力來認識，所以感情已經冰結了的思想家，即對詩人往往有謬誤的判斷和隔膜的揶揄。」〔註108〕由此可見，由於接受者不同的前置視野，影響了他們對於藝術意境的不同解讀。

其次，藝術意境因闡釋者的不同而表現各異。同一具有藝術意境的作品，經過不同闡釋者的再次創造，也呈現出不同的意境特徵。如宋代畫家郭熙的《早春圖》，畫作將「高遠」、「深遠」、「平遠」三種手法巧妙結合，「正面溪山林木，盤折委曲，鋪設其景而來。不厭其詳，所以足人目之近尋也。旁邊平遠，嶠嶺重疊，鉤連縹緲而去。不厭其遠，所以足人目之曠望也」，〔註109〕令人「看此畫令人起此心，如將真即其處，此畫之意外妙也」。〔註110〕對於這一飽含意境的畫作，蘇軾與乾隆皇帝卻有不太一致的理解。蘇軾曾為此畫賦詩曰：「玉堂欲掩春日閒，中有郭熙畫中山，鳴雞乳燕初睡起，白隴青峰非人間。」〔註111〕以閒適之筆創設出恬靜安適的忘我之境。乾隆皇帝則詩曰：「樹纔發葉溪開凍，樓閣仙居最上層。不借桃花聞點綴，春山早見氣如蒸。」〔註112〕以清冷之筆逐漸引出溫暖之調，並漸次升騰，創設出氣韻生動之意境。

〔註104〕〔清〕浦起龍，讀杜心解，北京：中華書局，1961年版，第298頁。

〔註105〕〔宋〕沈括，夢溪筆談，長春：北方婦女兒童出版社，2006年版，第107頁。

〔註106〕〔唐〕杜牧，杜牧詩集，濟南：濟南出版社，2007年版，第23頁。

〔註107〕〔明〕楊慎，升菴詩話；丁福保，歷代詩話續編，北京：中華書局，1983年版，第800頁。

〔註108〕魯迅，魯迅全集，北京：人民文學出版社，2005年版，第342頁。

〔註109〕〔宋〕郭熙，林泉高致；楊大年，中國歷代畫論採英，南京：江蘇教育出版社，2005年版，第244～245頁。

〔註110〕〔宋〕郭熙，林泉高致；楊大年，中國歷代畫論採英，南京：江蘇教育出版社，2005年版，第102頁。

〔註111〕〔宋〕蘇軾，蘇軾詩集合注·郭熙畫秋山平遠，馮應榴注，上海：上海古籍出版社，2001年版，第1427頁。

〔註112〕〔清〕乾隆，題早春詩；中國繪畫全集，杭州：浙江人民美術出版社，2000

由此可見，針對同一具有意境的藝術作品，因鑒賞者的不同體驗，生發出的意境亦自不同。

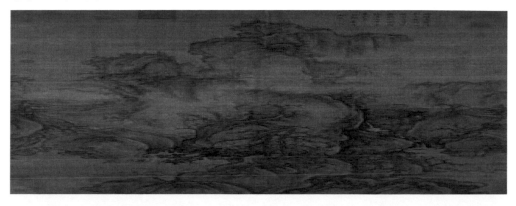

再次，類型相似的藝術作品因創作因素的差異，意境表現亦不同。如同是寫思婦征夫的詩歌，李白的《子夜吳歌》、金昌緒的《春怨》與陳陶的《隴西行》，其意境絕不相同。

　　李白《子夜吳歌》

　　　　長安一片月，萬戶擣衣聲。

　　　　秋風吹不盡，總是玉關情。

　　　　何日平胡虜，良人罷遠征。〔註113〕

　　金昌緒《春怨》

　　　　打起黃鶯兒，莫教枝上啼。

　　　　啼時驚妾夢，不得到遼西。〔註114〕

　　陳陶《隴西行》

　　　　誓掃匈奴不顧身，五千貂錦喪胡塵。

　　　　可憐無定河邊骨，猶是春閨夢裏人。〔註115〕

李詩開篇四句實為「天壤間生成好句」，〔註116〕秋涼之夜，月華灑輝，砧聲陣陣，涼風習習，情景交融，自然渾成，描繪出一幅充滿秋意的絕妙圖景；尤其是「萬戶擣衣聲」與「良人罷遠征」前後輝映，使得思婦對丈夫的無盡

　　　年版，第26頁。

〔註113〕李白，李白詩集，長春：北方婦女兒童出版社，2006年版，第97頁。

〔註114〕韓兆琦，唐詩選注集評，北京：商務印書館，2003年版，第649頁。

〔註115〕〔清〕蘅塘退士，唐詩三百首，北京：中華書局，2003年版，第298頁。

〔註116〕〔清〕王夫之，唐詩評選，北京：文化藝術出版社，1997年版，第55頁。

思念與愁緒在月色、砧聲的烘託下，營造出綿長悠遠靜寂的意境，樸素自然，流麗婉轉而又眞切感人。金詩則敏銳地捕捉到少婦的一個動作「打起」，以通俗化的口語展示了她對征戰在外的丈夫的刻骨思念，整首詩「篇法圓緊，中間增一字不得，著一意不得。」〔註117〕「一氣蟬聯而下者」，〔註118〕營造出既恨且痛的深重意境。陳詩則以決絕直露之筆敘述了一個丈夫在激烈的戰鬥中已然死去而妻子卻不知情而依然思念不已的悲痛故事，構思精妙，用意工巧，營造出悲重的意境氛圍。以此觀之，三首詩歌均爲表現思婦對征夫的思念，然而由於語言風格不同、表現技巧各異，分別營造出一沉靜悠遠、一動中顯痛、一悲重沉痛的意境氛圍，情感基調絕不相同。

最後，背景不同藝術意境呈現亦不同。「靜止是相對的，運動是絕對的。」〔註119〕因此，人「不可能兩次踏進同一條河流」。〔註120〕物質決定意識，也就是說，由於生活環境的變化或者人生閱歷的豐富，人的意識也隨之發生改變。因此，受生存狀態的影響，意境主體的世界觀、人生觀和價值觀會處於絕對的發展變化之中。無論是意境生發者還是意境創造者，他還是他，但今日之他已非昨日之他，明日之他亦非今日之他。這時，無論是意境的生發還是意境的表現，均呈現出鮮明的變異性特徵。如「洛中八俊」之一的朱敦儒，其青少年時代在西京洛陽畸形繁華的環境中度過，因此在這一時期，其詞作主要表現疏狂放浪的行爲和尋歡作樂的心理，其中也包含著蔑視功名權貴、追求自由獨立的人格精神。如其《鷓鴣天·西都作》：

> 我是清都山水郎，天教分付與疏狂。
>
> 曾批給雨支風券，累上留雲借月章。
>
> 詩萬首，酒千觴，幾曾著眼看侯王。
>
> 玉樓金闕慵歸去，且插梅花醉洛陽。〔註121〕

語言清新流利，氣勢流轉自如，勾勒出飄逸瀟灑的意境氛圍。然而，靖康之難的戰火使其倉皇逃往東南避難，南奔的行程與感受不時見諸筆端。如其《卜

〔註117〕〔明〕王世貞，藝苑卮言；丁福保，歷代詩話續編，北京：中華書局，1983年版，第1016～1017頁。

〔註118〕〔明〕沈德潛，唐詩別裁集，上海：上海古籍出版社，1979年版，第297頁。

〔註119〕高等教育基礎教材編委會，馬克思主義哲學原理，西安：陝西人民出版社，2003年版，第52頁。

〔註120〕赫拉克利特：北京大學哲學系外國哲學教研室編譯，西方哲學原著選讀，北京：商務印書館，1985年版，第23頁。

〔註121〕〔宋〕朱敦儒，樵歌，北京：文學古籍刊行社，1958年版，第20頁。

算子》：

> 旅雁向南飛，風雨群初失。饑渴辛勤兩翅催，獨下寒汀立。
>
> 鷗鷺苦難親，矰繳憂相逼。雲海茫茫無處歸，誰聽哀鳴急。〔註122〕

南飛的孤雁意象是時代苦難的象徵：舉目無親的孤獨、終日奔逃的疲倦與生存的焦慮恐懼共同創設出淒苦茫然的孤苦意境。時代與社會的苦難使得朱敦儒一改往日的疏狂與放浪，意欲有所作爲，然而朝廷無意恢復，使得其精神世界多了深沉的感傷與憤懣，「但愁敲桂棹，悲吟梁父，淚流如雨」。〔註123〕憤懣至極則轉向任性逍遙，如《桂枝香・南都病起》：

> 春寒未定。是欲近清明，雨斜風橫。深閉朱門，盡日柳搖金井。
>
> 年光自趁飛花緊。奈幽人、雪添雙鬢。謝山攜妓，黃壚貰酒，舊愁慵整。　　念壯節、漂零未穩。負九江風笛，五湖煙艇。起舞悲歌，淚眼自看清影。新鶯又向愁時聽。把人間、如夢深省。舊溪鶴在，尋雲弄水，是事休問。〔註124〕

孤獨與苦悶在冷暖未定中悄然生發，無奈之下乾脆放任自我，意境低沉幽鬱，正所謂沉雄所評：「哀樂神移，不在歌慟也。」〔註125〕

此外，對於同一件具有藝術意境作品的解讀，階段不同，結果亦有異。「夫意以曲而善託，調以杳而彌深。始讀之則萬萼春深，百花妖露，積雪縞地，餘霞綺天，一境也。（這是直觀感相底模寫）再讀之則煙濤瀠洞，霜飆飛搖，駿馬下阪，泳鱗出水，又一境也。（這是活躍生命底傳達）卒讀之而皎皎明月，仙仙白雲，鴻雁高翔，墜葉如雨，不知其何以沖然而淡，翛然而遠也。（這是最高靈境的啟示）」〔註126〕意境是一個因人而異的精神結晶，不同階段或不同語境下的解讀，自會生發出不同的意境表現或者不同的層深。

（五）情感、理性與美的統一

《黃帝內經》曰：

> 天之在我者，德也；地之在我者，氣也。德流氣薄而生者也。
>
> 故生之來謂之精；兩精相博謂之神；隨神往來者謂之魂；並精而出入

〔註122〕〔宋〕朱敦儒，樵歌，北京：文學古籍刊行社，1958 年版，第 70 頁。
〔註123〕〔宋〕朱敦儒，樵歌，北京：文學古籍刊行社，1958 年版，第 5 頁。
〔註124〕〔宋〕朱敦儒，樵歌，北京：文學古籍刊行社，1958 年版，第 4～5 頁。
〔註125〕〔明〕沈雄，古今詞話，上海：上海古籍出版社，2009 年版，第 77 頁。
〔註126〕宗白華，藝境，北京：北京大學出版社，1987 年版，第 155 頁。

者謂之魄；所以任物者謂之心；心有所憶謂之意；意之所存謂之志；

因志而存變謂之思；因思而遠慕謂之慮；因慮而處物謂之智。〔註127〕

在這一生命與精神的大系統內，心是個體生命脫離母體之後，擔任認識與分析外來刺激、主宰生命活動的樞紐；而意就是心感知事物之後，有了初步的感知而沒有形成系統定論之時的階段與狀態。在這一心物交感的初起階段，意的內容實由主觀與客觀兩部分共同構成。此時，在客觀刺激主觀與主觀觀照客觀的雙向運動中，主體精神世界內產生的既有情緒悸動又有理性沉潛，體現爲情感與理性的統一。因此，從意的產生本質而論，它實際是「由感性心理與理性心理、意識與無意識、一般心理與樂化心理所構成的微妙、廣闊、動態的心理世界。」也就是說，無論是主體面對現實世界還是藝術接受者面對藝術形式，意之初起都包含了精神世界內的主觀情感與理性認知的內容。因此，從這一角度而言，意境首先體現爲情感與理性的統一。

然而，缺失了美的意境是不存在的。《藝術的起源》、《人性論》這些哲學著作，都是知識精英對藝術以及人性深刻思考的結晶，然而讀者卻無法通過閱讀獲得美的感受。再如《大雪》這首打油詩，「江山一籠統，水井黑窟窿。黑狗身上白，白狗身上腫。」比喻形象，氣脈流暢，然而卻沒有美感。究其實，都是由於缺乏美感而無法生成意境。因此，無論是在普泛性的生活範疇，還是在任何藝術領域，意境的誕生都必須伴隨美的生命體驗。也就是說，無論是情感抒發、理性認知表達抑或是二者的結合，都必須具備審美質素。以白居易的《賣炭翁》爲例：

賣炭翁，伐薪燒炭南山中。滿面塵灰煙火色，兩鬢蒼蒼十指黑。

賣炭得錢何所營，身上衣裳口中食。憐身上衣正單，心憂炭賤願天寒。

夜來城上一尺雪，曉駕炭車碾冰轍。牛困人饑日已高，市南門外泥中歇。

翩翩兩騎來是誰，黃衣使者白衫兒。手把文書口稱敕，回車叱牛牽向北。

一車炭，千餘斤，宮使驅將惜不得。半匹紅紗一丈綾，繫向牛頭充炭直。〔註128〕

〔註127〕黃帝內經，成都：四川科技出版社，2008年版，第77頁。
〔註128〕白居易，白居易詩集，長春：北方婦女兒童出版社，2006年版，第51頁。

這首敘事詩雖然語言質樸通俗，但是它通過對賣炭翁的生存境遇的如實刻畫，表達了對統治者剝削壓榨窮苦百姓行爲的嚴厲譴責，抒發了政治腐敗社會黑暗的深沉痛訴。藝術形象、眞摯濃鬱的情感、深刻的社會狀態認知俱備，形成了較爲全面的審美內質，故意境由此而生。因此，意境是情感、理性與審美的有效統一。

二、意境的判定標準

　　儘管以特定的物質形式爲載體，然而意境必須經由主體的解讀才能得以生發，因而突出的精神性成爲其鮮明特徵。因此，如何判定意境便顯得頗爲棘手，這也客觀導致了意境判定標準眾說紛紜的現實局面。上個世紀初，王國維就曾有簡要之論：「何以謂之有意境？曰：寫情則沁人心脾，寫景則在人耳目，述事則如其口出。」〔註 129〕相對於其他研究者，王說出現較早且具啓迪後學之功，然亦存可供商榷之空間。意境是創造主體內在之意與外在之境在雙向運動過程中發生並最終由接受者完成的審美結晶，因此其判定標準，應該從創作者、意與境的交融程度和接受者三個方面進行動態的綜合考察。

（一）創造者內在之意與外在之境的交融

　　意境的生成是一個包括意境初次生成、意境物化與接受者再次創造直至意境最終完成的動態過程。在這一動態過程之內，意境的初次生成表現爲意境創造者內在之意與外在之境交融所形成而內聚於創造者精神世界的審美意識，它是意境生成過程的起點。如果缺失了這一點，意境的產生就無從談起。因此，創造者內在之意與外在之境的交融是判定意境產生的必要條件。

（二）接受過程中接受者的身臨其境效應

　　意境初次生成之後，還需要創造者的藝術實踐將其物化爲具體的審美存在。否則意境的生成就無法順利進入下一個接受者進行接受進而再次創造的階段，其生成過程也會停止在初次生成階段。只有當接受者進入具體的接受過程，爲物化的意境載體所觸發、感動，產生身臨其境進而產生情感共鳴的時候，新的審美因素和生命活力才能夠注入意境的物化載體，意境的再次創造才能夠順利完成。因此，接受過程中接受者的身臨其境效應是判定意境基

〔註 129〕王國維，王國維先生全集・續編，臺灣：大通書局，2007 年版，第 1583 頁。

本標準的第二個必要條件。

（三）回味無窮之終極審美效應

當接受者完成對意境的再次創造之後，意境的生成就進入完成階段。這時，對於接受者而言，他沉浸在意境的審美場域之中無法自拔，達到「思理為妙，神與物遊」的境界，獲得一種回味無窮的審美感受，意境的生成過程也就完成了。因此，回味無窮的終極審美效應是意境判斷標準的充分條件。

綜上所述，創造者內在之意與外在之境的交融與接受過程中接受者的身臨其境效應是判定意境標準的必要條件，回味無窮之終極審美效應是判定意境標準的充分條件；二者結合共同確立了意境判定標準的充要條件。

第四節　中國古典小說意境界說

作為意境概念範疇的子項，前述所論意境的本質、生成過程、觸發形式、特徵及判定標準同樣適用於中國古典小說意境。但是，作為文學藝術範疇中的一種個別樣式，由其文體特徵決定，中國古典小說意境的內涵與特徵還另具一些區別性特徵。

一、概念界定

中國古代小說的文體要素主要有三：藝術形象、故事情節與環境描寫。小說家在宏觀命意的驅動下，通過藝術形象塑造、敘事與繪景對人類與社會現實存在狀態進行藝術化展示，進而激發人類對理想生存狀態的渴求。二者的對比張力使讀者形成一種對於終極價值的持續追問，而且由於小說的藝術化表現為這一張力性理性思考助以形象化美感，故而成為一種具有哲學意蘊的審美思維。因此，所謂中國古典小說意境是指在作者宏觀命意的預設下，中國古代小說文本通過藝術形象塑造、敘事、繪景的藝術化展示實現對世界人生圖景的生動展示，而讀者在前置視域的指引下，經由閱讀形成對於人類理想生存狀態的渴求，在二者的對比張力中進而產生的具有哲學意蘊的審美精神圖式。

二、中國古典小說意境的特徵

由文體特徵決定，與中國古代詩歌、中國古代散文、書畫等其他文學藝

術樣式相比，中國古典小說意境還具備一些區別性特徵。

（一）稀釋性表現

　　所謂中國古典小說意境的稀釋性表現是指由於中國古代小說文體總體表現出的巨大容量、宏大篇幅以及複雜性表現方式所造成的濃縮性整體意境得以舒緩呈現的特徵。意境是一個產生於人類殘酷現實存在狀態與理想生存狀態對比張力、形成於人「道」之間的雙向運動、以「人道合一」為終極追求因而具有哲學色彩的美學範疇。因此，就其終極指向而言，意境極具濃縮性特徵。然而，這一濃縮性結晶在不同文學藝術樣式中卻具不同表現。如李商隱的《錦瑟》：

　　　　錦瑟無端五十弦，一弦一柱思華年。莊生曉夢迷蝴蝶，望帝春
　　心託杜鵑。滄海月明珠有淚，藍田日暖玉生煙。此情可待成追憶，
　　只是當時已惘然。〔註 130〕

「玉谿生一生經歷，有難言之痛，至苦之情，鬱結中懷。」〔註 131〕其人以隱喻象徵之筆，巧妙貫穿多種多義性意象，「展現了迷惘變幻，哀然淒苦，清寥寂寞，虛渺飄忽諸境，超越一切具體情事，又涵蓋一切具體情事。」〔註 132〕「憂傷要眇，往復低徊，感染於人者至深。」〔註 133〕在短短 56 字的篇幅內營造出迷離恍惚的意境氛圍，濃縮性表現極強。與詩歌相比，散文因其以相對較長的篇幅進行寫人敘事繪景，意境的表現便相對舒展。如《項脊軒志》，作者在時間的折返中敘寫了破敗的老屋、幽靜的環境、衰敗的家境與低沉的親情，以「極淡之筆」寫「極摯之情」，「無論寫景寫人，都很真切」，〔註 134〕營造出淒惻低徊的散文意境。然而，與上述兩種文學樣式相比，中國古代小說意境的表現則更具稀釋性。以《紅樓夢》為例，這部小說文本以賈府與大觀園為背景，以寶、釵、黛的愛情婚姻為主線，輔以其他各色人物及各類事件，通過愛情悲劇、人生悲劇與社會文化悲劇的描寫創設出濃鬱的悲劇意境。

〔註 130〕〔唐〕李商隱，李商隱詩集，葉蔥奇疏注，北京：人民文學出版社，1985 年版，第 1 頁。

〔註 131〕周汝昌、蕭滌非主編，唐詩鑒賞辭典，上海：上海辭書出版社，1982 年版，第 1128 頁。

〔註 132〕周汝昌、蕭滌非主編，唐詩鑒賞辭典，上海：上海辭書出版社，1982 年版，第 1128 頁。

〔註 133〕周汝昌、蕭滌非主編，唐詩鑒賞辭典，上海：上海辭書出版社，1982 年版，第 1129 頁。

〔註 134〕錢基博，中國文學史，上海：東方出版中心，2008 年版，第 884 頁。

然而，這一濃縮性意境卻又表現出稀釋性特徵。其原因有三：第一，整體意境雖然極具濃縮性，但是巨大容量對其具有極強的稀釋性作用；第二，在主導情節線索與主要藝術形象之外，次要情節、輔線以及次要人物等因素在某種程度上分散了意境表現的聚焦；第三，宏大篇幅延緩了濃縮性意境的生成速度。也就是說，《紅樓夢》的整體意境雖極具濃縮性，但卻由較明顯的稀釋性表現聚合而成。

當然，中國古典小說意境的稀釋性表現是就文體的總體表現而論。因爲詩歌領域亦有篇幅較長的古風、歌行等樣式，散文範疇亦有篇幅較長者，而中國古代小說範疇亦有篇幅較短的文言小說。但是，總體而言，中國古代小說作爲一種文體，其稀釋性表現要更爲突出一些。

（二）多維組合的複雜性表現

所謂中國古典小說意境的多維組合的複雜性表現是指中國古典小說意境經由敘事、藝術形象塑造、繪景的多維組合以及藝術創作過程中技巧運用的多樣化表現得以呈現的特徵。與中國古代詩歌、散文相比，中國古典小說意境的這一特點更爲鮮明。中國古代詩歌意境多以點型與簡單線型方式呈現。如王之渙的《出塞》：「黃河遠上白雲間，一片孤城萬仞山。羌笛何須怨楊柳，春風不度玉門關。」〔註135〕於簡單的線型流程中借景抒情，揉以隱含的詩性敘事，營造出悲涼慷慨的意境氛圍。與詩歌相比，散文因其體制較大，敘事、寫人、繪景均具較大迴旋性空間。如前述所舉《項脊軒志》，既有優美的環境描寫，又有人物形象的初步勾勒，還有簡潔的敘事過程，三者結合起來在線型時間流程中共同營造出淒惻低沉的意境氛圍。然而，二者無論抒情、敘事還是寫景，都基本通過簡單的表現形式以內斂型表現方法在單向格調中營造藝術意境。

與上述兩種文體相比，中國古典小說的意境表現要複雜許多。就表現形式而言，既有點型與線型形式，如以《桓溫北征》、《紫玉》爲代表的魏晉南北朝及其以前的小說，又有複雜線型、圓周放射式與圓環型表現形式，如以《霍小玉傳》、《紅樓夢》爲代表的唐宋至明清時期的文言與白話小說；就表現內容而言，既有複雜的敘事，又有數量眾多的環境描寫，還有紛繁的藝術形象塑造，如《三國志演義》、《聊齋誌異》等小說文本；就創作技巧而言，

〔註135〕王之渙，出塞；〔清〕蘅塘退士，唐詩三百首，李炳勳注譯，鄭州：中州古籍出版社，2008 年版，第 54 頁。

則更爲繁富：敘事「有草蛇灰線法」、「有背面鋪粉法」、「有橫雲斷山法」等，寫人則「別一部書，看過一遍即休。獨有《水滸傳》，只是看不厭。無非爲他把一百八個人性格，都寫出來」，〔註136〕繪景如《紅樓夢》、《聊齋誌異》等文本中大量的優美環境描寫。總體而言，中國古代小説因其宏大篇幅與巨大容量，不但能夠優游不迫地進行敘事、繪景與藝術形象塑造，而且能夠運用多樣化藝術技巧對世界人生圖景進行舒展性表現，通過複雜生活、各色人物與多樣環境的擠壓與衝突，營造出複雜巨大的心理張力場，進而創設出濃縮性整體意境。因此，就這一意義而言，相對於其他文學樣式，中國古典小説意境的多維組合的複雜性表現尤爲突出。

〔註136〕〔清〕金聖歎，讀第五才子書法；朱一玄，水滸傳資料彙編，天津：南開大學出版社，1984 年版，第 249 頁。

第二章　中國古典小說意境成因論

　　《博物志》卷一第 25 條：「石者，金之根甲。石流精以生水，水生木，木含火。」〔註1〕絕無意境可言。再如《搜神記》卷一：「師門者，嘯父弟子也。能使火，食桃葩。爲孔甲龍師。孔甲不能修其心意，殺而埋之外野。一旦，風雨迎之。山木皆燔。孔甲祠而禱之，未還而死。」〔註2〕亦無意境。在中國古代小說範疇內尤其是小說初起的早期，此等無意境者絕非少數。然亦有具意境者，如《世說新語・言語第二》第31條：

　　　　過江諸人，每至美日，則相邀新亭，藉卉飲宴。周候中坐而歎

　　曰：風景不殊，正自有山河之異！皆相視流淚。唯王丞相愀然變色

　　曰：當共戮力王室，克復神州，何至作楚囚相對？〔註3〕

於簡要敘述中營造出先是優雅繼而淒傷最終悲亢的氛圍，在節奏的三次變化中人物形象不同而又氣韻生動，意境盎然。諸多學者認爲小說爲敘事文體，而意境又是唐代才出現的詩學理論，所以中國古典小說意境的發生動因實乃一頗具學術價值的問題。古今不少研究者對其多有闡釋，其中亦不乏眞知灼見。但是，其失有三：第一，多爲個案研究，雖具啓示性但缺乏全面性；第二，多爲靜態闡述而缺乏動態考察；第三，沒有從中國古典小說創作實際與小說觀念發展的歷史出發進行綜合觀照。因此，在前人研究的基礎上，對中國古典小說緣何具有意境這一問題仍有深入闡釋的必要。

〔註1〕　〔晉〕張華，博物志，北京：中華書局，1980 年版，第 10 頁。

〔註2〕　〔晉〕干寶，搜神記，重慶：重慶出版社，2008 年版，第 4 頁。

〔註3〕　徐震堮，世說新語校箋，北京：中華書局，1984 年版，第 50 頁。

第一節　小說形成方式演進與作者之意的強化

　　在中國古代，「小說」是一個複雜的存在範疇。既有口傳小說的事實存在，又有書面小說形式，而且二者之間還存在著雙向的互動表現。單純的口傳小說既難以質實，故書面小說成爲主要表現形態與研究對象。單以書面小說而言，其形成方式主要有二：其一爲採錄編撰，其二爲有爲而作。因形成方式不同，小說的具體表現各異，對於中國古代小說意境的形成亦具有不同的作用與影響。

一、採錄編撰：主體之意的稀薄

　　《晉語》曰：

　　　　吾聞古之言，王者政德既成，又聽於民，於是乎使工誦諫於朝，

　　　在列者獻詩，使勿兜，風聽臚言於市，辨妖祥於謠，考百事於朝，

　　　問謗譽於路，有邪而正之，盡戒之術也。〔註4〕

可見，與「振木鐸徇於路」而「求諸野」的采詩方式相一致，古代亦有採錄傳言的行爲，即「採傳言於市而問謗譽於路」。《漢書・藝文志》亦曰：

　　　　小說家者流，蓋出於稗官，街談巷語，道聽途說者之所造也。

　　　孔子曰「雖小道，必有可觀者焉，致遠恐泥。是以君子弗爲也。」

　　　然亦弗滅也。閭里小知者之所及，亦使綴而不忘。如或一言可採，

　　　此亦芻蕘狂夫之議也。〔註5〕

指出「小說」是出於「稗官」的「小說家」對「街談巷語，道聽途說」即「說之小者」進行「綴」、「採」而成的。由此可知，中國古代早期小說的形成與採錄行爲有密切關係，即由採錄日常生活中的瑣屑言論而固化爲書面形式。對於後代小說而言，經由採錄編撰而形成亦爲普遍現象。如唐代劉知幾就稱「偏記小說」是因「蓋珍裘以眾腋成溫，廣廈以群材合構。自古探穴藏山之士，懷鉛握槧之客，何嘗不徵求異說，採摭群言，然後能成一家，傳諸不朽」而形成的。〔註6〕明代瞿祐亦曰：「余既編輯古今怪奇之事，以爲《剪燈錄》，凡四十卷矣。好事者每以近事相聞，遠不出百年，近止在數載，襞積於中，日新月盛，習氣所溺，欲罷不能，乃援筆爲文以紀

〔註4〕　余嘉錫，余嘉錫文史論集，長沙：嶽麓書社，1997年版，第247頁。
〔註5〕　〔漢〕班固，漢書，北京：中華書局，2000年版，第291頁。
〔註6〕　〔唐〕劉知幾，史通，瀋陽：遼寧教育出版社，1996年版，第34頁。

之。」〔註7〕於此可見，採錄編撰實爲中國古代小說的形成方式之一。

　　然而，這一方式對中國古典小說意境的形成存在諸多負面影響。

　　第一、主體之意與小說之意表現的稀薄。佚名《述異記序》曰：「故多異聞，採於秘書，撰新《述異記》兩卷，皆得所未聞。」〔註8〕明毛晉於《異苑跋》中亦曰：「姑存之以俟博覽者廣焉。」〔註9〕採錄編撰者大多是對既有事實或異聞收集整理而進行簡單的記載與編撰，缺乏充分的再創造，故主體之意的投入較爲稀薄。另外，就其內容而言，經由此種方式形成的小說，既有關於地理知識、奇物異草的記載，又有關於人物故事、生活知識的記述，涵蓋範圍極爲寬泛。然綜合考察其內容的總體表現，可以發現採錄編撰者的動機實爲出於特定目的對各種知識、資料進行採錄編撰與記載。以《山海經》卷一《南山經》爲例：

　　　　南山經之首曰昔佳山。其首曰招搖之山，臨於西海之上，多桂，
　　多金玉。有草焉，其狀如韭而青華，其名曰祝餘，食之不饑。有木
　　焉，其狀如谷而黑理，其華四照，其名曰迷谷，佩之不迷。有獸焉，
　　其狀如禺而白耳，伏行人走，其名曰狌狌，食之善走。麗𪊨之水出
　　焉，而西流注於海，其中多育沛，佩之無瘕疾。又東三百里，曰堂
　　庭之山，多棪木，多白猿，多水玉，多黃金。又東三百八十里，曰
　　猨翼之山，其中多怪獸，水多怪魚，多白玉，多蝮蟲，多怪蛇，多
　　怪木，不可以上。〔註10〕

只是對地理博物的基本記載，既無時間，又無人物與故事情節，主體之意的投入程度亦極爲微弱，小說內在之意的表現亦極爲稀薄。故吳任臣在《山海經廣注序》中曰：「《經籍志》載地理書二百四十四家，《山海經》最爲近古。」〔註11〕認爲它只是一部地理書而已。而孫星衍亦於《山海經新校正後序》中曰：「按經補疏，世有知者，冀廣見聞。」〔註12〕表明只是出於「冀廣見聞」的目的對既有知識與資料進行「補疏」。因此，無論是主體之意投入的缺失還是小說表現之意的稀薄，都會造成小說意境形成的困難。

〔註7〕　丁錫根，中國歷代小說序跋集，北京：人民文學出版社，1996年版，第599頁。
〔註8〕　丁錫根，中國歷代小說序跋集，北京：人民文學出版社，1996年版，第70頁。
〔註9〕　丁錫根，中國歷代小說序跋集，北京：人民文學出版社，1996年版，第60頁。
〔註10〕　山海經，劉歆注，呼和浩特：遠方出版社，2000年版，第4頁。
〔註11〕　丁錫根，中國歷代小說序跋集，北京：人民文學出版社，1996年版，第12頁。
〔註12〕　丁錫根，中國歷代小說序跋集，北京：人民文學出版社，1996年版，第19頁。

第二、篇幅短小不利於意的投入與展開。如《海內十州三島記·流洲》：

> 流洲在西海中，地方三千里，去東岸十九萬里。上多山川玉石，
> 名爲昆吾。冶其石成鐵作劍，光明洞照如水晶狀，割玉物如割泥。
> 亦饒仙家。〔註13〕

僅僅 53 字，短小之特徵顯而易見。受來源及內容之小的影響，早期小說長期處於邊緣狀態因而大多規模較小。《搜神記》由多則故事組成，大多一百多字，最長的篇目也不過八百來字。《世說新語》中的作品更爲短小，通常只有幾十個字，有的才幾個字，最多者也不過二百來字。這一特徵在中國早期的此類小說中表現尤爲明顯，雖然後世的此類小說亦有篇幅較長者，如《夷堅志》，然又並非此類小說的主流形態。因此，篇幅短小是此類小說的顯著特徵。另外，由於此類小說的採錄內容多爲小故事、笑話、軼聞、趣事等，也客觀上導致多數小說篇幅短小，因此不利於意的投入與展開。

第三、情感因素與審美意識的缺失。這一因素在前文所引諸多小說的表現中已經得到部分證明，現另舉一例以作深度印證。如《拾遺記》卷一「春皇庖犧」：

> 春皇者，庖犧之別號。所都之國，有華胥之洲。神母遊其上，
> 有青虹繞神母，久而方滅，既覺有妊，歷十二年而生庖犧。長頭修
> 目，龜齒龍唇，眉有白毫，鬚垂委地。或人曰：「歲星十二年一周天，
> 今叶以天時。」且聞聖人生皆有祥瑞，昔者人皇蛇身九首。肇自開
> 闢，於時日月重輪，山明海靜。自爾以來，爲陵成谷，世歷推移，
> 難可計算。比於聖德，有逾前皇。禮儀文物，於茲始作。去巢穴之
> 居，變茹腥之食，立禮教以導文，造干戈以飾武，絲桑爲瑟，均土
> 爲塤，禮樂於是興矣。調和八風，以畫八卦，分六位以正六宗。於
> 時未有書契，規天爲圖，矩地取法，視五星之文，分晷景之度，使
> 鬼神以致群祠，審地勢以定山嶽，始嫁娶以修人道。庖者包也，言
> 包含萬象；以犧牲登薦於百神，民服其聖，故曰庖犧，亦謂伏犧。
> 變混沌之質，文宓其教，故曰宓犧。布至德於天下，元元之類，莫
> 不尊焉。以木德稱王，故曰春皇。其明睿照於八區，是謂太昊。昊
> 者明也。位居東方，以含養蠢化，叶於木德，其音附角，號曰「木

〔註13〕 〔漢〕東方朔，海內十洲記；漢魏筆記小說大觀，上海：上海古籍出版社，1999 年版，第 66 頁。

皇」。〔註14〕

這篇小說語言潔淨，章法井然，有藝術形象，也具備一定的故事性，亦且因不自覺的想像而充滿了虛幻色彩，但是卻毫無意境而言。究其根源，實因缺乏現實生活中人情事理的充分投入與主體的情感濃度、理性認識不足所致。

此外，源於採錄編撰者的非正統意識而產生的輕視心態，亦導致其在連綴編撰時因隨意而缺乏情感因素與審美意識的充分投入，如干寶就說因「粗取」而成「微說」，劉知幾亦將小說稱為「偏記小說」。這都必然導致小說「言皆瑣語，事必叢殘」，缺乏作家情感的創造功能；另外，連綴與記錄的方式也導致審美意識的缺失。因此，篇幅短小、內容瑣碎、結構雜亂無章等綜合因素共同導致了小說「殊甚簡略，美事不舉」的現實狀態。顯然，在這一形成方式之下，中國古代小說實難生成意境特徵。

二、有為而作：作者之意的強化

《齊東野語・胡明仲本末》曰：「蓋此書有為而作，非徒區區評論也。」〔註15〕明確指出作者並非只是為了編撰、評論而寫作，其內有更為深刻的意味。蘇軾亦曰：「詩須有為而作也。」〔註16〕作為具有中國傳統的藝術創作方式，有為而作式創作的內涵有二：其一指創作者精神世界內具有勃鬱激情，即劉勰所謂「為情造文」；其二為創作必須有積極的目的與作用，即白居易所謂「為時而著」、「為事而作」。因此，與中國古代小說的採錄編撰式形成方式相比，有為而作式創作方式更具強烈的主觀情感色彩與深刻的理性認識。

客觀而論，這一創作方式的形成與口傳小說及書面小說的採錄編撰式形成方式實具天然內在關係。《莊子・外物篇》中的「小說」是「輕才諷說之徒驚而相告」的故事，「驚而相告」既是轉傳，又有增飾的成分在內。桓譚所曰「若其小說家，合叢殘小語，近取譬論，治身理家，有可觀之辭」，〔註17〕所謂的「合」顯然是指採錄以後進行編輯整理與增飾，使「叢殘小語」成為「可觀之辭」。對於這　客觀事實，魯迅先生曾曰：「錄白里巷，為國人所白心；

〔註14〕〔晉〕王嘉，拾遺記；漢魏筆記小說大觀，上海：上海古籍出版社，1999 年版，第 493 頁。
〔註15〕〔宋〕周密，齊東野語，北京：學苑出版社，1998 年版，第 70 頁。
〔註16〕〔宋〕蘇軾，蘇軾文集，孔凡禮點校，北京：中華書局，1986 年版，第 2109 頁。
〔註17〕黃霖，中國歷代小說論著選，南昌：江西人民出版社，1982 年版，第 1 頁。

出於造作，則思士之結想。」〔註18〕也就是說，小說家在意的驅動下採錄編撰小說，並且其意在小說中亦有一定程度的表現。

因此，當中國古代小說的有爲而作式創作方式吸納了二者的這一特點於唐代初步發展起來之後，其意境的生成便具備了較大的可能性。

第一、主觀之意的增強。

自唐人「作意好奇」「有意爲小說」之後，意作爲小說創作的前置因素，其投入更爲明確充分。如《任氏傳》，作者在敘述了一個淒美的女妖的故事之後於文末曰：

> 嗟乎，異物之情也有人焉！遇暴不失節，徇人以至死，雖今婦人，有不如者矣。惜鄭生非精人，徒悅其色而不徵其情性。向使淵識之士，必能揉變化之理，察神人之際，著文章之美，傳要妙之情，不止於賞玩風態而已。〔註19〕

對自己的創作之意及其在小說中的具體表現作了明確說明。當中國古代小說的有爲而作式創作方式日益發展並趨於成熟之後，這一特徵的表現更爲鮮明。「《金瓶梅》一書，作者抱無窮冤抑，無限深痛，而又處黑暗之時代，無可語言，無從發洩，不得已借小說以鳴之。其描寫當時之社會情狀，略具一斑。」〔註20〕天僇生亦於《論小說與改良社會之關係》中曰：「賢人君子，淪而在下，既無所表白，不得不托小說以寄其意。」〔註21〕均深刻指出因殘酷現實生存狀態的刺激與欲望的不能滿足，導致小說家心靈的極大痛苦而使得意處於持續發生的狀態，最終只能寄寓於小說而達到宣洩的目的。結合《金瓶梅》及其他小說文本的具體表現，這一特徵的實際表現不言自明。

第二，結構的擴大與完善。

「此類文字，當時或爲叢集，或爲單篇，大率篇幅曼長，記敘委曲」。〔註22〕與前代短則十餘字、一般不過千字的小說篇幅相比，唐代傳奇文短則幾

〔註18〕陳平原、夏曉紅，二十世紀中國小說理論資料，北京：北京大學出版社，1997年版，第395頁。

〔註19〕〔唐〕沈既濟，任氏傳；袁閭琨、薛洪勣，唐宋傳奇總集，鄭州：河南人民出版社，2001年版，第175頁。

〔註20〕陳平原、夏曉紅，二十世紀中國小說理論資料，北京：北京大學出版社，1997年版，第84頁。

〔註21〕陳平原、夏曉紅，二十世紀中國小說理論資料，北京：北京大學出版社，1997年版，第284頁。

〔註22〕魯迅，中國小說史略，上海：上海古籍出版社，1998年版，第44頁。

百字，長者已達到近萬字篇幅。體制的擴大，爲塑造形象、敘述故事、展開描寫提供了更爲廣闊的空間，也使得意的投入與表現更爲充分。另外，因其「有意爲小說」，而歸趣則在「文采與異想」，故在「藝術構思上大都奇異新穎、富於變化，使有限的文字生出無限的波瀾，以曲折委宛的情節引人入勝。」〔註23〕如《柳毅傳》，當柳毅爲龍女傳書的使命已經完成準備離開龍宮之時，突然插入逼婚一事，使得波瀾再起；當其返家之後，兩次娶妻卻均早逝，最後與盧氏成婚。後來謎底揭開，方知盧氏就是龍女的化身。情節環環相扣，一轉再轉，頗具離奇變幻、巧妙曲折之特色。因此，魯迅先生在《中國小說史略》中曰：

> 傳奇者流，源蓋出於志怪，然施之藻繪，擴其波瀾，故所成
> 就乃特異，其間雖亦或託諷喻以紓牢愁，談禍福以寓勸懲，而大歸
> 則究在文采與異想，與昔之傳鬼神明因果而外無他意者，甚異其趣
> 矣。〔註24〕

第三，審美質素的增強。

有爲而作意味著具備明確的創作動機和充分的情感投入，如湖海士於《西湖二集序》中曰：

> 周子間氣所鍾，才情浩漢，博物洽聞，舉世無兩，不得已而借
> 他人之酒杯，澆自己之壘塊，以小說見，其亦嗣宗之慟，子昂之琴，
> 唐山人之詩瓢也哉！〔註25〕

在這一因素的影響下，文本的審美質素顯著增強。如《古鏡記》、《補江總白猿傳》等文本中的環境描寫極爲優美，而《李娃傳》、《任氏傳》等傳奇文則塑造了鮮明的人物形象，構設了曲折跌宕的故事情節，《枕中記》、《南柯記》等傳奇則表達了對於人生及社會的深刻認識，表現出鮮明的哲理美。故洪邁曰：「唐人小說，小小情事，凄婉欲絕，洵有神遇而不自知者，與詩律可稱一代之奇。」〔註26〕到了明清時期，小說創作日益成熟，其審美質素也更爲充分。以《水滸傳》、《三國演義》、《紅樓夢》爲代表的中國古代經典小說，其審美質素更趨於濃鬱。如盛於斯曰：

〔註23〕袁行霈主編，中國文學史，北京：高等教育出版社，2000年版，第396頁。
〔註24〕魯迅，中國小說史略，上海：上海古籍出版社，1998年版，第44～45頁。
〔註25〕〔明〕周清源，西湖二集，周楞伽整理，北京：人民文學出版社，1989年版，
　　　　第567頁。
〔註26〕〔宋〕洪邁，容齋隨筆；黃霖，中國歷代小說論著選，長沙：江西人民出版
　　　　社，1982年版，第64頁。

> 施耐庵作《水滸傳》，其聖於文者乎！其神於文者乎！讀之令
> 人喜，復令人怒；令人涕泗琳浪，復令人悲歌慷慨。或如親當其厄
> 而危切身，又如已與其謀而功成事定。他如報仇雪恥之舉，孝親信
> 友之情，以及市譖街談，方書兵法，鬼神變化，龍虎飛騰，種種無
> 不絕妙。然更有一段苦心，惟葉文通略識其意。耐庵，元人也，而
> 心忠於宋。其立言有本，故不覺淋漓婉轉，刻畫如生。〔註27〕

認爲作者在明確的創作動機驅動下，將自己的情感融入到小說中的人物、故
事、環境等元素中去，形成物化的具有審美性質的精神圖式載體，使讀者在
欣賞的過程中身臨其境產生情感共鳴，並進而產生回味無窮的審美效應，小
說的意境也就因而誕生了。這是因有爲而作而造就小說意境的典型例證。

雖然在小說的實際創作中，有爲而作未必能夠必然導致意境的發生；但
如果缺失了這一因素，小說意境則失去了發生的可能。由此可見，從採錄編
撰到有爲而作，其實質是作者之意即創作動機更爲明確、情感投入程度增強，
它爲中國古代小說意境的發生提供了可能性與必要前提。

第二節　小說意蘊的日益豐厚

「小說」一詞是古人關於這一範疇的概念表述。在中國古代，「小說」
的內涵並非固定不變，而是存在著一個從「說之小者」到「小說中有大道」
〔註28〕動態的發展變化過程。這既是「小說」具體存在與表現的明確反映，
亦爲古人「小說」觀念漸趨進化的表徵。歷史範疇內的「小說」內涵變化，
反映了中國古代的小說意境從無到有的動態發展過程。

一、「說之小者」：小說意蘊的薄弱

今見文獻中，「小說」一詞於《莊子・外物篇》中首次出現：

> 夫揭竿累、趣灌瀆、守鯢鮒，其於得大魚難矣；飾小說以干縣
> 令，其於大達亦遠矣。未嘗聞任氏之風俗，其不可與經於世亦遠矣。
> 〔註29〕

〔註27〕 盛於斯，休庵影語；朱一玄，水滸傳資料彙編，天津：百花文藝出版社，1981
　　　　年版，第350頁。
〔註28〕 此處引用導師杜貴晨先生的授課觀點。
〔註29〕 陳鼓應，莊子今注今譯，北京：中華書局，1983年版，第701頁。

這則材料包含了兩個重要信息：第一，「小說」與「大達」對舉，即「說之小者」，意為「小道理」；第二，「小說」距「經於世」的效果相去甚遠。《莊子‧內篇‧齊物論》又曰：「大知閒閒，小知間間。大言炎炎，小言詹詹」，〔註30〕依然是大小對舉，而「言」又和「說」意思相近，據此可以推測當時應有「大說」與「小說」的大致分野。這在《荀子‧正名》中亦存在旁證，「故知者論道而已矣，小家珍說之所願皆衰矣」，〔註31〕所謂的「小家珍說」與「道」相對比，與「小說」意同。小說於漢代正式形成之後，亦延續了此前「說之小者」的內涵。如《漢書‧藝文志》曰：「小說家者流，蓋出於稗官。街談巷語，道聽途說者之所造也。孔子曰：『雖小道，必有可觀者，致遠恐泥，是以君子弗為也。』」〔註32〕桓譚《新論》亦曰：「若其小說家，合叢殘小語，近取譬論，以作短書，……」〔註33〕由此可見，小說在產生之初與「說之小者」密切相關，意為具有「小道理」的言論，內在地具有「小」的特徵。

小並非「小說」在產生之初的僅有特徵，於後世亦然。如羅浮居士於《蜃樓志》中曰：

> 小說者何，別乎大言言之也。一言乎小，則凡天經地義，治國化民，與夫漢儒之羽翼經傳，宋儒之正誠心意，概勿講焉。一言乎說，則凡遷固之瑰瑋博麗，子雲相如之異曲同工，與夫艷富、辨裁、清婉之殊科，宗經、原道、辨騷之異制，概勿道焉。其事為家人父子日用飲食往來酬酢之細故，是以謂之小，其辭為一方一隅男女瑣碎之閒談，是以謂之說。〔註34〕

而吳敬梓創作了不朽的《儒林外史》，朋友竟然也說：「吾為斯人悲，竟以稗說傳！」〔註35〕由此可見，小實乃貫穿「小說」整體發展歷程的特徵。

首先是來源與內容之小，即「小說」是由稗官採集的「街談巷議」與「道聽途說」之類的「說之小者」。如《殷芸小說》卷一：

> 漢武帝嘗微行，造主人家。家有婢，有國色，帝悅之，夜與主

〔註30〕陳鼓應，莊子今注今譯，北京：中華書局，1983 年版，第 32 頁。
〔註31〕熊公哲，荀子今注今譯，臺北：臺灣商務印書館，1977 年版，第 469 頁。
〔註32〕〔漢〕班固，漢書，北京：中華書局，2000 年版，第 291 頁。
〔註33〕桓譚，新論，上海：上海人民出版社，1977 年版，第 69 頁。
〔註34〕丁錫根，中國歷代小說序跋集，北京：人民文學出版社，1996 年版，第 1201 頁。
〔註35〕朱一玄，儒林外史資料彙編，天津：南開大學出版社，2003 年版，第 129 頁。

婢臥。有一書生，亦寄宿，善天文，忽見客星將掩帝星甚逼，書生大驚，連呼「咄咄」，不覺聲高。乃見一男子，持刀將欲入，聞書生聲急，謂爲已故，遂躄縮走去，客星應聲而退。如是者數遍。帝聞其聲，異而召問之，書生具說所見，帝乃悟曰：「此人必婢婿，將欲肆其兇惡於朕。」乃召集期門、羽林，語主人曰：「朕天子也。」於是擒拿問之，服而誅。後，帝歎曰：「斯蓋天啓書生之心，以扶祐朕躬。」乃厚賜書生。〔註36〕

只是一個關於漢武帝微服豔遇遇險的簡單故事，既無關政教、國家之類的大事，內在亦無深刻道理，自然難以生成意境特徵。故晁載之於《小說跋》中曰：「右鈔殷芸《小說》，其書載自秦漢迄東晉江左人物，雖與諸史時有異同，然皆細事，史官所宜略。」〔註37〕

再次是地位與功用之小。「小說」、「小家珍說」等稱謂均直接說明了這一點，而子夏更是視「小說」爲「小道」，並且告誡「君子弗爲」。「小說」之小，於此可見一斑。在這一觀念的影響下，採錄編撰者或創作者也不重視重大之意的投入。如鄭文寶撰《南唐近事》，其人在自序中曰：「余匪鴻儒，頗常嗜學，耳目所及，志於縑緗，聊資抵掌之談，敢望獲麟之譽。好事君子，無或陋焉。」〔註38〕周煇撰《清波雜志》，亦曰：「暇日因筆之，非曰著述，長夏無所用心，賢於博弈云爾。」〔註39〕或「聊資抵掌之談」，或「無所用心而筆之」，雖有自謙意味，然亦缺少重大之意的投入與深刻之意的表現。在此情況下，意境的形成自難實現。

由此可以發現，「說之小者」這一特徵實爲中國古代小說意境發生的一大障礙。但是，就其客觀表現而言，它仍然爲意境的發生埋下了微弱的脈動。以《異苑》「鸚鵡滅火」的故事爲例：

有鸚鵡飛集他山，山中禽獸則相貴重。鸚鵡自念雖樂，不可久也，便去。後數月，山中大火。鸚鵡遙見，便入水濡羽，飛而灑之。天神言：『汝雖有志意，何足云也？』對曰：『雖知不能救，然嘗僑居是山，禽獸行善，皆爲兄弟，不忍見耳。』天神嘉感，即爲滅火。

〔註36〕 王根林，漢魏六朝筆記小說大觀，上海：上海古籍出版社，1999年版，第1017～1018頁。

〔註37〕 丁錫根，中國歷代小說序跋集，北京：人民文學出版社，1996年版，第276頁。

〔註38〕 丁錫根，中國歷代小說序跋集，北京：人民文學出版社，1996年版，第341頁。

〔註39〕 丁錫根，中國歷代小說序跋集，北京：人民文學出版社，1996年版，第375頁。

〔註40〕
鸚鵡的自念、救火行為與惻隱之心，實是世間人情事理的寓言，寄寓了世人對於如何自處的深刻認識與深沉訴求。內在意蘊較為濃鬱，亦且具有極大的精神拓展空間，頗富意境特徵。不止如此，在《世說新語》、《搜神記》等其他小說文本中亦有類似表現，或者具有意境特徵，或者具有生發意境的潛質。總之，「說之小者」雖然在客觀上不利於意境的生成，但也為意境的發生留下了相應的空間。

二、「小說中有大道」：人生體驗的深刻

　　「說之小者」或者「小」並不意味著「小說」中意的絕對缺失而失去意境發生的必要前提。此外，「小」又非中國古代小說的唯一特徵；就中國古代小說的實際存在而言，亦非僅為「說小」。「小說至今日，……蓋小說之名雖同，而古今之別，則相去天淵。」〔註41〕在小說觀念發展的歷史範疇之內，與「說之小者」的內涵相比，「小說中有大道」是相對後起的觀念表述。二者既有顯著區別，亦內具密切聯繫。「說之小者」觀念的形成原因有二。第一，在傳統的主流價值觀視域之中，「小說」與治國、政教之類的內容相比，其價值與作用相對較小；第二，就「小說」存在的實際表現而言，即使不考慮其「不可與經於世」的特徵，總體上也確實缺乏深刻的內在道理。因此，這一客觀表現與觀念表述實為貫穿「小說」發展歷程的總體認識，尤其在早期「小說」領域更為明顯。但是，「說之小者」並不意味著其中絕無深刻的道理，前述所及「鸚鵡滅火」的故事已印證了這一點。現另舉一例以確證其並非孤立存在。《桃花源記》這篇小說敘述在晉太元中，一武陵人誤入異境。其自然環境清淨優美，「夾岸數百步，中無雜樹，芳草鮮美，落英繽紛」；其人文環境亦極為安然恬適，「土地空曠，屋舍儼然。有良田、美池、桑竹之屬。阡陌交通，雞犬相聞。男女衣著，悉如外人。黃髮垂髫，並怡然自樂。」問其個中緣由，「自云先世避秦難，率妻子邑人至此絕境，不復出焉，遂與外人間隔。」「問今是何世，乃不知有漢，無論魏、晉」。優美安閒的環境與躲避亂世戰火的緣由，構設出世外仙境般的「桃花源」，可謂意境渾融；與紛紛擾擾的現實

〔註40〕王根林，漢魏六朝筆記小說大觀，上海：上海古籍出版社，1999 年版，第 608 ～609 頁。
〔註41〕黃霖，中國歷代小說論著選，南昌：江西人民出版社，1982 年版，第 382 頁。

人間社會相比對，其內在厚重而深刻之意不言自明。

　　隨著歷史的前進與小說創作的漸趨發展，從「說之小者」發端，「小說中有大道」這一特徵及其表現日益明顯。魏晉南北朝時期，小說仍「粗陳梗概」，與「大道」仍相距尚遠。至唐「有意爲小說」之後，小說中存「大道」的發展跡象日趨顯著。如《唐語林》卷一：

　　　　崔吏部樞夫人，太尉西平王晟之女也。晟生日，中堂大宴。方食，有小婢附崔氏婦耳語久之，崔氏婦領之而去。有頃復來。晟曰：「何事？」女對曰：「大家昨夜小不安適，使人往候。」晟怒曰：「我不幸有此女。大奇事！汝爲人婦，豈有阿家病，不檢校湯藥，而與父作生日？」遽遣走簷子歸，身亦續至崔氏家問疾，且拜請教訓子不至。晟治家整肅，貴賤皆不許時世妝梳。勳臣之家，稱「西平禮法。〔註42〕

　　是一則事關德行的故事；卷二：

　　　　憲宗寬仁大度，不妄喜怒。便殿與宰臣論政事，容貌恭肅。延英入閣，未嘗不以天下憂樂爲意。四方進女樂皆不納。謂左右曰：「嬪御已多，一旬之中資費盈萬，豈可更剝膚取髓，強娛耳目！」其儉德憂民如此。〔註43〕

則事關政教；其他如《南柯記》、《枕中記》亦寄寓了對於現實社會及人生的深刻思考。因此，「雖爲小說，擬亦可觀，……事關政教，言涉文詞，道可師模，志將存古」。〔註44〕此說雖是劉肅針對《大唐新語》所發，其實對於其他大多數小說而言亦爲客觀實際特徵。

　　此後，小說中有大道理日益成爲普遍現象，前人對此亦形成共識。如元代宋無曰：「所續《夷堅志》，……惡善懲勸，纖細必錄，可以知風俗而見人心。」〔註45〕明代胡應麟則更進一步，認爲「小說者流，……覃研道理，務極幽深。其善者，足以備經解之異同，存史官之討覈，總之有補於世，無害於時。」〔註46〕而到了晚清時期，楚卿竟然認爲「小說爲文學之最上乘」。

〔註42〕〔宋〕王讜，唐語林，上海：上海古籍出版社，1978年版，第9頁。

〔註43〕〔宋〕王讜，唐語林，上海：上海古籍出版社，1978年版，第26頁。

〔註44〕丁錫根，中國歷代小說序跋集，北京：人民文學出版社，1996年版，第282頁。

〔註45〕〔金〕元好問，續夷堅志，常振國點校，北京：中華書局，1986年版，第98頁。

〔註46〕〔明〕胡應麟，少室山房筆叢，上海：中華書局上海編輯所，1958年版，第

〔註 47〕由此可見，在中國古代小說的發展歷程中，尤其是中後期，「小說」中有「大道」亦爲小說的一個重要特徵。這在中國古代小說存在的實際表現中可以得到充分證明。如《孝義雪月梅傳》，既揭示了官僚的無能、奸險與官場的黑暗，又如實展示了世風澆薄世態炎涼的社會現實，表達了作者對現實人生及社會的深刻認識；《醒世姻緣傳》以晁源爲中心人物，對當時社會的人情世態、風俗以及官場惡行進行了寫實性的展示，給予讀者深刻的精神啓示；而《綠野仙蹤》則以出世的理想狀態與入世的煩擾與惡濁爲對比，寄寓了對人類存在的深沉拷問。其它如《水滸傳》、《儒林外史》、《紅樓夢》等經典小說，其中包含的關於人性、社會的深刻道理更無需多言。

　　小說中的大道理既是作者主觀之意的深刻投入，在文本中又有藝術化體現。這一要素對於中國古代小說的意境形成具有重要作用，眼明心亮的讀者對此均有明確認識。如笑花主人在評「三言」時曰：「至所撰《喻世》、《警世》、《醒世》三言，極摹人情世態之歧，備寫悲歡離合之致，可謂洞異拔新，洞心駭目。而曲終奏雅，歸於厚俗。」〔註 48〕既說「三言」摹寫人情世態離合悲歡具有深刻的道理，又指出「三言」「洞異拔新，洞心駭目」而有意境，二者的內在關係不言自明。而劉廷璣亦於《在園雜志》中對《西遊記》的內容（深刻道理）與其意境的關係作了精要總結，「《西遊》爲證道之書，丘長春借說金丹奧旨，以心猿意馬爲根本，而五眾以配五行，不空結構，是一蜃樓海市耳。此中妙理，可意會不可言傳，所謂語言文字，僅得其形似者也。」〔註 49〕對於《金瓶梅》，謝肇淛則曰：

　　　　其中朝野之政務，官私之晉接，閨閫之媟語，市里之猥談，與夫勢交利合之態，心輸背笑之局，桑中濮上之期，尊罍枕席之語，驵驓之機械意智，粉黛之自媚爭研，狎客之從臾逢迎，奴侶之稽唇淬語，窮極境象，駭意快心。譬之范公摶泥，妍媸老少，人鬼萬殊，不徒肖其貌，且並其神傳之。信稗官之上乘，爐錘之妙手也。〔註 50〕

375 頁。

〔註 47〕楚卿，論文學上小說之位置，《新小說》第七號，1903 年。
〔註 48〕丁錫根，中國歷代小說序跋集，北京：人民文學出版社，1996 年版，第 820 頁。
〔註 49〕〔清〕劉廷璣，在園雜志，張守謙點校，北京：中華書局，2005 年版，第 83 ～84 頁。
〔註 50〕丁錫根，中國歷代小說序跋集，北京：人民文學出版社，1996 年版，第 1080

亦對小說包含的大道理經由藝術化的表現而最終創生意境作了明確揭示。由此可見，在「說之小者」至「小說中有大道」的發展過程中，小說中意之深度的加強實爲中國古代小說意境生成的一個重要前置因素。

「因欲望的不能滿足和殘酷生存狀態而導致的心靈痛苦是意發生的原初動力，而人道契合的理想訴求則牽引著意的走向。因而，意在二者的張力中處於持續發生的狀態。」〔註 51〕對於小說而言，無論是對現實醜惡的揭露，還是欲望不能既得的苦歎，抑或對美好生活的嚮往，這些內容都與人的存在密切相關，這些大道理都是意發生的結果或者驅動著意的發生。「每意來而境造，當情至而文生。」〔註 52〕此時，意境就具備了發生的可能。當然，小說中的大道理並非小說意境生成的決定與唯一因素。但是，它確實爲小說意境的誕生提供了理性內涵方面的準備。如果創作者經由藝術化的構思或者轉化爲有效的藝術實踐之後，小說意境的生成也就成爲水到渠成之事了。

第三節　詩性質素的融入與日益完善

在中國古代，「小說」是一個內涵複雜的概念，這於古人對其所作的繁雜分類即可得到證明。如唐代史學家劉知幾將「偏記小說」分爲十類，「一曰偏記，二曰小錄，三曰逸事，四曰瑣語，五曰郡書，六曰家史，七曰別傳，八曰雜記，九曰地理，十曰都邑簿。」〔註 53〕明代胡應麟則認爲「小說家一類，又自分數種：……一曰辨訂，《鼠璞》、《雞肋》、《資暇》、《辨疑》之類是也；一曰箴規，《家訓》、《世範》、《勸善》、《省心》之類是也。……」〔註 54〕其他如《隋書·經籍志》、《四庫全書總目提要》等均持不同標準，對小說的分類也不一致。所謂的地理、都邑簿、箴規、辨訂都屬於小說的範疇，由此可見，在中國古代，「小說」並非一個純文學概念，甚至不能局限於雜文學範疇，而是一個複雜的文化學概念範疇。這一概念範疇的形成與「小

〔註 51〕　康建強，論「意境」的源起、生成及判定標準，青海社會科學，2010 第 6 期，第 159 頁。

〔註 52〕　〔清〕瀟湘館侍者，澆愁集自序；丁錫根，中國歷代小說序跋集，北京：人民文學出版社，1996 年版，第 134 頁。

〔註 53〕　〔唐〕劉知幾，史通，瀋陽：遼寧教育出版社，1996 年版，第 81 頁。

〔註 54〕　〔明〕胡應麟，少室山房筆叢，上海：中華書局上海編輯所，1958 年版，第 374 頁。

〜1081 頁。

說」在形成之初「說之小者」的特徵以及採錄編撰的發生方式密切相關，即對具有小道理的瑣屑言論採錄編撰以供特定需要而形成的文類都可納入這一範疇。因此，歷史地造就了中國古代小說內涵的寬泛性和複雜性，這在中國古代早期小說的實際表現中尤為明顯。

　　但是，任何事物的發展都不是直線孤立進行的。對於中國古代小說而言，受各種因素的綜合影響，在寬泛的文化學概念範疇之內，還存在著一個由隱至顯由狹窄至寬闊的純文學小說藝術實踐和觀念發展的歷史事實。而這一過程正是中國古代小說意境發生的動態過程。

　　上述由「說之小者」至「小說」中有「大道」、採錄編撰到有為而作的演變脈絡，實質就是走向純文學小說創作及其觀念發展的動態過程。對於文學範疇的小說，前人不乏充分而深刻的認識。首先，小說能夠以藝術化的表現方式使讀者因小悟大道理。小說「非小也，欲人之即小觀大也。」〔註55〕由於「人之悟道，恆從小處入」，〔註56〕而對於「宙合之事理，有為人群所未悉者」，〔註57〕「莊言以示之，不如微言以告之；微言以告之，不如婉言以明之；婉言以明之，不如妙譬以喻之；妙譬以喻之，不如幻境以悅之」，〔註58〕而「小說之命意也淺而深，其布局也寬而緊；其運筆與遣詞也，則曲折而婉轉；其翻空與斗筍也，則離奇而接續：鮮不謂極小說之能事。擲筆六合之中，結想五洲之外，非文義精深、文理暢通者，莫喻其微，莫窺其奧矣。」〔註59〕因而小說能因其藝術化的表現使讀者從中悟到大道理。其次，小說寄寓了作者的濃厚情感。如蒲松齡曰：「獨是子夜熒熒，燈昏欲蕊；蕭齋瑟瑟，案冷凝冰。集腋為裘，妄續幽冥之錄，浮白載筆，僅成孤憤之書：寄託如此，亦足悲矣！嗟乎！驚霜寒雀，抱樹無溫；弔月秋蟲，偎闌自熱。知我者，其在青林黑塞間乎。」〔註60〕以優美的語言和形象化的方式對自己在創作《聊齋誌異》的過程中所投入的濃厚情感作了生動說明。最後，小說具有深度審美效應。如清自怡軒主人曰：「其間可喜可愕、可敬可慕之事，千態萬狀，如蛟龍變化，

〔註55〕　成之，小說叢話，《中華小說界》第一年第三至第八期，1914 年。
〔註56〕　成之，小說叢話，《中華小說界》第一年第三至第八期，1914 年。
〔註57〕　陶祐曾，論小說之勢力及其影響，《遊戲世界》第十期，1907 年。
〔註58〕　陶祐曾，論小說之勢力及其影響，《遊戲世界》第十期，1907 年。
〔註59〕　耀公，小說與風俗之關係，《中外小說林》第二年第五期，1908 年。
〔註60〕　〔清〕蒲松齡，聊齋誌異，會校會注會評本，張友鶴輯校，上海：上海古籍出版社，1983 年版，第 3 頁。

不可測識，能使悲者流涕，喜者起舞……即可娛目，既人醒心……」〔註61〕
明西湖漁隱亦於《歡喜冤家序》中曰：「其間嬉笑怒罵，離合悲歡，莊列所不
備，屈宋所未傳。致趣無窮，足駕唐人雜說；詼諧有竅，不讓晉士清談。使
惠風發響，入松壑而彌清；流水成音，寫磐石而轉韻。……公之世人，喚醒
大夢」，〔註62〕均點明小說具有讓讀者能夠身臨其境產生情感共鳴並最終形成
回味無窮之終極審美效應的功能。

由此可見，在前人的觀念世界裏，中國古代小說因其蘊含大道理、寄寓
了創作者的深厚情感、具備了藝術化表現方式以及深度審美效應等因素已經
內在地具備了意境特徵。馬克思主義認為，實踐決定認識，認識來源於實踐。
對於小說觀念而言，其產生也同樣來自於小說創作的實際存在。也就是說，
小說意境的發生與其文學質素密切相關。而在小說的文學質素中，詩性質素
亦屬一重要方面。

一、詩性思維的滲入與成熟

前述有為而作與小說中有大道實質已經啟動了小說的詩性思維，其具體
表現是比興寄託與言志傳統的滲入。中國文學自誕生之初就具備濃鬱的詩性
思維特徵，這在神話傳說、詩歌、寓言故事以及早期的史傳文學中均有鮮明
體現。詩性思維進入小說創作是一個動態的發展過程。漢代及其以前的小說
尚為「說之小者」而處於採錄編撰之途，詩性思維的表現尚不明顯。魏晉南
北朝時期的小說，由於時人受歷史意識和「發明神道之不誣」理念的束縛，
只是「粗陳梗概」，除少數作品稍具意境特徵外，雖具詩性思維特徵但是其表
現也不明顯。然而，「小說到了唐時，卻起了一個大變遷。」〔註63〕「唐之舉
人，先藉當世顯人，以姓名達之主司，然後以所業投獻：逾數日又投，謂之
溫卷。如《幽怪錄》、《傳奇》等皆是也。蓋此等文備眾體，可以見史才、詩
筆、議論。」〔註64〕「所謂『史才』，與李肇所讚賞的『良史才』一脈相承，
也就是用史家寫傳記的筆法來寫小說，可以稱之為專長記事的史傳派。所謂
『詩筆』，就是在敘事文學中融合詩歌，從廣義上來說，還包括賦和駢文，『用

〔註61〕 丁錫根，中國歷代小說序跋集，北京：人民文學出版社，1996 年版，第 827 頁。
〔註62〕 丁錫根，中國歷代小說序跋集，北京：人民文學出版社，1996 年版，第 820 頁。
〔註63〕 魯迅，魯迅全集，北京：人民文學出版社，1991 年版，第 313 頁。
〔註64〕 〔宋〕趙彥衛，雲麓漫鈔，北京：中華書局，1996 年版，第 135 頁。

對語說時景』的修辭方法也應該包括在內，可以稱之爲偏重文采的詞章派。
至於『議論』，則只是『史才』的一個組成部分，模擬《左傳》的君子曰《史
記》的太史公曰，顯示其繼承的是史家的傳統。」〔註 65〕史才、詩筆、議論
三者結合起來，內在具備了詩性思維的主要質素，這對小說意境的發生具有
重要作用。如《枕中記》，小說以一個瓷枕爲道具，讓落第的盧生在夢中中了
進士、娶貴妻並位極人臣，現實生活的不如意在夢境中得到了補償。然而，
一夢醒來，一切如故，店主人蒸的黃米飯尚未熟。顯而易見，夢中如意的虛
擬世界，實爲作者對現實可觸的人生世界的詩性思考，而二者的鮮明對比亦
寄寓著作家濃鬱的情感渴求與深沉的理性認知。與漢魏六朝神怪小說所反映
出的虛幻性思維特徵相比，這種在現實生活基礎上產生的詩性思維，顯然更
爲發達眞實。故清人周克達曰：「說部紛綸，非不有斐然可觀者，然未能如唐
人小說之善。此其人皆意有所託，借他事以導其憂幽之懷，遣其慷慨鬱伊無
聊之況，語淵麗而情凄婉，一唱三歎有遺音者矣。」〔註 66〕明確指出唐代小
說家以詩性思維進行創作，使得文本表現出比興寄託與言志特徵並進而造成
意境的形成。

　　小說的詩性思維經由宋元到了明清時期趨於豐滿，古人對此有間接體
認。如張書紳在《新說西遊記總批》中曰：

　　　　《西遊記》稱爲四大奇書之一。觀其龍宮海藏、玉闕瑤池、幽
　　　冥地府、紫竹雷音，皆奇地也；玉皇王母、如來觀音、閻羅龍王、
　　　行者八戒沙僧，皆奇人也；游地府、鬧龍官、進南瓜、斬業龍、亂
　　　蟠桃、反天宮、安天會、盂蘭會、取經，皆奇事也；西天十萬八千
　　　里、筋斗雲亦十萬八千里，往返十四年五千零四十八日，取經即五
　　　千零四十八卷，開卷以天地之數起、結尾以經藏之數終，眞奇想也；
　　　詩詞歌賦，學貫天人，文絕地記，左右迴環，前伏後應，眞奇文也；
　　　無一不奇，所以謂之奇書。〔註 67〕

結合文本內容考察，《西遊記》中的奇地、奇人、奇事均充滿了奇幻色彩，不
但表現出濃鬱的浪漫主義氣息，而且內具強烈鮮明的現實主義因素；奇想、

〔註65〕程毅中，文備眾體的唐代傳奇文，北京：中共中央黨校出版社，1994 年版，
　　　　第 80 頁。
〔註66〕丁錫根，中國歷代小說序跋集，北京：人民文學出版社，1996 年版，第 1795
　　　　～1796 頁。
〔註67〕〔清〕張書紳，新說西遊記卷首。

奇文則表明作者通過藝術化的構思與創作手段，使文本表現出濃鬱的詩性特徵。顯而易見，作者是以詩性思維進行文學創作。而劉廷璣則有顯明之論：

> 《西遊》立言，與禪機頗同。其用意處，盡在言外。或藏於俗語常言中，或託於山川人物中。或在一笑一戲裏，分其邪正；或在一言一字上，別其眞假。或借假以發眞，或從正以劈邪。千變萬化，神出鬼沒，最難測度。學者須要極深研幾，莫在文字上隔靴搔癢。知此者，方可讀《西遊》。〔註68〕

則通過對《西遊記》言意之內在關係及其表現的闡述點明其具有比興寄託與言志的特徵。而對於《聊齋誌異》的詩性思維特徵，蒲立德亦有精到而明確的說明：

> 而於耳目所睹記，里巷所流傳，同人之籍錄，又隨筆撰次而爲此書，其事多涉於神怪；其體仿歷代志傳；其論贊或觸時感事，而以勸以懲；其文往往刻鏤物情，曲盡世態，冥會幽探，思入風雲；其義足以動天地、泣鬼神，俾畸人滯魄，山魈野魅，各出其情狀而無所遁隱。〔註69〕

除此之外，《水滸傳》、《三國演義》、《儒林外史》等小說均表現出充分的詩性思維特徵，而《紅樓夢》更是將小說的詩性思維發揮的淋漓盡致。

詩性思維雖然不是導致中國古代小說意境生成的充要因素，但是正是由於日益豐滿的詩性思維，使得中國古典小說意境的形成具備了可能性。

二、詩性表現技巧由單一趨於多樣

詩性思維既是文學創作開始之前發生於主體精神世界的思維觀照，亦是文本誕生之後由讀者體會到的文本表現。而這兩個環節的有效轉換與實現，則有待於作家在創作過程中對詩性表現技巧的運用。對於單部小說文本而言，詩性表現技巧是中國古代小說意境誕生與外顯的直接因素之一；若從整體考察，因詩性表現技巧而使中國古典小說具有意境則是一個動態的發展過程。

〔註68〕〔清〕劉廷璣，在園雜志，張守謙點校，北京：中華書局，2005 年版，第 83 ～84 頁。

〔註69〕〔清〕蒲立德，聊齋誌異跋；張友鶴，聊齋誌異會校會注會評本，上海：上海古籍出版社，1983 年版，第 32 頁。

　　詩性表現技巧進入小説創作，在魏晉及其以前表現並不明顯：大多數作品或缺乏詩性表現技巧的使用，或在實際的創作中運用了較為簡單的詩性表現技巧但並未創造出意境；其至佳者，如《世説新語》中的「桓溫北征」、《搜神記》中的「王道平妻」、「紫玉韓重」、「盧充幽婚」等故事因詩性表現技巧的使用而稍具意境特徵，卻又尚屬少數。以《王道平妻》為例，文本敘述王道平與父喻情深誓為夫婦。後王服役九年不歸，父喻被父母強嫁與劉祥，然而因情感抑鬱三年而死。王道平歸來後，臨墳哭悼，父喻魂出墓與王又約為夫婦。其後，父喻再生與王道平重新結為夫婦。劉祥訴之於官，官府判父喻與王道平，以有情人終得團圓結尾。這篇小説雖有曲折之致然終顯情節簡單，人物形象塑造亦不夠充分。若置於中國古代小説發展史範疇，其詩性表現技巧尚還處於較為簡單的早期階段。

　　唐人小説「大抵情鍾男女，不外離合悲歡」，〔註70〕且其「大歸則究在文采與異想」，表現出小説創作把生活結構深化為情感結構的審美自覺。審美思維的自覺促進了詩性表現技巧的發展，「至唐人乃作意好奇，假小説以寄筆端。」〔註71〕「其云『作意』，云『幻設』者，則即意識之創造也。」〔註72〕「所謂意識之創造」，是指唐代小説突破了過去「實錄」的桎梏，更多地體現了創作主體的意識，即從審美需要出發來結撰作品，注意突出創作中有意識的想像與虛構。唐傳奇常常打破時空、人世與地獄、古代與現代的局限，撲朔迷離，別具一格。《柳毅傳》中人神交混，人神結緣；《長恨歌傳》中生者成仙，死者超脱，想像瑰麗。這種虛幻敘事超出了生活的原生態，使作者對生命理想的抒發鮮活靈動。此外，唐代傳奇文還能夠將人物性格的變化與故事情節的發展結合起來，既塑造了較為豐富的人物形象，又構設出曲折跌宕的故事情節。如《李娃傳》，以滎陽生的經歷為中心線索，不但展示了李娃心路歷程的變化，描畫了一個市井奇女子的生動形象，而且創設了一波三折動人心弦的故事情節。因此，唐人小説因重視文學的表現方法而具有了「篇什之美」的特徵：「文章很長，並能描寫得曲折，和以前簡古的文體，大不一樣」，〔註73〕「敘述宛轉，文辭華艷，與六朝之粗陳梗概者較，演進之跡甚明」，〔註74〕這在《李娃傳》、

〔註70〕章學誠，文史通義，瀋陽：遼寧教育出版社，1998 年版，第 144 頁。
〔註71〕魯迅，中國小説史略，上海：上海古籍出版社，1998 年版，第 44 頁。
〔註72〕魯迅，中國小説史略，上海：上海古籍出版社，1998 年版，第 44 頁。
〔註73〕魯迅，魯迅全集，北京：人民文學出版社，1991 年版，第 313 頁。
〔註74〕魯迅，中國小説史略，上海：上海古籍出版社，1998 年版，第 44 頁。

《任氏傳》、《柳毅傳》、《南柯太守傳》、《枕中記》等文本中均可得到充分印證。

中國古代小說的詩性表現技巧在明清時期更趨完善，這於小說的藝術形象描寫、環境描寫、結構、敘事以及文本的整體表現中均有鮮明體現並營造出濃鬱的意境，研究者對此多有精到闡述。如毛宗崗曰：

> 孔明乃《三國志》中第一妙人也。讀《三國志》者，必貪看孔明之事。乃閱過三十五回，尚不見孔明出現，令人心癢難熬。及水鏡說出「伏龍」二字，偏不肯便道姓名，愈令人心癢難熬。至此卷徐庶既去之後，再回身轉來，方才說出孔明。讀者至此，急欲觀其與玄德相遇矣；孰意徐庶往見，而孔明作色，卻又落落難合。寫來如海上仙山，將近忽遠。絕世妙人，須此絕世妙文以則之。〔註75〕

結合文本內容考察，作者以諸葛亮形象描寫為中心，以劉備三顧茅廬情節敘事為綱領，結合對臥龍崗環境的藝術化描寫，運用對比烘託、實寫虛寫等藝術表現技巧，通過曲折跌宕的情節結構醞釀出既流暢又波瀾層起的氣與勢，最終營造出濃鬱的多樣化意境氛圍。因此，「在《三國志通俗演義》中，臥龍這一藝術形象，在作家創作命意的宏觀駕馭之下，經由流動的線形形象塑造過程，在宏闊深邃的歷史時空中完成了悲劇形象的塑造，描繪出渾融高遠的悲質意境。」〔註76〕經典文本如《水滸傳》、《紅樓夢》等自無需贅言，即使如《綠野仙蹤》之類成就不甚高者，亦能達到這一境界。

> 試觀其起伏也，如天際神龍；其交割也，如驚弦脫兔；其緊溜也，如鼓聲爆豆；其散去也，如長空風雨；其豔麗也，如美女簪花；其冷淡也，如狐猿嘯月；其收結也，如群玉歸筍；其插串也，如千珠貫線；而立局命意，遣字措詞，無不曲盡情理，又非破空搗虛輩所能以擬萬一。使余竟日夜把玩，目蕩神怡，不由不歎賞為說部中極大山水也。〔註77〕

陶家鶴在文本細讀的基礎上，認為《綠野仙蹤》因其結構的起伏轉折、風格的變化、立局命意的匠心經營、遣字措詞的巧妙運用等諸多詩性表現技巧的使用而具備了鮮明的意境。

〔註75〕朱一玄，三國演義資料彙編，天津：南開大學出版社，2003年版，第307頁。
〔註76〕康建強，臥龍意境論，名作欣賞：2011年第11期，第24頁。
〔註77〕〔清〕李百川，綠野仙蹤，北京：人民文學出版社，1987年版，第815頁。

由此可見，在中國古代小說創作範疇，詩性表現技巧的使用與日益完善，實爲中國古典小說意境生成的一個重要因素。

三、詩性語言運用趨於繁複

「詩似乎也沒有在第二個國度裏，像它在這裡發揮那樣大的社會功能，在我們這裡，它就是宗教，是政治，是教育，是社交，它是生活的全面。維護封建精神的是禮樂，闡發禮樂意義的是詩。所以，詩支配了整個封建時代的文化。」〔註78〕詩性特徵，在中國文化的各個領域均有體現。小說雖爲敘事文體，但在發展過程中出現了鮮明的詩化傾向，這與詩性語言的運用密切相關。

小說中出現韻文起源甚早，先秦時期的小說就已經在敘事過程中插入詩歌，如《穆天子傳》。到了漢代，《吳越春秋》中的《漁父歌》、《河上歌》、《烏鵲歌》、《窮劫曲》、《離別相去辭》等十幾首歌詞，爲人物代言抒情，感情飽滿，表達直切又搖曳跌宕。六朝志怪小說中的詩歌，使詩詞自身的意境，成爲小說意境的組成部分。如《續齊諧記·清溪廟神》寫趙文韶宦遊思歸，於秋夜嘉月之下倚溪橋唱《西烏夜飛》曲。哀怨的曲聲驚動了一位「行步容色可憐」的少女來賞清音。問其「家住何處」，無聲地「舉手指王尙書宅」；聽一曲雅歌，能解「音韻清暢」之旨，情感在音樂境界中交流著。少女「自解裙帶繫箜篌腰，叩之以倚歌」時，情感旋律達到高潮。「日暮風吹，葉落依枝。丹心寸意，憂君未知。歌繁霜，侵曉幕；何意空相守，坐待繁霜落。」一曲，則巧妙地將人物活動、感情和景物描寫融合在一起。暮色中微風輕拂，枝頭的落葉在微風的吹拂下飄然而落，淒涼寂寞的人需要感情的慰藉，而宦遊書生在寂寞中更看重的是自己才華的知音或紅顏知己。月夜風光別有幾分旖旎纏綿，使人在音樂的抑揚徐疾中欣賞著難以忘懷的邂逅鍾情，猜不透這是仙境還是人間。作品詩意濃鬱，意境優美，因而湯顯祖評曰：「騷豔多風，得《九歌》如餘意。」〔註79〕詩歌進入小說，和小說中的形象、情節化爲一體，不僅豐富了小說的表現手段，而且使作品彌漫著濃鬱的抒情氣氛而充滿了詩情畫意。但是就總體而言，在魏晉南北朝及其之前的小說範疇，詩性語言的運用還尙處偶發階段，並且其詩性審美特徵亦處於初起階段。

〔註78〕聞一多，聞一多全集，上海：三聯書店，1982 年版，第 202 頁。
〔註79〕〔明〕袁宏道，虞初志，北京：中國書店，1986 年版，第 12 頁。

「『詩筆』最深一層的含義乃是創造詩的意境，這是傳奇小說既不同於志怪志人，又不同於白話小說的地方。」〔註 80〕唐代文言小說從史傳、古文、駢文、詩賦中吸取營養，或取史傳白描傳神之筆，文字洗練而略施藻繪；或雜以駢儷之詞，表現出繁縟華豔的風格；但最突出的是在表達人物情感和場景描寫中借鑒詩歌的語言和表達方式，使作品表現出強烈的抒情氛圍和形象的可感性，甚至創造出只有抒情詩才能達到的詩歌意境。如《柳氏傳》中的《章臺柳》：「章臺柳，章臺柳！昔日青青今在否？縱使長條似舊垂，亦應攀折他人手。」表面說柳，實為言人，以物喻人，寓情於景，將癡情之恨與離人之悲委婉傾訴，淒美的意境氤氳而出。

中國古代小說詩性語言的運用不僅表現為小說中融有大量的詩詞，還表現為小說的詩性語言滲入形象、環境描寫以及敘事，使得小說帶有強烈的抒情化傾向，這使得中國古代小說的人物、環境描寫與敘事具有意境化的趨勢。這於明清時期的小說創作中達到高峰，現舉一例以為佐證：

（寶玉）從沁芳橋一帶堤上走來。只見柳垂金線，桃吐丹霞，山石之後，一株大杏樹，花已全落，葉稠陰翠，上面已結了豆子大小的許多小杏。寶玉因想道，「能病了幾天，竟把杏花辜負了！不覺倒『綠葉成陰子滿枝』了！」因此仰望杏子不捨。又想起邢岫煙已擇了夫婿一事，雖說是男女大事，不可不行，但未免又少了一個好女兒。不過兩年，便也要「綠葉成陰子滿枝」了。再過幾日，這杏樹子落枝空，再幾年，岫煙未免烏髮如銀，紅顏似槁了，因此不免傷心，只管對杏流淚歎息。正悲歎時，忽有一個雀兒飛來，落於枝上亂啼。寶玉又發了呆性，心下想道：「這雀兒必定是杏花正開時他曾來過，今見無花空有子葉，故也亂啼。這聲韻必是啼哭之聲，可恨公冶長不在眼前，不能問他。但不知明年再發時這個雀兒可還記得飛到這裡來與杏花一會了？

文本首先以清新自然的語言對景物以及環境進行簡要描繪，使優美的意境呼之欲出；隨後又結合動作描寫對寶玉的內心世界進行充分而繁複的描摹，既完成了寶玉的形象塑造，又營造出纏綿悱惻的心理場，從而完成了意蘊豐富的敘事，營造出韻味優美的意境，使讀者沉醉其中。

綜上所述，中國古典小說在由採錄編撰到有為而作的發展過程中，作者

〔註80〕寧宗一，中國小說學通論，合肥：安徽教育出版社，1995 年版，第 358 頁。

之意日益加強，這意味著作家的創作動機日趨明確與情感投入的日趨增強；而在由「說之小者」至「小說中有大道」的發展歷程中，小說內在之意也日趨深厚。這就為中國古典小說意境的發生提供了必要前提。同時，這兩個歷程亦為中國古典小說由文化學範疇向文學範疇的發展過程，其表現為小說文學質素的增強，即作者以詩性思維進行觀照，運用詩性表現技巧和詩性語言，最終經由藝術化的表現，使得中國古典小說意境的發生成為了可能。

第三章　中國古典小說意境發生發展論

　　在動態而又複雜的中國古代小說文體與觀念發展範疇之內，結合其發展歷史實際進行考察，中國古典小說意境的發展過程大致可以分爲四個階段。第一個階段爲先秦時期。由於體類的文學意識自覺較晚，此時期的小說尚不具備意境特徵。但是，偶而出現的詩意化環境描寫、韻文的使用與情感的滲入等因素爲小說意境的誕生孕育了藝術質素。因此，這一時期亦可稱爲孕育期。第二個階段爲秦漢至隋時期。秦漢小說的意境特徵亦不明顯，但漢代小說的存在實際爲小說意境的誕生提供了門類發展的基礎；到了魏晉南北朝時期，由於「爲賞心而作」、「遠實用而近娛樂」等創作因素的影響，小說的文學質性開始增強，其意境開始萌發。因此，可稱爲萌發期。第三個階段爲唐宋元時期。小說發展至唐，由於接受了其他文體藝術的影響，加之小說觀念的發展以及創作者意識的覺醒，其意境正式步入發展的軌道；宋元白話通俗小說的意境特徵總體表現並不明顯，但由於在敘事、人物描寫以及詩意質素的滲入等方面作了較有意義的探索，爲日後小說意境的繁榮拓寬了通道。故將唐宋元劃爲一個階段，視爲小說意境的發展期。第四個階段爲明清時期。在前代發展的基礎之上，小說意境至明清時期繼續前進並步入繁榮狀態。雖然《三國志演義》的成書年代並不確定，筆者亦傾向於其爲元代作品，但是由於版本的複雜性，故爲了敘述的方便仍將其列入明代作品。因此，將明清時期劃爲一個階段，是爲繁榮期。總之，中國古典小說意境的發展經歷了一個從無到有再到高度繁富的過程，並且表現爲區別明顯的階段性動態變化。

第一節　先秦小說意境質素的孕育

　　今見文獻中，小說一詞於《莊子・外物篇》中首次出現。據此可知，小說作爲一種存在，在戰國時期就已出現。魯迅先生在探究小說的起源時說，「文藝作品發生的次序中，恐怕是詩歌在先，小說在後的。……至於小說，我以爲例是起源於休息的。」〔註1〕「休息時……談論故事，正就是小說的起源。」〔註2〕據此，我們則可將小說的存在推溯至文字產生之前的遠古時期。因此，在先秦時期小說已經存在並且具有兩種形式：其一爲口傳小說；其二爲書面小說。口傳小說今已多不可考，現存書面小說亦不多。據寧稼雨《中國古代文言小說總目提要》，在先秦時期爲數不多的書面小說中，均不具意境特徵。

　　「意境是人類在現實存在狀態與理想生存狀態即人道疏離與人道契合的對比張力中產生的。」〔註3〕雖然意境是由王昌齡於唐代才首次提出的詩學理論，但它在先秦時期的諸多領域都是一種客觀的事實存在。這在詩歌、神話、諸子散文等範疇中均存鮮明例證，現舉二例以爲明證。如《詩經・秦風・蒹葭》：

> 蒹葭蒼蒼，白露爲霜。所謂伊人，在水一方。溯洄從之，道阻且長。溯游從之，宛在水中央。　　蒹葭萋萋，白露未晞，所謂伊人，在水之湄。溯洄從之，道阻且躋。溯游從之，宛在水中坻。　　蒹葭采采，白露未已。所謂伊人，在水之涘。溯遊從之，道阻且右。溯游從之，宛在水中沚。〔註4〕

河濱蘆葦的露水凝結爲霜，觸動了作者對「伊人」的思念，三章興句對景物的描寫不但渲染出三幅深秋清晨河濱的圖景，而且表達了作者越來越迫切地懷想「伊人」的心情。在鋪敘中，詩人反覆詠歎由於河水的阻隔，意中人可望而不可即、可求而不可得的淒涼感傷心情，淒清的秋景與感傷的情緒渾然一體，構成了淒迷恍惚、耐人尋味的藝術境界，富有意境。因此，王國維曰：「《蒹葭》一篇最得風人深致。」〔註5〕在神話範疇，如《夸父逐日》：

〔註1〕　魯迅，魯迅全集，北京：人民文學出版社，1958 年版，第 315 頁。
〔註2〕　魯迅，魯迅全集，北京：人民文學出版社，1958 年版，第 315 頁。
〔註3〕　康建強，論「意境」的源起、生成及判定標準，青海社會科學：2010 年第 6 期，第 162 頁。
〔註4〕　〔宋〕朱熹，詩集傳，南京：鳳凰出版社，2007 年版，第 88 頁。
〔註5〕　王國維，人間詞話・人間詞，合肥：安徽人民出版社，2005 年版，第 32 頁。

夸父與日逐走，入日；渴，欲得飲，飲於河、渭；河、渭不足，
北飲大澤。未至，道渴而死。棄其杖，化爲鄧林。〔註6〕

在簡潔的敘述中描繪了一個粗獷而又具有悲劇色彩的神性藝術形象，頗具意
境特徵。此外，在諸子散文中也不乏富有意境的篇章，如《莊子》中的《逍
遙遊》、《齊物論》等，此處不再贅述。

　　藝術體式從來不是孤立的存在，而是在多元影響中向前發展。先秦時期，
小說還處於形成的初期階段，由於形成方式與內容來源等因素的影響，大多
不具有意境特徵。但是，在這一時期，其他文學藝術體式的藝術性質素對小
說卻存在著一定的影響。因而，這一時期少數小說藝術質素的孕育爲日後小
說意境的萌發埋下了種子。

　　第一、開始出現初具詩意的環境描寫。如《穆天子傳》：「春山之澤，清
水出泉，溫和無風，飛鳥百獸之所飲食，先王所謂縣圃。」〔註7〕以自然清新
之語描繪了一幅安靜優美的縣圃圖景，頗富詩意。這爲日後小說的詩意化環
境描寫、韻文的引入甚至意境創造積累了藝術經驗。

　　第二、奇幻的方位空間描寫。先秦時期的部分小說中出現了對遠方異域的
描寫，如《山海經》、《神異經》等。「其首曰招搖之山，臨於西海之上，……麗
麖之水出焉，而西流注於海」，「又東三百里，曰堂庭之山，多棪木，多白猿，
多水玉，多黃金。」〔註8〕《穆天子傳》中也不乏類似描述，「丁巳，天子西南
升□之所主居。爰有大木碩草。爰有野獸，……壬申，天子西征。甲戌，至於
赤烏之人，……」。〔註9〕僅就描寫自身而言並無意境，但是其對遠方異域及神
異事物的描寫，富有奇幻色彩，極大地拓展了空間跨度和讀者的想像世界，從
而形成一種心理張力，爲日後小說意境的創設提供了積極的藝術借鑒。

　　第三、韻文的使用。韻文進入小說，在先秦時期就已兆其端。如《穆天
子傳》中周穆王與西王母的對話：

　　西王母爲天子謠曰：「白雲在天，山陵自出。道里悠遠，山川
間之。將了無死，尚能復來。」天子答之曰：「予歸東土，和治諸夏。
萬民平均，吾顧見汝。比及三年，將復而野。」〔註10〕

〔註6〕　劉城淮，中國上古神話，上海：上海文藝出版社，1988年版，第437頁。
〔註7〕　〔晉〕郭璞注，山海經・穆天子傳，長沙：嶽麓書社，1992年版，，第9頁。
〔註8〕　〔晉〕郭璞注，山海經・穆天子傳，長沙：嶽麓書社，1992年版，第1頁。
〔註9〕　〔晉〕郭璞注，山海經・穆天子傳，長沙：嶽麓書社，1992年版，第212頁。
〔註10〕　〔晉〕郭璞注，山海經・穆天子傳，長沙：嶽麓書社，1992年版，第223頁。

這開啓了後世詩歌進入小說的傳統。詩歌的主要功能是抒情，其濃烈的情感色彩或者富有意境的詩歌都增強或成為小說意境的一個組成部分，這無疑為後世小說意境的發生開創了先河。

第四、情感意蘊的抒發。現存先秦小說表現人物情感的文本並不多，如《山海經》、《務成子》、《汲冢瑣語》等大多為對地理山川、事件的簡要記述，即使涉及到人物描寫，也大多缺乏對其情感的表現，因而意的表現並不明顯。但是，《穆天子傳》中出現了較為明顯的人物情感描寫：

> 日中大寒，北風雨雪，有凍人，天子作詩三章以哀民曰：我徂黃竹，□員閟寒，帝收九行。嗟我公侯，百辟冢卿，皇我萬民，旦夕勿忘。我徂黃竹，□員閟寒，帝收九行。嗟我公侯，百辟冢卿，皇我萬民，旦夕勿窮。有皎者（駱），翩翩其飛，嗟我公侯，□勿則遷。居樂甚寡，不如遷土，禮樂其民。〔註11〕

起首對氣候和事件的描寫透露出輕微的感傷色彩，而且這種情感還作為事件發展的內在線索繼續發展，經由穆天子低沉感傷的三章哀民詩而更加濃鬱。情感作為內在線索貫穿了背景、人物與事件，使得這段描寫緊湊、富有節奏感而渾然一體，產生一種感傷的心理場，讓讀者產生情感共鳴，意境特徵氤氳欲出。

總體而言，在先秦時期，小說還處於形成的初期階段，並沒有把描述的重點聚焦於人物與事件，且大多敘述簡略缺乏對意的表現，因而還不具意境特徵。但是，部分小說對環境與方位空間的描寫、韻文的使用以及對情感意蘊的表現都為後世小說意境的創造埋下了萌發的種子。

第二節　魏晉南北朝小說意境的萌發與表現

秦王朝於公元前 221 年統一中國，於公元前 206 年滅亡，存在時間極為短暫。且其前期有焚書之行為，後期又處於戰亂之中，故幾無小說文本存世。到了漢代，小說開始進入史家的研究視野。班固於《漢書・藝文志》中曰：

> 小說家者流，蓋出於稗官。街談巷語，道聽途說者之所造也。
> 孔子曰：「雖小道，必有可觀者焉，致遠恐泥，是以君子弗為也。」

〔註11〕〔晉〕郭璞注，山海經・穆天子傳，長沙：嶽麓書社，1992 年版，第 239～240 頁。

　　然亦弗滅也。閭里小知者之所及，亦使綴而不忘。如或一言可採，
此亦芻蕘狂夫之議也。〔註12〕

不但指出因小說而出現的小說家群體之事實存在，而且對小說的來源、性質
與功能做了精要分析。而在其所列的「小說十五家，千三百八十篇」〔註13〕
（實際應爲千三百九十篇）中，雖有部分爲前代作品，但多數爲漢代小說，
於此可見漢代小說發展之盛況。因此，小說作爲一個門類在漢代已經發展起
來。但是，總體而言，秦漢小說幾無有意境者，亦未出現較爲充分的意境質
素，然其爲後世小說意境的萌發提供了相應的前期門類發展準備。

　　「中國本信巫，秦漢以來，神仙之說盛行，漢末又大暢巫風，而鬼道愈熾；
會小乘佛教亦入中土，漸見流傳。凡此，皆張皇鬼神，稱道靈異，故自晉訖隋，
特多鬼神志怪之書」，〔註14〕且「其時釋教廣被，頗揚脫俗之風，而老莊之說亦
大盛，其因佛而崇老爲反動，而厭離於世間則一致，相拒而實相扇，終乃汗漫
爲清談。渡江以後，此風彌甚……世之所尙，因有撰集，或者掇拾舊聞，或者
記述舊事，雖不過從殘小語，遂脫志怪之牢籠也。」〔註15〕因此，魏晉至隋時
期，志怪與志人小說發展頗盛。然而魯迅先生又說此時期人們「非有意爲小說」，
因而魏晉至隋時期的小說只是「粗陳梗概」，並未達到「敘述宛轉，文辭華豔」
的水準。事實上在唐代以前，小說主要屬於文化學範疇，其現代意義上的文學
色彩確實比較淡薄。意境是與人的存在密切相關具有哲學意蘊的美學範疇，因
此，它在任何時期的小說領域都有可能發生。然而，在小說主要處於文化學範
疇的魏晉南北朝時期，其意境表現還只是處於萌發階段。

一、偶發狀態

　　秦漢至隋時期，小說的形成主要處於採錄編撰之途，文學創作的成分還
較爲淡薄。「『王者欲知閭巷風俗，故立稗官使稱說之。』然則博采旁搜，是
亦古制，固不必以冗雜廢矣。」〔註16〕既然帝王需要瞭解風俗並且使採錄小
說成爲一種制度，那麼臣了自然就必須遵守並且樂此不疲。如王嘉就說張華
「好觀秘異圖緯之部，捃採天下遺逸，自書契之始，考驗神怪及世間閭里所

〔註12〕　〔漢〕班固，漢書，北京：中華書局，2000 年版，第 291 頁。
〔註13〕　〔漢〕班固，漢書，北京：中華書局，2000 年版，第 291 頁。
〔註14〕　魯迅，中國小說史略，上海：上海古籍出版社，1998 年版，第 25 頁。
〔註15〕　魯迅，中國小說史略，上海：上海古籍出版社，1998 年版，第 37 頁。
〔註16〕　〔清〕紀昀，四庫全書總目提要，北京：中華書局，1993 年版，第 1549 頁。

說，造《博物志》四百卷，奏於武帝。」〔註17〕然而在採錄編撰過程中，編撰者並沒有投入充分的主體之意。如干寶就曰因「粗取」而成「微說」，桓譚亦曰小說家是「以作短書」。究其實，儘管在採錄編撰的過程中有虛構成分，但是小說家主要出於實用目的進行採錄編撰，即所謂「治身理家，有可觀之辭」或「蓋稗官所採，以廣視聽」。因此小說內容也就具有了博、雜的特徵，「小說，子書流也。然談說道理，或近於經，又有類注疏者；紀述事蹟，或通於史，又有類志傳者。……至於子類雜家，尤相出入」，〔註18〕而其誌、誌異、經、記、傳、說、世說等名稱也說明了這一點。因而，這一時期的小說大多「言多瑣語，事必叢殘」且「殊甚簡略，美事不舉」。如《海內十洲三島記・玄洲》：

> 玄洲在北海之中，戌亥之地，方七千二百里，去南岸三十六萬里。上有太玄都，仙伯真公所治。多丘山，又有風山，聲響如雷電。對天西北門，上多太玄仙官宮室。宮室各異，饒金芝玉草。乃是三天君下治之處，甚蕭蕭也。〔註19〕

記述山川地理風物以廣視聽，連藝術形象都沒有出現，自無意境發生之可能。此類小說其篇幅較長者亦如此。而涉及到人物的故事，如《西京雜記》卷第二：

> 武帝欲殺乳母，乳母告急於東方朔，朔曰：「帝忍而愎，旁人言之，益死之速耳。汝臨去，但屢顧我，我當設計以激之。」乳母如言，朔在帝側曰：「汝宜速去，帝今已大，豈念汝乳哺時恩邪？」帝愴然，遂舍之。〔註20〕

只是對一個事件的簡單記述，亦無意境可言。總之，如上述二例，秦漢至隋期間的小說大多無意境可言。

然而，這一時期的小說家並非全部出於實用目的而進行小說的採錄編撰。魯迅先生曾曰：「記人間事者已甚古，列禦寇韓非皆有錄載，惟其所以錄載者，列在用於喻道，韓在儲以論政。若為賞心而作，則實萌芽於魏而大盛於晉，雖不免追隨俗尚，或供揣摩，然要為遠實用而近娛樂矣。」〔註21〕因娛樂賞心要

〔註17〕〔晉〕王嘉，拾遺記，北京：中華書局，1981 年版，第 210～211 頁。

〔註18〕〔明〕胡應麟，少室山房筆叢，北京：中華書局，1958 年版，第 375 頁。

〔註19〕王根林，漢魏筆記小說大觀，上海：上海古籍出版社，1999 年版，第 65 頁。

〔註20〕王根林，漢魏筆記小說大觀，上海：上海古籍出版社，1999 年版，第 86 頁。

〔註21〕魯迅，中國小說史略，上海：上海古籍出版社，1998 年版，第 37 頁。

求而產生的對於藝術表現關注的加強，對這一時期小說意境的萌發實具啓迪之功。然而，儘管娛樂賞心之作「萌芽於魏而大盛於晉」，但是眞正具有意境者仍數之寥寥。據筆者目力所及，在這一時期眾多小說中，眞正具有意境者不過《世說新語》中的十餘條小說、《搜神記》中的「紫玉韓重」、「王道平妻」、「盧沖幽婚」以及《續齊諧記》、《異苑》等小說集中的少數篇章而已。因此總體而言，魏晉六朝小說意境還只是處於萌發階段，而具體則表現爲偶發狀態。

二、表現的簡單性與潛隱性

所謂簡單性是指由於這一時期的小說大多「言多瑣語，事必叢殘」、篇幅簡短，因而在有限的篇幅之內無法進行舒展的藝術形象塑造與故事的藝術化表現，即所謂「殊甚簡略，美事不舉」而導致僅有的少數具有意境的小說，其意境表現極爲簡單。如《世說新語・任誕第二十三》：

　　　　王子猷嘗暫寄人空宅住，便令種竹。或曰：暫住何煩爾？王嘯
　　詠良久，直指竹曰：何可一日無此君！〔註22〕

這則小說僅有 37 字，人物語言、行爲與故事均極爲簡單，然而卻因對奇人奇言的描述而生發出極大的心理空間，進而構設出一種清雅灑脫的意境氛圍。所謂潛隱性是指由於小說意境的表現極爲簡單或者單篇小說並無意境可言，讀者僅從小說的具體表現無法深入完全體會其內在意蘊，因而需要結合小說所產生的時代背景或者諸多同類小說的共同表現來發掘其深刻的內在意境。如《神仙傳》，其中的單篇小說大多無意境或者稍露意境之痕跡，但通讀全書，這部小說集中對於神仙生活、修道求仙的美好嚮往以及對現實痛苦生活與醜陋人性的繁複揭露，引導讀者之意對小說產生的時代特徵與諸多同類小說背後的深刻內涵進行進一步的思考與探索，進而在理想與現實的對比張力中達到對社會與人性思考的哲學境界，潛隱的意境因而創生。

以上是就小說意境簡單性與潛隱性的分別之論，這一時期的小說亦不乏二者結合的案例。如《世說新語・任誕第二十三》：

　　　　畢世茂云：一手持蟹螯，一手持酒杯，拍浮酒池中，便足了一
　　生。〔註23〕

〔註22〕　〔宋〕劉義慶，世說新語，徐震堮校箋，北京：中華書局，1984 年版，第 408 頁。
〔註23〕　〔宋〕劉義慶，世說新語，徐震堮校箋，北京：中華書局，1984 年版，第 397

在這則僅有 24 字的小說中，人物只表現為一個具體的名字，人物動作只有一個「雲」字，沒有對事件的敘述，沒有故事情節，描述也極為簡略，其意境都濃縮在敘述者畢世茂的一首詩歌之中：生活在黑暗、動盪而且混亂的世俗社會中，與其被僵化、教條的禮教束縛人追求自由的天性，不如放縱自己忘卻揮之不去的苦惱，飲酒作樂以追求現世的快樂；「足了一生」或許只是一個美好的願望而並不能永久實現，但短暫的快樂也能給痛苦的心靈帶來一絲慰藉。僅就其表現而言極為簡單，讀者如果對這則小說所產生的時代特徵與人物畢世茂的生平缺乏瞭解，自然無法完全體會其內在的深刻之意，因而無法充分驅動讀者之意的發生與融入，不能產生深度情感共鳴，意境也就難以充分生發。

三、點型與單線型表現形式

魏晉南北朝時期作為小說意境萌發的初級階段，其表現方式還較為簡單，具體則主要體現為簡單的點型與單線型表現形式。所謂點型表現形式是指小說中沒有時間的發展流程而僅僅停留在某一個時間點上，小說意境經由敘事的單維描寫而得以呈現的表現形式。如《世說新語·德行第一》：

> 周子居常云：「吾時月不見黃叔度，則鄙吝之心已復生矣！」

〔註24〕

再如《世說新語·任誕第二十三》：

> 畢世茂云：一手持蟹螯，一手持酒杯，拍浮酒池中，便足了一
> 生。

這兩則小說均無時間的發展流程而停留於某一個無法確指的時間點上，其意境僅僅經由人物的簡單語言與動作描寫以單維敘事而呈現。如下圖所示：

·········●·········

客觀而言，小說敘事大多需要在單維的時間流程中進行，否則敘事就難以展開。因此，點型表現只是小說敘事的稀有形式而不具普遍性。就魏晉南北朝時期的小說而言，其意境大多經由單線型形式得以表現。所謂單線型表

頁。

〔註24〕　〔宋〕劉義慶，世說新語，徐震堮校箋，北京：中華書局，1984 年版，第 2
　　　　頁。

現形式是指小說在單線型時間流程中展開敘事與人物形象的塑造，並經由單向的多維描寫使得小說意境得以表現的形式。其較爲簡單者如《世說新語・言語第二》：

> 桓公北征，經金城，見年輕時所種之柳皆已十圍，慨然曰：
> 「樹猶如此，人何以堪！」攀枝執條，泫然流淚。〔註25〕

小說在「經」、「見」、「慨然曰」、「攀」、「流淚」的單線型時間發展流程中通過對故事發生的背景、桓公語言、動作以及心理的簡要動人表述，營造出物非人非感傷故國山河的悲重意境。其較爲完整者如《搜神記・紫玉》。小說以紫玉韓重私定終身開始，其後故事在「臨去」、「玉結氣死」、「三年重歸」、「往弔於墓前」、「重既出」、「重走脫」的單線型時間發展流程中逐步展開，最後在「忽見玉」這一時間點上結束；其間通過求婚不成、紫玉因情而死、重歸弔墓、玉魂出見、結爲夫婦、王欲殺重、玉向王陳情等情節的多次敘述，既描寫了吳王對紫玉韓重愛情要求的粗暴阻撓，又詳細刻畫了紫玉爲情而死、韓重與紫玉鬼魂結爲夫婦忠於愛情的堅貞純情形象；節奏鮮明，氣脈流暢，語言簡潔而又富有表現力，敘述了一個完整的淒美愛情故事，營造出淒美動人的藝術意境。如下圖所示：

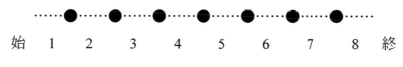

始　　1　　2　　3　　4　　5　　6　　7　　8　　終

注：圖中虛線指時間發展線索；黑點指故事情節

　　總之，在秦漢至隋時期，與卷帙繁多的小說數量相比，真正具有意境特徵的小說篇章仍然較少，總體上處於偶發狀態。另外，由於其存在的簡單性與潛隱性及其相對簡單的表現形式，說明其意境特徵還尚處於初期發展階段。但是，就中國古代小說意境的發展歷史而言，魏晉南北朝小說意境的萌發有兩個重要意義：第一，它打破了先秦小說無意境的歷史局面，正式宣告了中國古典小說意境的誕生；第二，它初步摸索並形成的藝術經驗，爲唐宋小說意境的發展打下了堅實基礎。

〔註25〕〔宋〕劉義慶，世說新語，徐震堮校箋，北京：中華書局，1984年版，第64頁。

第三節　唐宋元小說意境的發展、開拓及其表現

「小說亦如詩，至唐代而一變，雖尚不離於搜奇記逸，然敘述宛轉，文辭華豔，與六朝之粗陳梗概者較，演進之跡甚明，而尤顯者乃在是時則始有意爲小說。」〔註 26〕雖然是就唐代小說與前代小說的比較立論，但亦適用於中國古典小說意境的發展實際：與魏晉南北朝時期相較，中國古典小說意境於唐代開始正式踏上發展的征途。而在唐末五代時期出現的俗講和變文的發展，不但標誌著中國古代白話敘事文學領域的新變化，而且對宋元時期白話通俗小說的出現具有重要影響。客觀而言，宋元時期的白話通俗小說，雖然其意境特徵的整體表現並不明顯，但是卻爲中國古代小說的轉折與開拓做出了一些積極的藝術探索，並爲中國古典小說意境的發展提供了一些新的藝術因素。總體而論，與秦漢至隋時期的小說相較，唐宋元小說的意境表現出明顯的發展態勢。

一、唐宋文言小說意境的發展及其表現

（一）創設意識開始走向自覺，詩性思維趨於明確

在中國文學開始進入自覺時期的魏晉南北朝階段，「小說」與其他文體相比，還主要處於採錄編撰之途，屬於廣泛的文化學範疇。雖然志人小說開始爲「賞心而作」因而「遠實用而近娛樂」，志怪小說亦有幻設之特徵，但總體而言，時人大多「非有意爲小說」，故這一時期的小說仍呈「粗陳梗概」之面目，文學色彩還相對較爲淡薄。因此，中國古典小說意境雖於魏晉南北朝時期開始萌發，但是其意境創設尚處於潛意識階段。

與其他文體相比，中國古代小說成熟相對較晚。「小說到了唐時，卻起了一個大變遷。」〔註 27〕到了唐代，中國文學自覺的影響在小說領域才開始顯露，「至唐人乃作意好奇，假小說以寄筆端。」〔註 28〕所謂的「至唐而一變」，不但指小說文本精神內容與表現形式的革新，亦包括作家主體創作意識的覺醒。趙彥衛於《雲麓漫鈔》中曰：

> 唐之舉人，先籍當世顯人，以姓名達之主司，然後以所業投獻，
> 逾數日又投，謂之溫卷。如《幽怪錄》、《傳奇》等皆是也。蓋此等

〔註 26〕魯迅，中國小說史略，上海：上海古籍出版社，1998 年版，第 44 頁。
〔註 27〕魯迅，魯迅全集，北京：人民文學出版社，1991 年版，第 313 頁。
〔註 28〕〔明〕胡應麟，少室山房筆叢，北京：中華書局，1958 年版，第 376 頁。

　　文備眾體，可以見史才、詩筆、議論。〔註29〕

「所謂『史才』，與李肇所讚賞的『良史才』一脈相承，也就是用史家寫傳記的筆法來寫小說，可以稱之爲專長記事的史傳派。」〔註30〕「至於『議論』，則只是『史才』的一個組成部分，模擬《左傳》的君子曰《史記》的太史公曰，顯示其繼承的是史家的傳統。」〔註31〕以「史才」與「議論」爲小說，自有深刻的理性思考在內。「所謂『詩筆』，就是在敘事文學中融合詩歌，從廣義上來說，還包括賦和駢文，『用對語說時景』的修辭方法也應該包括在內，可以稱之爲偏重文采的詞章派」，〔註32〕而「『詩筆』最深一層的含義乃是創造詩的意境，這是傳奇小說既不同於志怪志人，又不同於白話小說的地方。」〔註33〕因此，所謂的「史才、詩筆、議論」實屬作者精神世界理性思考與詩性智慧的融合，而「意境是一個具有哲學意蘊的美學範疇」，魯迅先生亦認爲唐人小說「其云『作意』，云『幻設』者，則即意識之創造矣。」〔註34〕於此可見，唐人創設小說意境的意識已開始走向自覺，正所謂「施之藻繪，擴其波瀾，……其間雖亦或託諷喻以紓牢愁，談禍福以寓懲勸，而大歸則究在文采與異想」。〔註35〕因此，與前人因「粗取」而成「微說」、「合叢殘小語以作短書」相比，唐人不僅有意創設小說意境，而且其自覺性亦大爲增強。這與意境理論由王昌齡於唐代詩學領域開始發明不但同步，且亦有異曲同工之妙。

　　在這一前提下，唐人的詩性思維漸趨明確。「唐人好詩仍風俗」，〔註36〕「凡生活中用到文字的地方，他們（指唐人）一律用詩的形式來寫，達到任何事物無不可以入詩的程度。」〔註37〕而「藝術品的產生，取決於時代精神和周轉的風氣」，〔註38〕因而在詩歌繁榮的唐朝，唐人大多以詩人的身份和氣

〔註29〕〔宋〕趙彥衛，雲麓漫鈔，北京：中華書局，1996年版，第135頁。

〔註30〕程毅中，文備眾體的唐代傳奇文，北京：中共中央黨校出版社，1994年版，第80頁。

〔註31〕程毅中，文備眾體的唐代傳奇文，北京：中共中央黨校出版社，1994年版，第80頁。

〔註32〕程毅中，文備眾體的唐代傳奇文，北京：中共中央黨校出版社，1994年版，第80頁。

〔註33〕孟昭連，論唐傳奇「文備眾體」的藝術機制，南開學報：2002年第4期，第62～68頁。

〔註34〕魯迅，中國小說史略，上海：上海古籍出版社，1998年版，第44頁。

〔註35〕魯迅，中國小說史略，上海：上海古籍出版社，1998年版，第44～45頁。

〔註36〕〔宋〕李之儀，姑溪居士全集，北京：中華書局，1985年版，第212頁。

〔註37〕聞一多，聞一多全集，北京：三聯書店，1982年版，第202頁。

〔註38〕〔法〕丹納，藝術哲學，北京：人民文學出版社，1982年版，第32頁。

質作小說，習慣於將內心的豐富情感表現於主觀，擅長將強烈的主體情感投射到小說中。因此，唐代小說家具備了發現生活美並進行藝術表現與抒情意識的自覺。如沈既濟於《任氏傳》中曰：

> 嗟乎，異物之情也有人焉！遇暴不失節，徇人以至死，雖今婦人，有不如者矣。惜鄭生非精人，徒悅其色而不徵其情性。向使淵識之士，必能揉變化之理，察神人之際，著文章之美，傳要妙之情，不止於賞玩風態而已。惜哉！〔註39〕

既認為小說要以「情」為審美觀照對象，小說家要情感充沛並凝注自己細緻微妙的情感，才可能創造出形象飽滿、情感充沛的動人形象，又表達了對任氏故事悲劇性的思考。不止沈既濟，唐代許多小說家都有了這種抒情意識與理性思考的自覺。如《柳毅傳》篇末云：

> 隴西李朝威敘而歎曰：五蟲之長，必以靈著，別斯見矣。人，裸也，移信鱗蟲。洞庭含納大直，錢塘迅疾磊落，宜有承焉。嘏詠而不載，獨可鄰其境。愚義之，為斯文。〔註40〕

李朝威動於情感於義，才創作了這篇小說。李公佐撰《謝小娥傳》亦曰：「知善不錄，非《春秋》之義也。故作傳以旌美之。」〔註41〕亦體現出抒情意識與理性思考的明確意識。因此，與前人相比，唐代小說家的抒情意識與理性思考更為豐富，這就為中國古代小說意境的進一步發展提供了必要前提條件。

（二）意境質素趨於濃鬱，意境構設手法趨於繁複

魏晉南北朝及其以前的小說主要採用線條勾勒手法簡單敘事、寫人，且很少寫景，韻文雖已進入文本但尚未達到交融之程度，總體表現尚「粗陳梗概」，故其意境質素仍較為單薄。因而，即使具意境特徵者，因其構設手法仍較為簡單而表現出簡單性特徵。然而到了唐代，由於「紳士階級的文人受了長久的抒情詩的訓練，終於跳不出傳統的勢力」，〔註42〕他們寓詩性智慧於寫

〔註39〕〔唐〕沈既濟，任氏傳；袁閭琨、薛洪勣，唐宋傳奇總集，鄭州：河南人民出版社，2001年版，第175頁。

〔註40〕〔唐〕李朝威，柳毅傳；袁閭琨、薛洪勣，唐宋傳奇總集，鄭州：河南人民出版社，2001年版，第208頁。

〔註41〕〔唐〕李公佐，謝小娥傳；袁閭琨、薛洪勣，唐宋傳奇總集，鄭州：河南人民出版社，2001年版，第237頁。

〔註42〕胡適，白話文學史，合肥：安徽教育出版社，2006年版，第57頁。

人、寫景、敘事，追求「文采與異想」，因而小說至唐，意境質素漸趨濃鬱；而「史才、詩筆、議論」等詩性表現技巧的運用，亦使得小說的意境構設手法漸趨繁複。因此，與前代小說相比，唐宋文言小說意境的表現更爲鮮明。

唐宋文言小說在刻畫人物時，講究以形求韻神韻結合，崇尚寫意性。如《虬髯客傳》寫李世民：

> 不衫不履，裼裘而來，神氣揚揚，貌異於常。〔註43〕

> 神情清朗，滿座風塵，顧盼煒如也。〔註44〕

《遊仙窟》寫十娘：

> 博陵王之苗裔，清河公之舊族。容貌似舅，潘安仁之外甥；氣調如兄，崔季珪之小妹。華容婀娜，天上無儔；玉體逶迤，人間少匹。〔註45〕

而霍小玉出場時則「若瓊林玉樹，互相照耀，轉盼精彩射人。」環境描寫亦如此。「詩人萃天地之清氣，以月露花鳥爲其性情，其景與意不可分也。」〔註46〕情景交融，是古典詩歌極力追求的美學境界。唐宋小說作者汲取這一美學傳統，融合自己的心情意緒於環境描寫，努力構造適於表現故事主題的意境。因此，唐人進行場景描寫時，或借景抒情，或以情寓景，具有深致含蓄的情韻。如《任氏傳》：

> 回睹其馬，齧草於路隅，衣服悉委於鞍上，履襪猶懸於鐙間，若蟬蛻然。唯乎飾墜地，餘無所見。〔註47〕

鄭六睹物思人、物是人非的感傷悵然全部寄託在對客觀物象的描寫之中，句句景語，句句是情語。這種融情入景的詩意描寫在唐宋傳奇中並非孤立存在。再如《補江總白猿傳》：

> 南望一山，蔥秀迴出。至其下，有深溪環之，乃編木以度。絕

〔註43〕佚名，虬髯客傳；袁閭琨、薛洪勣，唐宋傳奇總集，鄭州：河南人民出版社，2001年版，第917頁。

〔註44〕佚名，虬髯客傳；袁閭琨、薛洪勣，唐宋傳奇總集，鄭州：河南人民出版社，2001年版，第917～918頁。

〔註45〕〔唐〕張文成，遊仙窟；袁閭琨、薛洪勣，唐宋傳奇總集，鄭州：河南人民出版社，2001年版，第16頁。

〔註46〕〔清〕黃宗羲，南雷文案·景州詩集序，北京：商務印書館，1936年版，第173頁。

〔註47〕〔唐〕沈既濟，任氏傳；袁閭琨、薛洪勣，唐宋傳奇總集，鄭州：河南人民出版社，2001年版，第175頁。

> 岩翠竹之間，時見紅採，聞笑語音，捫蘿引絙，而陟其上，則嘉樹列
> 植，間以名花，其下綠蕪，豐軟如毯。清迥岑寂，杳然殊境。〔註48〕

在敘述歐陽紇攀山越嶺不辭艱辛的尋妻過程中，筆勢一轉，以清麗之筆插入
富有詩情畫意的環境描寫，與其誓死決絕悲憤的心境相映照，意境蓬勃而出。

　　小說雖爲敘事文體，然而唐人亦多以詩性思維進行觀照，使得小說敘事
亦表現出意境特徵。如寫愛情悲劇的《霍小玉傳》，文本首先敘述遭家人鄙棄、
身世飄零的霍小玉在流落生涯中遇到心儀之情郎李益，繼之以甜蜜愛情中的
八年之盼，然而小說筆勢一轉，李益考中之後轉而負心，致使小玉生活在痛
苦無望的期盼之中，悲劇氛圍隨著故事的發展逐漸濃厚。在文本結尾，小玉
臨終痛斥李益一場：

> 小玉側身轉面，斜視生良久，遂舉杯酬地曰：「我爲女子，薄
> 命如斯！君爲丈夫，負心若此！韶顏稚齒，飲恨而終。慈母在堂，
> 不能供養，綺羅絃管，從此永休！微痛黃泉，皆君所致……」乃引
> 左手握生臂，擲杯於地，長慟號哭數聲而絕。母乃舉屍，置於生懷，
> 令喚之，遂不復蘇矣。〔註49〕

氣氛悽楚激越，悲劇最終達到高潮。這是以情貫穿敘事而具意境者。而以哲
思構建敘事者如《枕中記》，寫盧生高談出將入相的人生壯懷，呂翁贈一枕，
於是盧生在夢中經歷了娶佳人、立邊功、位登顯要、聲色榮華並獲而終遭疑
忌猜妒、人情險惡的官場生活。而其夢醒之後，「見其身方偃於邸舍，呂翁坐
其旁，主人蒸黍未熟，觸類如故。」平淡的現實生活、熱鬧繁華的夢中世界，
咫尺之間對比鮮明，寄寓了榮華富貴轉眼皆空的感慨。慨歎之情，油然而生！
文本結尾更是餘味曲包：

> 翁謂生曰：「人生之適，亦如是矣。」生撫然良久，謝曰：「夫
> 寵辱之道，窮達之運，得喪之禮，死生之情，盡知之矣。此先生所
> 以窒吾欲也。敢不受教。」稽首再拜而去。〔註50〕

小說含思深遠，說明作者並非僅止於講述故事，而是要抒發人生如寄的深刻

〔註48〕佚名，補江總白猿傳；袁閭琨、薛洪勣，唐宋傳奇總集，鄭州：河南人民出
　　　　版社，2001 年版，第 156 頁。
〔註49〕〔唐〕蔣防，霍小玉傳；袁閭琨、薛洪勣，唐宋傳奇總集，鄭州：河南人民
　　　　出版社，2001 年版，第 320 頁。
〔註50〕〔唐〕沈既濟，枕中記；袁閭琨、薛洪勣，唐宋傳奇總集，鄭州：河南人民
　　　　出版社，2001 年版，第 167 頁。

感歎。

「小說在本質上同時在形式上具有一種內在韻律，比較一般散文性的東西更爲渾美，都可以說是詩，廣義的詩。」〔註51〕唐宋傳奇將詩筆或哲思和藝術形象、環境描寫、敘事相交融，或將小說形式部分地詩化，或著意於意境的營造、氣氛的渲染、情感的抒發，在給讀者講述曲折新奇的傳奇故事時，又妙筆生花地描繪出富有詩情畫意的圖畫，用詩筆或哲思把小說、詩與畫這三者勾連起來，把敘事和抒情完美地融合起來，使作品反映的生活實境和刻畫的人物形象均明顯帶上了詩意化的審美傾向，使唐宋傳奇具有詩情畫意的特徵。因此正如宋劉貢父所言：「小說至唐，鳥花猿子，紛紛蕩漾。」〔註52〕而宋人洪邁亦曰：「小小情事，凄婉欲絕，洵有神遇而不自知者，與詩律可稱一代之奇。」〔註53〕

（三）複線型表現形式與圓周放射式表現形式

由於唐宋時期小說作家的詩性思維更爲明確，因而唐宋文言小說意境的創設意識更爲自覺。在這一前提下，此時期的文言小說意境質素逐漸趨於濃鬱，意境構設手法亦趨於繁複。這些因素結合起來，使得唐宋文言小說意境的表現形式更趨豐富：不但有點型與單線型表現形式，而且出現了複線型表現形式與圓周放射式表現形式。

1. 複線型表現形式

所謂複線型表現形式是指小說在總體的單向線性時間流程發展過程中，故事情節在兩條線索的交叉分合中完成，最終使小說意境得以呈現的表現形式。根據單向線性時間流程的不同表現，複線型表現形式又可分爲兩種：其一爲互逆式複線型表現形式，其二爲嵌入式複線型表現形式。

（1）互逆式複線型表現形式

所謂互逆式複線型表現形式是指小說在總體的單向線性時間流程發展過程中，其意境在互逆的兩條線索的交叉分合中得以呈現的表現方式，如《霍小玉傳》。

〔註51〕葉聖陶，葉聖陶論創作·讀虹，上海：上海文藝出版社，1982 年版，第 546頁。

〔註52〕〔宋〕劉攽，中山詩話；何文煥，歷代詩話，北京：中華書局，2001 年版，第 297 頁。

〔註53〕蓮塘居士，唐人說薈·凡例引，上海：掃葉山房石印本，宣統三年。

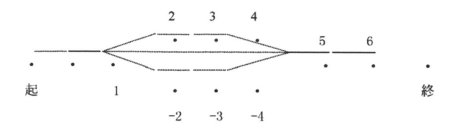

注：霍小玉一線：1為相見歡好；2為離別求願；3為癡心等待；4為
苦思成疾；5為憤怒相迎；6為悲憤而死。
李益一線：1為相見歡好；-2為山盟海誓；-3為辜負盟約；-4為
負心另娶；5為被迫相見；6為假念舊情。

　　小說首先以李益出場作為故事的起點，其次以先後次序接以李益博求名
妓與霍小玉欲求郎兩條線索，經由鮑十一娘的撮合，兩條線索實現了第一次
合流，即二人相見歡好的故事情節，此時故事散發出歡快的基調。由於李益
重色與霍小玉重情的分歧，悲劇氣氛悄然升起，故事沿著格調互逆的兩條線
索向前發展：在離別之際，霍小玉發八年之願，而李益則山盟海誓，悲劇氣
氛逐漸濃厚；分別之後，霍小玉陷入痛苦漫長的癡心等待，而李益高中之後
則辜負盟約有意躲避霍小玉；因此，霍小玉因苦思成疾，而李益則負心另娶；
由於黃衫客的脅迫李益被迫與小玉相見，而小玉則憤怒相迎，故事又再次合
流。此時故事經由三對格調互逆情節的三度對比生發，悲劇氣氛悽楚激越最
終達到高潮。霍小玉因悲憤而死，李益雖感念舊情然卻出現心理陰影，故事
最終在李益得到報應的結果下結束。由此可見，霍小玉的故事在起——分
——合——分——合的總體線型時間發展流程中，其悲劇氣氛在兩條格調互
逆線索的對比張力中逐漸濃鬱，意境也因而誕生。

（2）嵌入式複線型表現形式
　　所謂嵌入式複線型表現形式是指在小說總體的單向線性時間流程發展過
程中將其一個時間點拉伸為一條時間線，其意境在這種複線型形式中得以呈
現的表現方式，如《南柯太守傳》。

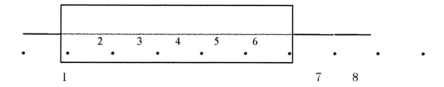

注：1：酒醉而臥；2：夢入槐安國；3：招爲駙馬；4：爲南柯太守；
　　5：榮耀二十載；6：兵敗妻死；7：被疑遣歸；8：夢醒發穴驗夢。

　　這篇小說總體上按照線型時間發展流程依次展開酒醉而臥、夢入蟻穴、夢醒之後三個結構單元。文本第一個單元寫淳于棼潦倒落魄的現實生活，因其酒醉而臥展開故事；故事主體寫淳于棼夢入蟻穴的經歷即文本的第二個單元：亦按照線型的時間發展流程依次展開入槐安國、招爲駙馬、爲南柯太守、榮耀二十載、兵敗妻死、被疑遣歸等故事情節，描寫了淳于棼建功立業烈火烹油榮華富貴並最終衰敗的生活，既是小說總體線型時間發展流程中的一個點，亦可看作由一個時間點拉伸而成的時間線；夢醒之後以淳于棼掘發蟻穴驗夢作結：其夢醒之後，「見家之僮僕擁於庭，二客濯足於榻，斜日未隱於西垣，余樽尚湛於東」，寂寥冷清的現實生活與熱鬧繁華的夢中世界，對比鮮明令人慨歎。而小說的結尾更具深刻內涵，淳于棼與二友人發槐樹下蟻穴，指點夢中所歷，一一如在目前，「追想前事，感歎於懷。披閱窮跡，皆符所夢。」因此魯迅先生評曰：「假實證幻，餘韻悠然。」〔註54〕它含思深遠，表示作者不完全是在講述故事，而是要抒發人生如寄的悲劇意識，以及「竊位諸生，冀將爲戒。後之君子，幸以南柯爲偶然，無以名位驕於天壤間雲」的感歎。小說意境正是在這一主線中嵌入延伸性時間線的三個結構單元的對比中呈現。

2. 圓周放射式表現形式

　　所謂圓周放射式表現形式是指在總體的單向線型時間發展流程中，以核心人物或核心事件爲中心點，按照時間順序或邏輯思維構設故事情節從而使小說意境得以呈現的表現方式，如《李娃傳》與《無雙傳》等。

〔註54〕魯迅，中國小說史略，上海：上海古籍出版社，1998年版，第54頁。

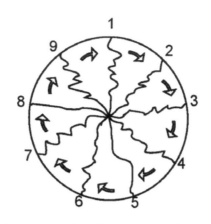

注：1：滎陽生進京；2：邂逅李娃；3：墜入騙局；4：李娃走脫；5：
　　潦倒落魄；6：父杖幾死；7：再逢李娃；8：溫書高中；9：父子
　　聚首，結為夫妻。

在《李娃傳》中，滎陽生處於圓周圓心的位置，是全部故事情節的放射
點，沒有這個核心人物，所有的故事情節都無從展開。文本首先描寫滎陽生
的富貴家世與過人才華，並預示了他必定高中光宗耀祖的未來。接著以其進
京趕考作為故事情節展開的起點，然後筆勢一轉，寫其迷戀京師繁華，為後
來人生的轉折埋下了伏筆，不祥的氣氛悄然而生。此後，故事按照時間的發
展流程順勢展開，設計了他邂逅李娃、墜入騙局、李娃走脫、潦倒落魄四個
情節，故事悲慘淒涼的氣氛逐漸濃厚，並在父杖幾死之後達到高潮，驅動著
讀者之意伴隨著他的人生發展過程而漸趨深入。此後，筆勢再轉，寫其再逢
李娃，並在李娃的幫助下中舉，後來到地方任職偶遇父親與父團聚，並與李
娃結為百年之好，故事在喜慶氣氛中結束。這篇小說以滎陽生為放射原點，
在線型時間流程中設計了 9 個故事情節，滎陽生與李娃的人物形象得到充分
塑造，故事氣氛也經由歡快到悲慘淒涼到喜慶完成了三次變化，引領讀者在
氣脈的跌宕起伏中墜入富有張力的心理場，並結合滎陽生與李娃的性格變化
及其故事進入對美與醜的深刻思考，小說意境亦因勢氤氳而出。

上述是就唐宋文言小說意境的發展及其總體表現而論。其實，在這一範
疇內部，唐代文言小說與宋代文言小說的意境表現也並不相同。「宋一代文人
之為志怪，既平實而乏文采，其傳奇，又多託往事而避近聞，擬古且遠不逮，
更無獨創之可言矣。」〔註55〕與唐代文言小說相較，宋代文言小說雖亦數量

─────────────────

〔註55〕魯迅，中國小說史略，上海：上海古籍出版社，1998 年版，第 71 頁。

可觀，然「既失六朝志怪之古質，復無唐人傳奇之纏綿」，〔註56〕因而就其意境表現而言卻無甚發展，故不再作專門闡述。

二、宋元白話通俗小說創設意境的新探索

　　時至宋代，「在市井間，則別有藝文興起。即以俚文著書，敘述故事，謂之『平話』，即今所謂『白話小說』者是也。」〔註57〕然而，「用白話作書者，實不始於宋。」〔註58〕於唐末開始出現的俗講與變文，實為此後白話通俗敘事文學之發端。如《維摩詰講經文》，「規模宏偉，想像豐富，甚有文學色彩。其中對於魔女的描寫，極鋪陳渲染之能事，辭藻華麗，帶有駢文的節奏聲韻之美。」〔註59〕因此，唐代講經文中的某些作品，能夠「以生動的故事情節，敘事、描繪、抒情等手法，廣譬博喻，縱橫騁說，把深奧的教義轉化為生活展示，往往突破宗教藩籬，映照出現實世界，以其濃鬱的生活氣息，新奇別致的內容，張弛起伏的情節，通俗生動的語言，引人入勝。」〔註60〕再如《伍子胥變文》。在《史記・伍子胥列傳》中，伍子胥逃亡途中遇漁夫一事，只有簡短的 61 字，而在變文中，卻用了 2500 字，尤其對江邊荒涼蕭索環境的描寫，人物內心焦慮不安情緒的描繪，加強了倉皇逃亡途中伍子胥的驚慌和英雄陌路的悲憤之情。故魯迅先生說：「大抵史上大事，既無發揮；一涉細故，便多增飾，狀以駢儷，證以詩歌，又雜譁詞。」〔註61〕故「以意度之，則俗文之興，當由二端，一為娛心，一為勸善，而尤以勸善為大宗。」〔註62〕無論是俗講和變文，在這一創作意旨的指引下，大多能夠以豐富的想像、曲折的情節、生動的形象與活潑的語言達到引人入勝的藝術效果，並在一定程度上呈現出局部意境特徵。

　　宋元時期，因接受唐末五代俗講和變文的影響而在民間發展起來的白話通俗小說進一步在藝術上作了一些有意義的探索。因現存宋元話本小說數量

〔註56〕魯迅，中國小說史略，上海：上海古籍出版社，1998 年版，第 64 頁。
〔註57〕魯迅，中國小說史略，上海：上海古籍出版社，1998 年版，第 71 頁。
〔註58〕魯迅，中國小說史略，上海：上海古籍出版社，1998 年版，第 71 頁。
〔註59〕袁行霈主編，中國文學史，北京：高等教育出版社，2000 年版，第 399～400 頁。
〔註60〕袁行霈主編，中國文學史，北京：高等教育出版社，2000 年版，第 399 頁。
〔註61〕魯迅，中國小說史略，上海：上海古籍出版社，1998 年版，第 75 頁。
〔註62〕魯迅，中國小說史略，上海：上海古籍出版社，1998 年版，第 71 頁。

有限，且大多未能保持其最初面貌，所以在此僅就少數較爲可信者作一大致說明。

以《錯斬崔寧》爲例，這篇話本小說收入《京本通俗小說》，「的是影元人寫本」〔註63〕，雖然該書與繆說並不可信，但是這篇話本小說大致爲宋元時期的作品仍有一定根據；《醒世恆言》中亦有載錄，題名《十五貫戲言成巧禍》，馮夢龍雖作一些改編，然其大致風貌尚存。這篇小說情節並不複雜，純粹按照時間和事態發展順序自然展開。然而，它有幾個方面值得注意。其一，故事素材的典型性。小說能夠將一個並不複雜的故事放在廣闊的社會現實背景下展開，揭示了造成這一冤獄的個體與社會原因。劉貴的戲言之所以讓陳二姐信以爲眞，固然由戲言本身引起，然而與陳二姐在家庭中低下的妾的身份地位及其造成的軟弱性格亦有密切關係。巧禍發生之後，鄰居們並不符合事實的假想與猜測，是使得錯斬發生的原因之一，而官員的酷刑與無端判案則是導致冤案發生的直接因素。所以這個簡單的故事不但對封建社會女性的生存環境作了形象揭示，對當時社會民眾的生存狀態與心理動機作了如實展示，而且對南宋社會的司法制度作了深度揭露。因而，小說描寫了造成冤案的典型環境，以貌似平常的主題表達了深刻的道理。其二，人物性格的刻畫。小說不但對特定環境與故事情節對人的性格造成的影響作了細緻描寫，而且依據人物性格設計了故事情節和環境。作爲妾，陳二姐只能在「燈下打瞌睡」等待丈夫歸來；劉貴戲言賣身，她也不敢反抗，只想著「去與爹娘說知」，即使是離家時還把十五貫「一垛兒堆在劉官人腳後邊」；黑夜不敢走路，「行不上一二里，早是腳疼走不動」。正是由於其懦弱性格，才導致其與崔寧相遇並要求與其同行事件的發生。當面對前後態度不一的朱三老兒、血口噴人的王氏與武斷的府尹時，陳二姐也只是懦弱地反覆陳說「丈夫無端賣我，我自去對爹娘說知……」。因此，在「做什麼」和「怎麼做」的敘事過程中，小說不但對陳二姐的懦弱性格作了細緻的刻畫，而且對由其性格缺陷導致的悲劇結局作了生動說明。其三，小說的結構、故事情節安排也發生了深刻變化。適應以事寫人的需要，文本不但以故事情節爲中心，而且盡量簡化情節線索。文本以戲言、巧禍、錯殺爲主導故事情節，對事關主要人物的言語行爲及事件作細緻描寫，而對於次要人物的卻取其所需，不作完整敘述。另外，文本還採用巧合誤會的手法，以「十五貫」作爲一個敘事符號，貫穿整個敘事過

〔註63〕繆荃孫，京本通俗小說跋，上海：上海古籍出版社，1988年版，第195頁。

程，剪裁故事，塑造人物形象，使得整個故事既曲折跌宕又誘人心弦，營造出生動的心理場。因此，故事的典型性、人物性格的細緻刻畫與巧妙的表現技巧三個因素有效結合起來，使得《錯斬崔寧》這篇話本小說具備了較爲明顯的意境特徵。

與《錯斬崔寧》的藝術表現特徵相類似，其他話本小說如《王魁負心》、《碾玉觀音》、《鬧樊樓多情周勝仙》等亦表現出較爲明顯的意境特徵。此外，在說經類、講史類、杆棒類等範疇之內，亦有部分小說由於其對深刻道理的展示與藝術化的表現方式而在文本局部表現出一定的意境特徵。然而，由於這些小說的非完整性與非原初面貌特徵，且出於客觀分析的要求，此處不再詳述。

總體而言，結合宋元話本小說的整體表現，其對於中國古典小說意境的開拓大致有三個貢獻。第一，語言體式的變化。這不但使白話語體成爲中國古代小說的一種重要語言體式，而且在塑造人物、描述故事方面做出了具有積極意義的初步嘗試，爲日後白話通俗小說創設意境積累了豐富的語言經驗。第二，在平凡的故事中寄寓深刻的人生經驗體悟。諸如「杆棒」、「煙粉」、「公案」類等小說大多將視線轉向普泛性現實社會人生，通過對生活中的具體事件展示普通人的命運遭際與內心情懷，即使是「講史」、「靈怪」類小說也多以市民的思想情趣加以生發創造從而飽含現實性的人情事理。這就爲日後白話通俗小說創設意境拓寬了通道。第三，雖然重在敘事，然而能夠通過敘事以寫人。不但能夠構設曲折生動的故事情節形成跌宕的文勢，吸引接受者的注意力從而調動其心理走向，而且能夠在敘事的過程中結合人物相貌、言語、行爲和心理描寫初步實現對人物形象較爲細緻的刻畫，達到以形寫神的藝術效果。

總之，在中國古典小說意境的發展歷程中，唐宋元小說是極爲重要的一環。它不但開啓了中國古典小說意境正式發展的征途，而且爲日後白話通俗小說意境走向繁榮提供了足資借鑒的藝術經驗。

第四節　明清小說意境的高度繁榮及其表現

客觀而言，明清小說意境的繁榮是多種因素共同作用的結果。第一，元代以後，意境理論與敘事文學的接軌啓動了小說意境理論的思維自覺。在唐宋時期，意境理論在詩詞、繪畫等領域得到充分發展，已經具備初步的理論體系與思維自覺。元代以後，意境理論漸趨浸入戲曲、小說等通俗敘事文學

藝術領域，因而爲明清小說意境的繁榮提供了理論自覺意識。第二，小說觀念的進化。經由唐宋小說創作的努力開拓，到了明清時期，在傳統寬泛性的文化學範疇概念體系之中，小說的文學性概念發展日益顯明，文學小說創作日益向縱深發展。第三，文學小說創作的繁榮。明清時期，文學範疇的小說創作不但作品數量、流派眾多，而且名作、名家輩出，創作的繁榮爲小說意境的繁榮提供了物質基礎。第四，小說藝術水平的顯著提升與小說理論的日益豐富。藝術水平的整體提高使得小說的詩性質素趨於濃鬱，而理論認識的深入與豐富不但是藝術水準進步的表現，而且進一步促進了小說藝術水平的提升。因此，在這四個因素的綜合作用下，明清小說意境達到了高度繁榮的狀態。

一、意境理論的滲入與創設意識的充分自覺

自人類意識進入初步覺醒階段，在原始先民的日常生活與中國古典藝術領域，意境就已作爲客觀事實而存在。它作爲一種理論雖然在唐代業已提出，但其在元代以後才開始以一種自覺的意識進入敘事領域。如祝允明在《送蔡子華還關中序》曰：「身與事接而境生，境與身接而情生。……境之生乎事也。」〔註64〕認爲身事相接而生境，境身相接而生情，這意味著敘事與意境開始在理論上接軌。研究者亦已開始以一種初步自覺的意境理論意識對敘事文體進行評點。如明人祁彪佳《遠山堂劇品》云：「傳情者，須在想像間，故別離之境，每多於合歡。實甫之以《驚夢》終《西廂》，不欲盡境之也。」〔註65〕明確指出戲曲文學的意境特徵。而李贄在評點《水滸傳》第一回「王四醉酒」中的情節時曰：「絕好事境，絕好文情。」〔註66〕不但提出了「事境」範疇，而且對小說意境的客觀存在給予明確指示。因此，理論的接軌與眾多研究者的明確闡釋，不但充分表明明清小說的意境表現已非常鮮明，而且爲小說意境思維與創設意識走向充分自覺與完善提供了充分的理論支持。

明清小說意境創設意識的充分自覺固然與意境理論對小說創作的滲透

〔註64〕 〔明〕祝允明，枝山文集・送蔡子華還關中序；胡經之，中國古典美學叢編，
　　　　北京：中華書局，1988 年版，第 247 頁。
〔註65〕 〔明〕祁彪佳，遠山堂劇品；中國戲曲研究院，中國古典戲曲論著集成，北
　　　　京：中國戲劇出版社，1959 年版，第 163 頁。
〔註66〕 〔明〕李贄，水滸傳眉批；施耐庵，水滸傳（匯評本），北京：人民文學出版
　　　　社，2005 年版，第 31 頁。

密切相關，然而此時期因小說家對意境理論的接受而導致的小說創作實際與
小說觀念的發展尤爲重要因素。在唐代以前，人們對於小說的認識主要停留
於「說之小者」的範疇，雖然至唐人們開始認爲小說中有「大道」但仍未成
爲主流認識，這在唐代小說研究者的眾多言論中可以得到證明。到了明清時
期，小說中有「大道」開始成爲普遍性認識。如謝肇淛於《五雜俎》中曰：
「小說……雖極幻妄無當，然亦有至理存焉」，〔註67〕胡應麟亦認爲「小說
者流，……覃研道理，務極幽深。其善者，足以備經解之異同，存史官之討
覈，總之有補於世，無害於時」，〔註68〕小說中不但有至理而且幽深。而《本
館附印說部緣起》則更進一步，「夫古人之爲小說，或有精微之旨寄於言外，
而深隱難求……」，〔註69〕認爲小說中的至理深隱難求。究其實，所謂深隱
難求的至理是事關人類與社會存在的深刻道理，它是小說家深沉之意與理性
思考的結晶。不止如此，此時期小說創作中的「詩性」質素亦更爲充分。如
陶家鶴在《綠野仙蹤序》中曰：

> 而其立局命意，遺字措辭，無不曲盡情理。試觀其起伏也，如
> 天際神龍；其交割也，如驚弦脫兔；其緊溜也‧如鼓聲爆豆；其散
> 去也，如長空風雨；其豔麗也，如美女簪花；其冷淡也，如狐猿嘯
> 月；其收結也，如群玉歸笥；其插串也，如千珠貫線：而立局命意，
> 遺字措詞，無不曲盡情理，又非破空搗虛輩所能以擬萬一。使余竟
> 日夜把玩，目蕩神怡，不由不歡賞爲說部中極大山水也。〔註70〕

就是在文本細讀的基礎上對小說所具備的詩性思維、詩性表現技巧以及詩性
語言所得出的深刻認識。意境是理性思考與詩性表現的充分融合，無論是明
清時期的小說創作實際還是小說觀念，都對這種融合作了明確展示。如《水
滸傳》以天罡地煞降臨凡世化身爲一百零八位反抗者而最終又歸於煙消雲散
的過程爲敘事框架，通過栩栩如生的人物形象塑造與曲折跌宕的故事情節的
構設，對社會存在狀態進行了藝術化的展示；其間文本還以不同形式的石頭
與神話形象進行多次提點，表現出鮮明的詩性思維特徵。其他如《西遊記》

〔註67〕〔明〕謝肇淛，五雜俎，上海：上海書店出版社，2001年版，第312頁。
〔註68〕〔明〕胡應麟，少室山房筆叢，北京：中華書局，1958年版，第374頁。
〔註69〕幾道，別士，本館附印說部緣起，《國聞報》光緒二十三年十月十六日至十一
月十八日。
〔註70〕陶家鶴，綠野仙蹤序；李百川，綠野仙蹤，北京：人民文學出版社，1987年
版，第817頁。

中的神性藝術形象所含納的人性與物性的融合、緊箍咒的存在與自動消失，《紅樓夢》中的石頭與寶玉的合一與分離等，均表現出鮮明的詩性思維特徵，爲意境的有效構設提供了充分的烘託與支撐。這都充分表明了明清時期小說創作者意境思維的完善。因此，馮鎮巒評點《聊齋誌異》時日：「《聊齋》之妙，同於化工賦物，人各面目，每篇各具局面，排場不一，意境翻新，令讀者每至一篇，另長一番精神。」〔註71〕明確以「意境」評點小說，不但是對《聊齋誌異》意境特徵的明確標示，亦說明這部小說文本中的意境創設意識已經高度充分自覺；雖是就《聊齋誌異》立論，其實亦堪爲明清小說意境的總體反映。

明清時期小說意境思維的完善與創設意識的充分自覺，其直接結果就是導致大量具有意境特徵小說文本的出現。單純就數量而言，明清時期具有意境特徵的小說文本明顯超過前代任一時期，甚至前代具有意境特徵小說文本的總和；就具體表現而言，前代具意境之小說，多爲某一時期藝術成就較突出者，而明清時期之小說，其藝術成就一般者亦具意境特徵。另外，前代具有意境特徵者主要爲文言小說，而明清時期具有意境者既有白話小說又有文言小說，而且白話小說的數量逐漸超越文言小說。

二、構設思維的充分成熟與構設手法的多樣化

魏晉南北朝小說主要還處於寬泛的文化學範疇，雖然其創作方式已開始出現轉變跡象，文學質性亦逐漸增強，但是此時期的小說作者大多還不具備明確的意境構設思維，因而在小說文本中的體現亦不明顯。唐宋時期的小說作者雖然也通過敘事表達自己的感喟與深刻思考，但是由於其對「奇」的過於追求，因而影響了意境構設思維的充分發展。直到明清時期，多數小說創作者才開始以眞摯濃鬱的感情與深刻的理性思考關注人與社會存在。因此，言志與比興寄託傳統才眞正深入小說創作。如《水滸後傳》，文本敘寫李俊、燕青等32人再度起義，不但反抗貪官污吏的壓迫，而且後來又轉向抵抗金國的入侵；他們不但懲治通敵叛國的姦臣、救助困苦的社會民眾，而且保護宋高宗建都臨安；這都曲折反映了陳忱關心故國的無限心曲與亡國之恨。而李俊在太湖起義繼而開拓海島建基立業，則與現實中鄭成功、張煌言擁兵海上

〔註71〕〔清〕馮鎮巒，讀聊齋雜說；蒲松齡，聊齋誌異會校會注會評本，上海：上海古籍出版社，1983 年版，第 13 頁。

抗清的事件相激應，反映了漢人不臣服新朝的遺民心態。故雁蕩山樵於《水滸後傳序》中曰：「嗟呼！我知古宋遺民之心矣。窮愁潦倒，滿眼牢騷，胸中塊壘，無酒可澆，故藉此殘局而著成之也。」〔註72〕蒲松齡一生致力於科舉然而卻屢戰屢敗，貧困的生活境遇與心理世界的孤獨寂寞與失衡，使得他對於現實人生與社會有了深刻的體悟，於是借小說以寄寓心曲。這正如其人在《聊齋誌異》序中所言：

> 獨是子夜熒熒，燈昏欲蕊；蕭齋瑟瑟，案冷凝冰。集腋為裘，妄續幽冥之錄；浮白載筆，僅成孤憤之書；寄託如此，亦足悲矣！嗟乎！驚霜寒雀，抱樹無溫；弔月秋蟲，偎闌自熱。知我者，其在青林黑塞間乎！〔註73〕

勃鬱而不可遏的精神苦悶促使他完成了孤憤之書，所謂「孤憤」其實就包含了作者以詩性思維觀照現實生活的藝術匠心。因此，在明清時期，將生活真實有效轉化為藝術真實已成為一種普遍現象，小說作者的詩性構設思維漸漸走向了成熟，這為小說意境構設思維的充分成熟提供了充分保障。

小說意境構設思維的成熟表現為小說意境構設手法的完善與多樣化，而小說意境構設手法的完善與多樣化亦表明了小說意境構設思維的成熟。

（一）「寄興於象」的成熟與普遍化

以象表現人們的主觀認識，當溯源至《周易》。孔穎達在《周易正義》中論及象辭時曾曰：

> 此等象辭，或有實象，或有假象。實象者，若「地上有水」，比也，「地中生木」，升也，皆非虛，故言實也。假象者，若「天在山中」，「風自火出」，如此之類，實無此象。〔註74〕

對此，錢鍾書先生於《管錐編》中釋曰：「正義實象假象之辨，殊適談藝之用。」〔註75〕所謂「寄興於象」，就是創作者通過創設具體或虛幻的符號以寄託自己的深刻理性和濃鬱情感。作為中國古典藝術領域的優秀創作傳統，「寄興於象」首先在諸多表意性藝術體式範疇得以充分發展，後來才逐漸進入小說範疇。

〔註72〕〔清〕雁蕩山樵，水滸後傳序；郭紹虞，中國歷代文論選，上海：上海古籍出版社，1980年版，第322頁。

〔註73〕〔清〕蒲松齡，聊齋誌異，會校會注會評本，上海：上海古籍出版社，1983年版，第3頁。

〔註74〕〔唐〕孔穎達，周易正義，北京：中華書局，2009年版，第36頁。

〔註75〕錢鍾書，管錐編，北京：生活・讀書・新知三聯書店，2001年版，第28頁。

其實，在中國古代小說正式進入文學軌道之前，「寄興於象」方式運用的自覺意識甚爲模糊，故其只是個別現象，表現並不明顯。在小說文學意識開始覺醒的魏晉南北朝時期，《世說新語》、《搜神記》中少數優秀小說因其詩意化描寫而具有了「寄興於象」的風貌，然大多不屬有意識的創造。唐宋時期，由於創作者「有意爲小說」亦且「尚奇」意識的推動，「寄興於象」方式的運用逐漸發展開來，並且出現了一些典型篇章，如《枕中記》、《南柯太守傳》等。

在前代藝術經驗的基礎上，明清時期，「寄興於象」成爲小說家創設小說意境的普遍而又充分發育的藝術方法，這在《聊齋誌異》、《儒林外史》、《孽海花》等小說文本中均有鮮明體現。如《聊齋誌異·席方平》，敘述了席方平爲父鳴冤與陰司作鬥爭的故事。席方平的父親因與羊某不和，羊某死後賄賂陰司索其命並實施殘酷虐待。席父告知方平原因，方平魂魄於是入陰司探視父親。當其目睹父親慘狀之後，先後訴之於獄吏、城隍、冥王。然地獄與人間相似，亦是賄賂公行，暗無天日，獄吏、城隍、冥王因收受了羊某的賄賂均不爲方平主持公道，並且對方平實施了鞭笞、火刑、鋸解等慘無人道的酷刑。方平雖備受酷刑，仍然堅持爲父伸冤，最終經二郎神主持公道，父子返回陽世並得到補償。在這篇小說中，黑暗的地獄賄賂公行，它可以收受死人的賄賂而將活人拉入地獄；慘無人道毫無公平公正，受冤屈的鬼魂連伸冤的機會都沒有，還要承受酷刑。因而，它飽含了作者的深刻認知與強烈情緒體驗，即黑暗的陰間實爲現實陽世的虛幻表現，因而是一個有意味的符號與意象，是現實社會真實狀態的縮影與象徵。而席方平因對公平的不懈追求及其所遭受的殘酷經歷，與地獄之象的內涵相互生發，產生對比張力，引導讀者之意進入對人以及社會存在的深刻思考，最終沉浸在悲重的意境氛圍之中。另如《儒林外史》：曾經傳聞天下的泰伯祠牆倒殿傾，樂器祭器塵封冷落，「自從虞博士去後，賢人君子，風流雲散」；蕭雲仙的文治武功，最終卻被工部核算追賠。寄寓了作者社會理想的兩件大事，均以失敗而告終。如果與文本對假文士的諷刺、社會醜惡風氣的揭露以及對理想文士的探求等進行對比考察，泰伯祠與蕭雲仙的文治武功可謂內涵豐富的象徵符號，具備極大的心理認知空間，能夠激發意境的創生。此外，如《紅樓夢》中大荒山虛幻世界與現實世界之虛象與實象的對比映照、《三國演義》中對於現實世界的實象展示，都寄託了作者的濃鬱情感和深刻認知，使其作爲一種藝術符號爲小說意境的生發貢獻了巨大的藝術功用。

（二）運詩入小說的成熟與多元化

運詩入小說既是不同文體互相影響的結果，亦是中國古代小說意境發生的重要因素。在前代發展的基礎上，明清小說運詩入小說不但方式多樣，而且發展程度也高度繁盛，呈現出較前代小說更為普遍而且成就更高的狀態。所謂運詩入小說，包含三個層次。

第一，在小說中插入詩詞以構設意境。穿插詩歌是小說接受詩歌影響創設意境的一個常用手段。小說中的詩歌無論是作為敘述還是人物的吟詠，其意境都成為小說意境的有機組成部分。如《聊齋誌異·連鎖》寫人鬼之戀，

> 楊於畏移居泗水之濱，牆外多古墓，夜聞白楊蕭蕭，聲如濤湧。……夜闌秉燭，方復淒斷，忽牆外有人吟曰：「玄夜淒風卻倒吹，流螢惹草復沾幃。」反覆吟誦，其聲哀楚……次夜，伺諸牆下，聽其吟畢，乃隔壁而續之曰：「幽情苦緒何人見？翠袖單寒月上時。」。〔註76〕

孤淒的女鬼與落寞的書生數夜吟酬，漸生情愫，人鬼之間的奇異情戀在詩歌孤寂淒涼的意境中展開。

第二，化用詩詞的意境入小說。如《聊齋誌異·王桂庵》就是化用鄭燮的《竹枝詞》而來。詩云：

> 錢塘江邊是奴家，郎若遊時來吃茶。黃泥築牆茅蓋屋，門前一樹馬纓花。〔註77〕

描繪了一副清新亮麗的江南風光圖畫，構設出動靜結合清新淳樸的意境氛圍。而《王桂庵》這篇小說通過更為曲折細膩的描寫將詩歌的意境推向纏綿悠遠的境界。文本敘述書生王桂庵

> 泊舟江岸。臨舟有榜人女繡履其中，風姿韶絕。王窺既久，女若不覺。王朗吟「洛陽女兒對門居」，故使女聞。女似解其為己者，略舉首一瞬之，俯首繡如故。王神志益馳，以金一錠投之，墮女襟上；女拾棄之，金落岸邊。王拾歸，益怪之，又以金釧擲之，墮足下；女操業不顧。無何榜人自他歸，王恐其見釧研詰，心急甚；女從容以雙鉤覆蔽之。榜人解纜徑去。〔註78〕

〔註76〕張友鶴選注，聊齋誌異選，北京：人民文學出版社，1981年版，第96頁。
〔註77〕〔清〕鄭燮，鄭板橋全集，北京：北京市中國書店，1985年版，第238頁。
〔註78〕張友鶴選注，聊齋誌異選，北京：人民文學出版社，1981年版，第354頁。

一個動情而又略顯輕浮的書生，一個單純矜持的少女，在撩撥推卻之際，故事的懸念悄然升起。此後，文本筆勢一轉，寫王桂庵寢食皆縈念之卻經年無信。筆勢再轉，

> 一夜夢至江村，過數門，見一家柴扉南向，門內疏竹為籬，意是亭園，徑入。有夜合一株，紅絲滿樹。隱念：詩中「門前一樹馬纓花」，此其是矣。〔註79〕

再遇舟中人，故事因一個詩意蘊藉的夢而得以延續。一年後，他

> 再適鎮江……信馬而去，誤入小村，道途景象，彷彿平生所歷。

> 一門內馬纓一樹，夢境宛然。〔註80〕

文境夢境契合無間，小說意境更顯迷離深遠。

第三，以詩意融入藝術形象塑造、環境描寫和敘事進行小說意境的創設。這是小說和詩歌密切結合的最高形式。如《紅樓夢》中有關林黛玉的描寫，寫其人是：

> 兩彎似蹙非蹙籠煙眉，一雙似喜非喜含情目。態生兩靨之愁，嬌襲一身之病。淚光點點，嬌喘微微。閒靜時如嬌花照水，行動時似弱柳扶風。心較比干多一竅，病如西子勝三分。〔註81〕

恰如一副嬌弱多情而又憂鬱的人物畫，引起讀者的無限想像；寫其居是「一帶粉垣，數楹修舍，有千百竿翠竹掩映……」、「湘簾垂地，悄無人聲」、「一縷幽香，從碧紗窗中暗暗透出」，如一副意境清淨優美的風景畫；隨著故事情節的發展，瀟湘館的環境也和林黛玉的生存狀態與心理狀態密切結合起來，「鳳尾森森，龍吟細細」、「滿地下竹影參差，苔痕濃淡」、「窗外竹影映入紗窗，滿屋內陰陰翠潤，幾簟生涼」，漸生陰涼之氣，「又聽窗外竹梢蕉葉之上，雨聲淅瀝，清寒透幕，不覺又滴下淚來」，淒涼氛圍漸趨濃厚；在第二十六回，文本中的詩意敘事則對黛玉的悲劇命運作了預敘，

> 越想越覺傷感，便也不顧蒼苔露冷，花徑風寒，獨立牆角邊花陰之下，悲悲切切，嗚咽起來。原來這黛玉秉絕代之姿容，具稀世之俊美，不期這一哭，那些附近的柳枝花朵上的宿鳥棲鴉，一聞此聲，俱忒楞楞飛起遠避，不忍再聽。〔註82〕

〔註79〕張友鶴選注，聊齋誌異選，北京：人民文學出版社，1981年版，第354頁。
〔註80〕張友鶴選注，聊齋誌異選，北京：人民文學出版社，1981年版，第354頁。
〔註81〕〔清〕曹雪芹、高鶚，紅樓夢，長沙：嶽麓書社，1995年版，第23頁。
〔註82〕〔清〕曹雪芹、高鶚，紅樓夢，長沙：嶽麓書社，1995年版，第195頁。

意境凄緊悲涼。

（三）以「畫法」、音響描寫等手法創設小説意境

　　意境理論在詩學領域誕生，進而延伸到繪畫領域並得到高度發展。任何藝術形式的發展都不是直線孤立進行的，「藝術品的產生，取決於時代精神和周轉的風氣」。〔註83〕高度發展的繪畫理論不但對明清時期的小説家有潛移默化的影響，而且有的小説家自身就從事繪畫，如張宜泉就説曹雪芹「其人工詩善畫」、〔註84〕「又善詩畫」、〔註85〕「門外山川供繪畫」。〔註86〕因此，明清時期的小説家在創作小説時大多接受了傳統繪畫的影響或自覺運用繪畫技法，使得小説表現出圖畫般的意境。山水畫家常以皴法與渲染經營畫面。皴有「筆到意足」之妙，染有「不著筆處，空濛靉靆」之奇。小説亦有以皴染法描繪環境以創設意境者。如《紅樓夢》第七十六回聯句凹晶館的一段景色描寫：

> 　　天上一輪皓月，池中一輪水月，上下爭輝，如置身晶宮鮫室之
> 　內。微風一過，粼粼然池面皺碧鋪紋，眞令人神清氣淨。〔註87〕

水月交相輝映，天地一片澄碧，筆意靜穆，寫來纖塵不染。此情此景，有佳人可賞，有佳句吟歎，意與境合，令人沉醉其中，眞乃化工之筆。留白是中國傳統繪畫追求以形寫意的重要技法之一，在小説中亦有鮮明體現。如《聊齋誌異・張鴻漸》寫狐仙施舜華與張鴻漸琴瑟歡好，但張鴻漸不忘糟糠之妻終於返家。當其與妻子驚喜悲歡重逢之後，突然發現妻子卻是舜華，兒子也是由「竹夫人」變幻而成。這一空白使情節騰挪起勢，將舜華依依不捨、情深意篤、聰慧狡黠的豐富性格內涵傳達出來，讓讀者與主人公在希望落空的反差中墜入具有張力的心理場，營造出沖淡的意境。此外，明清小説還有以點筆、烘託渲染、工筆描繪、煙雨模糊等手法描繪環境、勾勒人物、構建敘事者，不再詳述。

〔註83〕〔法〕丹納，藝術哲學，北京：人民文學出版社，1982年版，第32頁。
〔註84〕張宜泉，題芹溪居士；朱一玄，紅樓夢資料彙編，天津：開大學出版社，1985年版，第36頁。
〔註85〕張宜泉，傷芹溪居士；朱一玄，紅樓夢資料彙編，天津：開大學出版社，1985年版，第37頁。
〔註86〕張宜泉，題芹溪居士；朱一玄，紅樓夢資料彙編，天津：開大學出版社，1985年版，第36頁。
〔註87〕〔清〕曹雪芹、高鶚，紅樓夢，長沙：嶽麓書社，1995年版，第616頁。

「目視耳聞，人總是生活在諸種感覺的包圍中，每種感覺都為人認知和感受外界事物提供豐富的信息與內容，有了感知覺，才會有情感的誕生、藝術的降世。」〔註 88〕對於人類而言，聲音不僅僅只是一種物理與生理現象，更是人在客觀世界中的一種主觀感覺。因此，聰明的藝術家會利用聲音創設情境以感染讀者。明清小說「善於用聲音描寫營造人物活動的特定時空感，甚至將時空感覺凝練成具有獨特藝術意味的意象」〔註 89〕進而創設意境。如《紅樓夢》第 58 回，寶玉偶見園中杏樹「綠葉成蔭子滿枝」，想到邢岫煙即將出嫁不禁對杏流淚歎息，「正悲歎時，忽有一雀兒飛來，落於枝上亂啼」，「雀兒亂啼」可謂一點睛之筆。寶玉因自己「悲歎」而認為雀兒「亂啼」，「啼」與「歎」實乃意的內在通感，而「亂」又是對寶玉沉浸在「悲」之中的加深。寶玉對岫煙的未來命運與人生充滿了懷疑與悲悼，既是作者通過鳥聲為主人公注入的主觀情志和心理感受，又是作者對生命意義與存在終極價值充滿困惑與彷徨的心靈剖白。以人物的「悲歎」與雀兒的「亂啼」之聲渲染情境氛圍，表面上是寫寶玉的「呆氣」，實質是暗示其聰慧靈秀的氣質神韻，進而引導讀者深入思考寶玉形象的本質內涵與作者的精神寄託。因此，使得故事情節在聲、情、景的融合之中而創生出形神兼具、味生象外的優美而深邃之哲理意境。

三、小說意境發育高度繁富

不止是數量的單純增多，就明清小說意境的實際表現而言，其發育程度亦高度繁盛。這與明清小說的發展實際密切相關。首先，體制擴大。文言小說的篇幅總體上超過前代，而白話小說章回體的形式則更大大拓展了小說文本的容量，這為小說有足夠的空間進行藝術形象塑造、環境描寫與敘事做好了充分的體制準備。其次，小說的意境質素充分豐滿。小說發展至明清時期，無論是作者的詩性思維，還是詩性表現技巧的使用以及詩性語言的運用等都已充分完善。因此，在這些因素的綜合影響下，明清小說意境實現了發育的高度繁富。

〔註88〕〔美〕托馬斯 L・貝納特，感覺世界——感覺和知覺導論，北京：科學出版社，1983 年版，第 2 頁。
〔註89〕張士君，紅樓夢的空間敘事，北京：中國社會科學出版社，1999 年版，第 146 頁。

（一）意境形態的層級化與多樣化

在明清以前，小說意境的形態發育還不夠充分，意境的細化與組合還不夠完善。魏晉南北朝時期的小說自無需多言，即使是已正式進入發展期的唐宋小說，如《任氏傳》、《南柯太守傳》、《枕中記》等，其意境大多通過藝術形象、環境描寫與敘事的總體結合而創生外化，且其發育程度亦不夠充分；至於其層級的細化與組合更不完善。到了明清時期，這一狀況得到極大改觀，不但表現形態多樣化，而且其層級更爲分明。

明清小說的意境，既有實境又有虛境。所謂實境，是實中生虛；所謂虛境，是虛中有實；虛實相生，融合爲渾融的意境。如《水滸傳》，小說既對當時奸逼民反社會黑暗失序無道的現實作了如實展示，又在此基礎上了設立了一座水泊梁山。梁山好漢在山上修建「聚義廳」，立起「替天行道」杏黃大旗，

> 八方共域，異姓一家。天地顯罡煞之精，人境合傑靈之美。千
> 里面朝夕相見，一寸心死生可同。相貌語言，南北東西雖各別；心
> 情肝膽，忠誠信義並無差。其人則有帝子神孫，富豪將吏，並三教
> 九流，乃至獵戶漁人，屠兒劊子，都一般兒哥弟稱呼，不分貴賤；
> 且又有同胞手足，捉對夫妻，與叔侄郎舅，以及跟隨主僕，爭鬥冤
> 仇，皆一樣的酒宴歡樂，無問親疏。或精靈，或粗鹵，或村樸，或
> 風流，何嘗相礙，果然認性同居；或筆舌，或刀槍，或奔馳，或偷
> 騙，各有偏長，眞是隨才器使。〔註90〕

在實境的基礎上創設了一個虛擬化的理想境界，由此在實與虛的對比中生發出對現實社會存在的深沉思考，創生出意味深長的哲理意境。

明清小說的意境，就其表現而言，既有整體意境又有局部意境。《紅樓夢》作爲小說，是一部長篇巨構。曹雪芹在創構意境時，首先設置了一個大荒山無稽崖青埂峰的虛幻之境，此外還有補天石化爲寶玉、木石前盟、絳珠還淚、太虛幻境的神話，以補天石化爲寶玉來到人世爲起點，寶玉最終出世爲終點作爲故事情節發展的結構線索，中間又施以一僧一道來去無蹤的穿插、甄賈寶玉的依稀映襯等等，構設出一個渾融的整體意境。在這一整體意境之內，文本在進行人物、環境描寫、敘事時又構設了許多局部意境。如第二十三回，

> 那一日正當三月中浣，早飯後寶玉攜了一套《會眞記》，走到
> 沁芳閘橋邊桃花底下一塊石上坐著，展開《會眞記》，從頭細玩。正

〔註90〕　〔明〕施耐庵、羅貫中，水滸全傳，長沙：嶽麓書社，1998年版，第575頁。

看到「落紅成陣」，只見一陣風過，（脂批：好一陣湊趣風。）把樹頭上桃花吹下一大半來，落的滿身滿書滿地皆是。寶玉要抖將下來，恐怕腳步踐踏了，（脂批：情不情。）只得兜了那花瓣來至池邊，抖在池內。那花瓣浮在水面，飄飄蕩蕩，竟流出沁芳閘去了。……（黛玉）肩上擔著花鋤，上掛著竹囊，手內拿著花帚。（脂批：一幅採芝圖，非葬花圖也。）……林黛玉道：「撂在水裏不好，你看這裏的水乾淨，只一流出去，有人家的地方，髒的臭的混倒，仍舊把花遭塌了。那畸角上我有一個花冢，如今把他掃了，裝在這絹袋裏，拿土埋上，日久不過隨土化了，豈不乾淨？」（脂批：寫黛玉又勝寶玉十倍癡情。）寶玉聽了，喜不自禁。〔註91〕

故事在安寧閒靜的環境中展開，「落紅成陣」的曲詞與落紅成陣的景象融為一體，觸動了寶玉細膩而敏感的惜花情愫，而黛玉則更進一層，提出葬花之說。以花為中介，挽合了寶黛二人對花的態度，實則是對二人純潔精神的象徵，極富意境。此外，如史湘雲醉眠芍藥裀、寶玉冒雪乞紅梅、黛玉愁歸瀟湘館、寶釵撲蝶、「凸碧堂品笛感淒清，凹晶館聯詩悲寂寞」等均是濃鬱的局部意境。

因此，與前代小說或以整體意境或以局部意境呈現的表現狀態不同，明清小說在局部意境的多樣化組合以創設整體意境以及局部意境與整體意境的互相生發方面發育程度更高，其表現也更為鮮明。

（二）意境風格多樣化

與前代小說相比，明清小說意境的風格不但更為鮮明，而且呈現出多樣化特徵。

有簡淡妙遠意境。如《紅樓夢》第二十五回寫寶玉留心小紅，只裝作看花，

這裏瞧瞧，那裏望望，一抬頭，只見西南角上游廊底下欄杆上似有一個人倚在那裏，卻恨面前有一株海棠花遮著，看不真切。只得又轉了一步，仔細一看，可不是昨兒那個丫頭在那裏出神。待要迎上去，又不好去的。〔註92〕

一個在默默情思，一個卻在心勞，表面是將二人隔開，實則作者有意用一朵

〔註91〕〔清〕曹雪芹、高鶚，紅樓夢，長沙：嶽麓書社，1995年版，第167頁。
〔註92〕〔清〕曹雪芹、高鶚，紅樓夢，長沙：嶽麓書社，1995年版，第179頁。

海棠花將寶玉的「情不情」與小紅的「有情」挽合起來，以簡單的「點筆」勾合兩條情感線索，意蘊深厚，立現「隔花人遠天涯近」之簡淡妙遠之意境。

有清雅意境，如《三國演義》中的「三顧茅廬」一節。一顧茅廬，文本描寫從劉備視角看到的臥龍崗：

> 遙望臥龍岡，果然清景異常。後人有古風一篇，但道臥龍居處。詩曰：「襄陽城西二十里，一帶高崗枕流水；高岡屈曲壓雲根，流水潺潺飛石髓；勢若困龍石上蟠，形如單鳳松陰裏；柴門半掩閉茅廬，中有高人臥不起。修竹交加列翠屏，四時籬落野花馨；床頭堆積皆黃程，座上往來無白丁；叩戶蒼猿時獻果，守門老鶴夜聽經；囊裏古琴藏古錦，壁間寶劍鎮七星。廬中先生獨幽雅，閒來親自獨耕稼；專待春雷驚夢回，一聲長嘯安天下。」〔註93〕
>
> 勒馬回觀隆中景物，果然山不高而秀雅，水不深而澄清；地不廣而平坦，林不大而茂盛；猿鶴相親，松篁交翠。觀之不已。〔註94〕

既有自然清雅的景物與古樸清雋的氣質，又內含雅懷高志的才士與飛動的氣勢，如同色彩多樣但又格調一致的連軸畫，畫中有人，畫中有韻，畫外有味。「且孔明雖未得一遇，而見孔明之居，則極其幽秀。」〔註95〕景物特徵正是清雅高逸志向遠大臥龍形象的氣質在大自然中的投射，人景合一，營造出天人合一韻味無窮的清雅意境。

有纖濃意境，如《聊齋誌異・嬰寧》。文本寫王子服病後去尋找嬰寧途中所見：

> 約三十里，亂山合沓，空翠爽肌，寂無人行，止有鳥道。遙望谷底，叢花亂樹中，隱隱有小裏落。下山入村，見舍宇無多，皆茅屋，而意甚修雅。北向一家，門前皆絲柳，牆內桃杏尤繁，間以修竹，野鳥格磔其中。〔註96〕

環境描寫於清幽寂靜中漸出粉暖之意，纖塵不染。隨著故事的發展，

〔註93〕〔明〕羅貫中，三國志通俗演義，上海：上海古籍出版社，1980年版，第359〜360頁。

〔註94〕〔明〕羅貫中，三國志通俗演義，上海：上海古籍出版社，1980年版，第360頁。

〔註95〕羅貫中，三國志演義，毛宗崗批評本，南京：鳳凰出版社，2010年版，第240頁。

〔註96〕張友鶴選注，聊齋誌異選，北京：人民文學出版社，1981年版，第58頁。

　　　　方佇聽間，一女郎由東而西，執杏花一朵，俯首自簪。舉頭見
生，遂不復簪，含笑拈花而入。〔註97〕

　　　　見門內白石砌路，夾道紅花，片片墜階上；曲折而西，又啓一
關，豆棚花架滿其中。肅客入舍，粉壁光明如鏡；窗外海棠枝朵，
探入室中。〔註98〕

由靜而動，色調亦漸轉為溫暖。當王子服見到嬰寧之後，數次寫嬰寧的笑聲：
「良久，聞戶外隱有笑聲。……戶外嗤嗤笑不已」、「女忍笑而立」、「女復笑，
不可仰視」、「女又大笑」、「女且下且笑，不能自止。」、「女笑又作，倚樹不
能行，良久乃罷」、「女俯思良久，曰：『吾不慣與生人睡。』」、「女曰：『大哥
欲我共寢。』言未已，生大窘，急目瞪之。女微笑而止。」王子服急於得偶
的心態與嬰寧的癡柔憨態，多次互相映襯生發，環境描寫、人物塑造與故事
在有序的時間流程中波蕩前行，營造出濃鬱的纖濃意境。

　　不止上述三種風格意境，其他如雄渾風格之意境、疏淡風格之意境、悲
壯風格之意境等，在明清時期的小說文本中均有大量而鮮明的存在與表現，
此處不再一一敘述。

（三）圓環型表現形式

　　中國古典小說意境的圓環型結構表現形式的完善是一個漸進過程。唐宋
時期，小說意境的圓周放射式結構表現形式可謂圓形結構表現形式的先聲。
此後，由於小說敘事經驗的成熟，到明清時期，小說意境的圓環型結構形式
正式出現並逐漸走向成熟。如《水滸傳》，故事在天人感應失衡的背景下展開。
文本首先敘述了由於洪太尉的瀆職而導致妖魔轉世，然後筆勢轉向現實社
會。故事以高俅發跡逼走王進正式開端，然後以濃墨重彩之筆描寫了官僚黑
暗、惡霸橫行的殘酷社會現實，社會正常的選拔制度已被廢置，社會應有的
公正與公平已然被踐踏，人們生存的環境已經極度惡化。於是山野好漢陸續
走向反抗的道路，並最終在梁山聚義。此後，兩贏童貫、三敗高俅，在節節
勝利的情況下宋江選擇招安，帶領眾好漢走向朝廷。經由破遼、徵方臘的過
程和朝廷的猜忌迫害，眾英雄煙消雲散，文本最終以淒涼凝重的悲劇結尾。
文本以平靜始，中間經由亂的過程，最終又歸於寧靜，重又回到起點，形成

〔註97〕張友鶴選注，聊齋誌異選，北京：人民文學出版社，1981年版，第58頁。
〔註98〕張友鶴選注，聊齋誌異選，北京：人民文學出版社，1981年版，第58頁。

了一個完整的圓環型結構。（圖示如下）這種結構形式並非《水滸傳》的獨有現象，其他如《三國演義》、《金瓶梅》、《西遊記》、《紅樓夢》等均俱如此形式。

　　總之，中國古代小說發展至明清時期，由於意境理論與小說文體的接軌，作家構設小說意境的意識已充分自覺，小說意境思維亦充分成熟。在此基礎上，明清小說作家構設小說意境的手法不但多樣化而且充分成熟。在這些因素的綜合作用下，中國古典小說意境到明清時期開始真正成熟並走向繁榮狀態，並充分實現了意境發育程度的高度繁複。

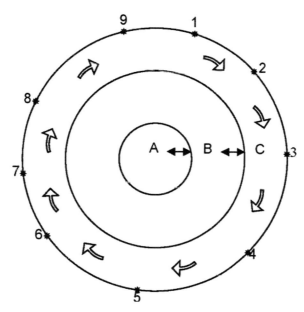

　　注：A：天人感應；B：洪太尉誤走妖魔；C：現實社會層面。
　　　1：王進出走；2：逼上梁山；3：梁山聚義；4：兩贏童貫；5：三敗高俅；6：招安；7：征遼；8：徵方臘；9：魂散廖兒窪。

第四章　中國古典小說意境創設生成論

　　在意境生成的完整動態過程之中,其首先表現爲主體精神世界的審美心理圖式。在藝術創造範疇,意境如要繼續生成或得以外顯則需要創作主體通過具體的藝術實踐將其物化爲有意味的形式。因而,意境的創生就成爲連接二者的重要環節。所謂創生,既包括發生於創作者精神世界的構設思維,又包括具體的構設行爲及其表現。因此,如要實現對意境創生的有效探討則要結合創作者與文本表現兩種因素進行闡釋。中國古代小說與其他文學藝術樣式既存在體式特徵及要求的差別,又具有相通的宏觀文化與觀念背景。因此,研究中國古典小說意境的創生需要從中國古代傳統的宏觀背景與藝術觀念出發,結合中國古代小說創作者與文本的實際表現,進行充分而有效的闡釋。

第一節　中國古典小說意境的創生方式

　　人類的認識起源於對外部事物的感知,而象與數正是先民認識世界的兩種方式。早在公元前六世紀,古希臘的畢達哥拉斯學派就略過形象直認「『數』乃萬物之源,在自然諸原理中第一是『數』理,……萬物皆可以數來說明。」〔註1〕大約在同一時期,中國的老子亦曰:「道生一,一生二,二生三,三生萬物」,認爲數是萬物化生的途徑。至於《周易·繫辭》所云:「參伍以變,錯綜其數。通其變,遂成天下之文;及其數,遂定天下之象」,

---

〔註1〕　〔古希臘〕亞里士多德,形而上學,吳壽彭譯,北京:商務印書館,1959 年版,第 12 頁。

〔註2〕亦說明數理對於認識世界的重要作用。由此可見，數理實乃人類認識世界的根本方式。中國古典小說意境是一個具有哲學意蘊的美學範疇，與「道」息息相應，其創生亦表現出鮮明的數理特徵。〔註3〕

一、一元化生

《老子》曰：「道生一，一生二，二生三，三生萬物。」〔註4〕「一」實乃萬物化生鏈條中的一個環節。「元，根本，根源。」〔註5〕「元，古代道家學派用於指萬物之本。」〔註6〕故《春秋繁露》進而釋曰：「謂一元者，大始也。……惟聖人能屬萬物於一，而繫之元也。……元，猶元也。其義以隨天地終始也。……故元者為萬物之本。」〔註7〕因此，中國古典小說意境「一元化生」的形而上內涵是指意境由一個終極本體化生而出。「元」又具「始，開端」〔註8〕之意，因而其形而下內涵是指意境由一個（組）人物、一個（系列）事件、一條線索或者一個（系列）因果關係逐漸化生而出並最終歸於一個終極指向。因此，這兩種含義分別對應著中國古典小說意境的終極本質與具體表現兩個層面。

中國古典小說意境的「一元化生」方式，在形而上與形而下的分離交合中具有多種表現。

有由一個具有哲學意蘊的主題化生而出，經由「一以貫之」的過程而最終歸於一元者，如《水滸傳》。文本在引言中就定下了天道循環的基調，敘寫由晚唐五代的戰亂紛爭到趙匡胤平定天下，繼而到仁宗朝出現瘟疫，「不因此事，如何教三十六員天罡下臨凡世，七十二座地煞降在人間，轟動宋國乾坤，鬧遍趙家社稷」、「細推治亂興亡數，盡屬陰陽造化功」，對由治至亂的跡象作了預敘。接著，文本在第一回《張天師祈禳瘟疫　洪太尉誤走妖魔》中敘述洪太尉奉詔請張天師，然而卻因一己之醜陋習性而瀆職最終導致誤走妖魔，

〔註2〕 陳鼓應，周易今注今譯，北京：商務印書館，2005 年版，第 529 頁。
〔註3〕 導師杜貴晨先生首倡數理批評，本節對其《數理批評與小說考論》一書多有借鑒。
〔註4〕 陳鼓應，老子注譯及評價，北京：商務印書館，1983 年版，第 232 頁。
〔註5〕 辭海，北京：中華書局，1999 年版，第 4726 頁。
〔註6〕 辭海，北京：中華書局，1999 年版，第 4728 頁。
〔註7〕 〔漢〕董仲舒，春秋繁露，上海：上海古籍出版社，1989 年版，第 19 頁。
〔註8〕 〔漢〕許慎，說文解字，天津：天津古籍出版社，1995 年版，第 7 頁。

其實質實乃是由於人性的醜陋與惡習而違背了道法自然的法則，使天人感應失衡，一個濃縮的原發意境至此而生成。此後，小說意境進入逐漸化生展開的過程。故事情節沿著一條奸逼民反的線索依次展開，敘述了一組（108 位）人物角色順序反上梁山的過程。在這一過程之中，文本反覆描寫了朝政的黑暗、官僚的殘酷與欺詐、下層百姓生存狀態的嚴重惡化，其實質是對人性欲望與社會存在本質的深層拷問，以繁富之筆層層點化、渲染，爲讀者構設了一種哲理美意境。文本隨後又敘寫梁山英雄在兩贏童貫、三敗高俅之後最終走向招安，其後經歷了征遼、征方臘的過程後最終飛灰煙滅的悲劇結局，重又歸於貌似起點的平靜的一元。小說以「一元」始，以「一元」貫之，最終又歸於「一元」，屬於典型、完整的「一元化生」方式。

亦有非完整性「一元化生」方式，即小說起始並無一個原發意境，而是經由「一以貫之」的方式最終創設出一個終極意境，如《聊齋誌異・夢狼》。小說寫白翁夢入兒子公堂，然公堂之上皆狼，墀中白骨如山，以死人充庖廚。俄有兩金甲猛士入，白翁子甲化爲虎，其齒被金甲猛士片片敲落。後驗知其事，勸誡其子而不聽。次年，白甲途中遇寇殞命，雖受父親禱神之祐「復生，而目不能自顧其背，不復齒人數矣。」這篇小說起始以一個人物白翁爲引線，以一個人物白甲爲具體承載，敘述了一個官吏貪婪如虎狼而遭報應的故事，最終揭示了一種官吏貪婪殘酷、百姓生存環境惡化的現實社會狀態，營造出一個發人深省的深刻意境。在中國古典小說範疇，這種以完整的單篇小說「一元化生」意境的表現方式是一種普遍存在，如《聊齋誌異》中具有意境的小說文本以及其他具有意境特徵的文言小說大多如此。此外，在一部或者一篇小說的局部，亦有因某一人物描寫、環境描寫或者某一事件的敘述而存在意境「一元化生」的表現，因其不屬典型形式，故不再贅述。

二、二極共構

「有無相生，難易相成，長短相形，高下相盈，音聲相和，前後相隨，恒也。」〔註9〕任何存在都體現爲相互對待的兩種因素的對立統一。從形而下的具體現象出發，《周易》對化生萬物的終極本體「道」作了更爲深刻的理性思考，認爲「一陰一陽之謂道」，〔註10〕即「任何事物的內部都包含著陰與陽

〔註9〕陳鼓應，老子注譯及評價，北京：商務印書館，1983 年版，第 64 頁。
〔註10〕陳鼓應，老子注譯及評價，北京：商務印書館，1983 年版，第 598 頁。

這樣相對待的兩方面，它們相互對立，又彼此依存，並在一定條件下相互轉化」。〔註11〕意境亦於「人類現實存在狀態與理想生存狀態即人道疏離與人道契合的對比張力中實現」，〔註12〕與「道」異曲而同調。因此，存在於「二極共構」中實現，不但是華夏民族自亙古以來的深刻認知，亦為中國古代小說家有意運施構設小說意境的普遍思維。

　　中國古典小說意境創生的「二極共構」方式有兩層內涵。其一是指在某一完整自足的意境內部，作者設置兩種對立的矛盾以使小說意境得以創生的構設方式，即「二以成之」。然而「道生一，一生二，二生三，三生萬物」，「二」又是萬物化生的一個環節。當小說意境由「一元」化生以後，「一」又「生二」，「二極共構」又成為「一元化生」之後小說意境構設整體鏈條上的延續，因此其第二個內涵是指小說意境構設的「二以變之」。「二以成之」與「二以變之」結合起來共同組成了「二極共構」的完整內涵。

　　在文本的現實層面，這一方式常常表現為人類美好理想的弱勢與殘酷現實的強勢。仍以《水滸傳》為例，當文本中敘述洪太尉誤走妖魔形成最初的「一元」原發意境之後，便轉而設置了以高俅為代表的醜惡勢力與以王進為代表的遭受醜惡迫害方的對立矛盾。高俅本為一潑皮無賴，屢做無行惡事然卻因朝廷權貴的提拔而攝居要職。當其發跡之後，所做的第一件事就是尋找藉口報復曾經教訓過自己的王成的兒子王進。王進身為軍隊教官，雖良善奉母亦忠善為人，然卻無法躲避惡人的欺壓，只能無奈逃亡而遠走他鄉。這則姦人當道迫害良善之士的故事，實質反映了因社會正常選拔制度的失序，使得人的惡性因失去約束而膨脹，導致了惡欺壓善的社會現實存在狀態。高俅是惡的代表，王進是無辜的符號，小說以惡的強勢激發讀者對人與社會存在的深刻反思，進而產生對美好理想的嚮往，因而在善與惡的對比中產生心理張力的激蕩，哲理性意境在二極的對立中化生。此為「二以變之」與「二以成之」構成小說意境「二極共構」方式的完整形式。

　　亦有「二以成之」的單獨形式，主要體現為小說起始缺乏一個原發意境或小說中的局部意境。如《聊齋誌異‧促織》，小說寫老實迂訥的成名被滑胥報充里正役以徵促織，家財蕩盡費盡艱辛仍無法完成任務，又不幸被官府嚴刑折

〔註11〕陳鼓應，老子注譯及評價，北京：商務印書館，1983年版，第598頁。
〔註12〕康建強，論意境的源起、生成及判定標準，青海社會科學，2010年第6期，第163頁。

磨。苦悶欲死之中，得神卜啓示而捕得一促織，然又因兒子的粗心而致死。其妻悲憤欲絕之下責兒，其子因恐懼而投井自殺，其魂魄化爲一促織。因善鬥，成名一家與其上司均因其而發財陞官。這篇小說雖然以喜劇結尾，然因朝廷的一時喜好與官吏的貪殘而導致的成名一家的悲慘遭遇，仍能激發讀者之意對人類現實存在狀態的深刻思考，創生因惡欲欺壓良善而形成的悲質意境。

三、三而一成

「道生一，一生二，二生三，三生萬物」，「三」實爲「道」化生萬物過程中的重要樞紐。它既是從無到有化生鏈條上的暫時終結，又是從有化生萬物的開端。先民以數理認識世界，有「數起於一，立於三，成於五，盛於七，處於九」〔註13〕之說，雖然其中的玄妙後人已難以詳解，然亦可見「三」在萬物化生過程中的重要地位。到了漢代，司馬遷又有「數起於一，終於十，成於三」〔註14〕之說，而董仲舒則作了更爲詳細的邏輯推演，於《春秋繁露》中曰：

> 三起而成日，三日而成規，三旬而成月，三月而成時，三時而成功。寒暑與和，三而成物；日月與星，三而成光；天地與人，三而成德。由此觀之，三而一成，天之大經也，以此爲天制。〔註15〕

由此可見，「三而一成」是萬物生成的重要方式，已深入華夏民族傳統文化心理與意識積澱。

作爲中國古代人文的律度，「三而一成」也是中國古典小說創生意境的普遍方式之一。具體而言，其實現方式又可分爲三位一體、三大版塊與三變節律三種形式。

（一）三位一體

「三位一體」有兩層內涵。其一是指作者在創作過程中通過藝術形象塑造、敘事、繪景的有效結合實現小說意境創生的方式。如《三國志通俗演義》就以諸葛亮爲中心，通過藝術形象塑造、敘事、繪景的有效結合構設出一個渾融的大意境。文本首先通過對臥龍崗自然清雅的景物與古樸清儁氣質的描繪，對諸葛亮清雅高逸志向遠大的形象進行烘託渲染。然後又通過人物對比

〔註13〕劉城淮，中國上古神話，昆明：雲南人民出版社，1992 年版，第 199 頁。
〔註14〕〔漢〕司馬遷，史記，長沙：嶽麓書社，1988 年版，第 1348 頁。
〔註15〕〔漢〕董仲舒，春秋繁露，上海：上海古籍出版社，1989 年版，第 64 頁。

虛寫諸葛亮的才高一世，給讀者留下了無窮的想像空間。此後，又以「火燒博望坡」、「火燒新野」、「舌戰群儒」、「智激周瑜」、「草船借箭」、「借東風」以及「三氣周瑜」等敘事系列，對諸葛亮的形象進行實寫，塑造了一個才華橫溢的軍師形象。以「白帝城託孤」爲轉折點，諸葛亮的形象敘事在「七擒孟獲」中開始出現失敗的影子，最終在「六出祁山」之後走向敗亡。在「六出祁山」的繁富敘事中，文本繼續展現諸葛亮的才華和謀略，但同時也逐漸敘寫諸葛亮捉襟見肘的情態，衰敗之勢漸漸凸顯，最終由於各種因素的制約而導致失敗。文本第二十一卷：

> 孔明強支病體，令左右扶上小車，出寨遍觀各營；自覺秋風吹面，徹骨生寒，乃長歎曰：「再不能臨陣討賊矣！悠悠蒼天，曷此其極！」〔註16〕

作者通過藝術形象塑造、敘事、繪景的有效結合，運用虛實結合對比描寫的藝術表現方式，並以敘事結構爲單元，完成了線形流程的諸葛亮形象的塑造；與此同時，也實現了有關諸葛亮形象的格調不同的小意境的營造，並在這一動態過程中最終實現了悲質意境的完形。

「三位一體」的另一含義是指由作者的宏觀創作命意、文本描寫以及故事得以展開的時空結構共同完成小說意境的創生。仍以臥龍爲例，作者不但在線性時間發展流程中，通過形象塑造、敘事、繪景的有效結合進行了意境的初次創設，而且潛含了自己的宏觀命意。「臥龍」與「潛龍」雖字異但理相通。「初九，潛龍勿用。」〔註17〕「象曰：潛龍勿用，陽在下也。」〔註18〕這個象隱喻事物在發展之初，雖然有發展的勢頭，但是比較弱小，所以應該小心謹慎，不可輕動。而「六爲老陰」，〔註19〕是失敗和凶的象徵，所以「六出祁山」實際預示著臥龍的失敗。所有的命意和敘事均在「天下大勢，合久必分、分久必合」宏闊蒼茫的歷史時空操作意識下，在百年三國的宏大歷史時空畫卷中展開完成，如同色彩斑斕畫卷中的濃墨，慢慢融化開來，彌漫了整個歷史時空，成爲最耀眼的亮色，但又逐漸消退，給人留下無盡的心理空間，構設出渾厚高遠的悲質意境。

〔註16〕〔明〕羅貫中，三國志通俗演義，上海：上海古籍出版社，1980年版，第1008頁。

〔註17〕陳鼓應，周易今注今譯，北京：商務印書館，2005年版，第1頁。

〔註18〕陳鼓應，周易今注今譯，北京：商務印書館，2005年版，第9頁。

〔註19〕陳鼓應，周易今注今譯，北京：商務印書館，2005年版，第3頁。

（二）三大版塊

「三大版塊」，是中國古典小說意境「三而一成」創生方式在小說文本結構層面的表現，意指小說意境創生經由小說文本總體內在的三個部分得以實現。如《西遊記》，文本總體上可分爲三個部分，依次完成三個命題的表達與轉換，並最終構設出一個哲理性意境。第一部分爲孫悟空出世、大鬧天宮。通過對其由天地化生與花果山的環境描寫，寓指其純潔自由的天性。當其拜師學藝之後，意欲有所作爲，然現存秩序不能容忍異端的出現，便導致了抗爭主體與舊秩序的矛盾。孫悟空雖神通廣大，亦無法與聯合的三界相抗衡，最終失敗被鎮壓在五行山下。第二部分寫孫悟空被壓在五行山下痛苦反思的過程，並交代了唐僧出世，爲取經的發生作了預敘。第三部分寫孫悟空隨唐僧西行取經，歷經八十一難，九九歸一終得正果。在這一部分，亦有三個內涵。其一，在西行取經的過程中，雖然孫悟空神通廣大能夠挫敗部分妖魔的阻礙，然當其遇到天庭、道教、佛教生靈下世所幻化的妖魔之後，便束手無策，只能求救於三界所代表的現有社會網絡。在這一意義上而言，孫悟空是現有社會秩序中失敗的象徵。其二，當取經四眾到達西天之後，卻因無錢只能得到無字眞經。在以紫金缽盂作當之後，如來佛才給予有字眞經，並且公然宣稱「經不可輕傳」、否則「叫後代子孫沒錢使用」。這對講求色空的佛教而言無疑是莫大的諷刺。第三，歸於正果之後，孫悟空已然失去反抗的精神，融入現存社會秩序。綜合這三個命題，小說表述了一個深刻的人生道理：雖然人類在誕生之初渴望自由意欲有所作爲，然而卻難以打破現有的社會結構而終被無形社會之網所挫敗；痛定思痛之後，找到了新的人生發展切入點，從而轉向具有崇高價值人生事業的征途；然歷經磨難之後，得到的只是一個新的否定，唯一的結果就是已融入現有的社會網絡，然我已非當初之我。這實際上是對人類精神苦難歷程的形象展示，對人的現實存在、如何存在、向何處去作了深刻思考。由此可見，小說經由三個版塊的轉折變化完成了一個哲理意境的構設。「三大版塊」並非《西遊記》的獨有形式，其在《水滸傳》、《三國演義》、《紅樓夢》等其他小說中亦有明確表現。

（三）三變節律

「三變節律」是中國古典小說意境「三而一成」創生方式在敘事過程的體現，意指小說意境經由敘事過程的三次變化而得以創生的表現方式。無論是小說中的鴻篇巨構還是單篇作品，「三變節律」都是一種普遍的存在形式。

如《水滸傳》中的「武松打虎」這一故事情節，就是以「三變節律」構設小說意境的典型例證。「武松打虎」故事可以分為打虎前、打虎過程中、打虎後三個部分。打虎前，先寫武松喝酒，普通人喝三碗都不能過崗，而武松卻連喝十八碗，英雄豪氣撲面而來；喝酒後上崗，先寫店小二阻攔，接以堅持獨自過崗，當其看到提示文字之後，尚認為酒店使詐，「橫拖哨棒，便上崗子來。那時已是申牌時分，這輪紅日，厭厭地相傍下山。」當其再次看到官府榜文之後，雖稍露退卻之心，然卻因英雄的自尊心，仍然繼續上山，英雄的氣場已然氤氳而出。打虎過程中，伴隨著大蟲的一撲、一掀、一剪，寫武松「啊呀一聲」，「便拿那條哨棒在手裏，閃在青石邊。」「被那一驚，酒都做冷汗出了……閃在大蟲背後」「雙手掄起哨棒，盡平生氣力，只一棒，從半空劈將下來。」「提起鐵錘般大小拳頭，盡平生之力，只顧打。」「那武松盡平昔神威，仗胸中武藝，半歇兒把大蟲打做一堆」，英雄的形象在驚心動魄的打虎過程中形神畢現。打虎後下山，寫武松遇到兩個裝扮成老虎的獵戶，「啊呀，我今番死也！性命罷了!」通過細節描寫，又還英雄形象以生活的真實感。這一故事情節經由敘事的三次變化，描寫了武松的英雄豪氣、天人氣概到平凡真實的回歸，傳奇性渲染與細節描繪相結合，閒趣與緊張相映照，既敘述了驚心動魄的故事，又塑造了神勇威武的人物形象，過程一波三折而又氣脈流暢，創生出跌宕起伏的意境氛圍。

「三變節律」是為敘事過程中的「三而一成」，「三大版塊」是為結構層面的「三而一成」，「三位一體」是為創作過程中的「三而一成」，三者在分合之中又或各自、或共同完成了中國古典小說意境創生方式的「三而一成」。

四、多維共生

「道生一，一生二，二生三，三生萬物。」作為世界存在與人類認識律度的數字，一、二、三不僅是世界存在的形式，而且是世界萬物化生的重要方式及其鏈條上的基本環節。然而，「三生萬物」，世界是由萬物構成的世界，亦是紛繁複雜的世界。作為對複雜存在反映的人類思維表現，意境的生成也並非僅僅只有一元化生、二極共構與三而一成三種基本形式。與存在的複雜性相應，意境亦是由多維因素共生的色彩斑斕的畫卷。

所謂中國古典小說意境的多維共生方式，是指在一元化生、二極共構與三而一成等意境生成的基干上，小說運用多種藝術手段、文本通過對多方面

內容的呈現抑或多種風格類型意境的組合而形成的小說意境的創生方式。結合中國古代小說的實際表現考察，確實存在著鮮明的多維共生特徵。

（一）多樣生活內容描摹的小說意境

「《三國》一書，總起總結之中，又有六起六結。其敘獻帝，則以董卓廢立為一起，以曹丕篡奪為一結。其敘西蜀，則以成都稱帝為一起，而以綿竹出降為一結。其敘劉關張三人，則以桃園結義為一起，而以白帝託孤為一結。其敘諸葛亮，則以三顧茅廬為一起，而以六出祁山為一結。其敘魏國，則以黃初改元為一起，而以司馬受禪為一結。其敘東吳，則以孫堅匿璽為一起，而以孫皓銜璧為一結。」〔註20〕「曹雪芹比較徹底地突破了中國古代小說單線結構的方式，採取了多條線索齊頭並進、交相互連又互相制約的網狀結構。」〔註21〕雖然均是針對文本的線索結構立論，其實亦給予研究者另樣啟迪：小說的網狀結構其實是複雜生活之網的藝術反映；正是由於具備了複雜的網狀結構，小說才能夠在經緯交錯的線索中展開對紛繁生活的繁富描繪。

以《儒林外史》為例。「功名富貴為一篇之骨」，作者以嚴肅的寫作態度，高超的諷刺手法，描摹儒林群像，剖析了科舉制度下讀書人的精神狀況及與之相關的社會弊端。在這一主觀命意與主幹情節之下，文本對當時的多維生活與總體社會狀況作了詳實的描繪。小說首先在楔子中敘寫了王冕這一人物形象。王冕雖然品德高尚才能出眾，但是卻不願走科舉之路。借這一形象，文本寄寓了對「看輕文行出處」社會現實的深刻認識。此後，小說筆勢一轉，漸次展開敘事過程。以周進、范進為代表的文人猥瑣無知，已然被八股取士的科舉考試腐蝕了靈魂，終其一生追求功名富貴，成為可憐而又可悲的象徵符號。以婁三婁四公子、杜慎卿、趙雪齋、支劍鋒為代表的假名士，生活條件雖然較為優裕，但是卻精神空虛附庸風雅，因而上演了一出出鬧劇。以杜少卿、莊紹光、虞博士為代表的真名士，雖然品行出眾亦有才華，但是卻因為內在的性格缺陷，無法應對紛擾現實生活的干擾，亦不能遊刃有餘地在現實社會實現建樹，為社會立心。而文本末尾出現的四大奇人雖然能夠自食其力，亦能保持淡然的心態堅持自己的精神追求，但這亦不過是作者經由多次批判與探求之後而最終得出的無奈的理想而已。因此，《儒林外史》依次通

〔註20〕〔清〕毛宗崗，讀三國志法：朱一玄，三國演義資料彙編，天津：南開大學出版社，2003年版，第298頁。
〔註21〕袁行霈主編，中國文學史，北京：高等教育出版社，2000年版，第371頁。

過對王冕、二進、假名士、眞名士、四大奇人等向度互逆而又互相補充的藝術化描寫，表達了對社會存在與人在現實社會中如何存在的深刻思考，創設出深邃的哲理性審美意境。正如惺園退士所曰：

> 《儒林外史》一書，摹繪世故人情，眞如鑄鼎象物，魑魅魍魎，畢現尺幅；而復以數賢人砥柱中流，振興世教。其寫君子也，如睹道貌，如聞格言；其寫小人也，窺其肺肝，描其聲態、畫圖所不能到者，筆乃足以達之。評語尤爲曲盡情僞，一歸於正。其云「愼勿讀《儒林外史》，讀之乃覺身世酬應之間，無往而非《儒林外史》。」斯語可謂是書的評矣！〔註22〕

不止《儒林外史》，《金瓶梅》亦通過對多維生活的描繪而營造出深刻人生意境。「《金瓶梅》是一部哀書」，〔註23〕小說「寄意於時俗」，命意在批判與暴露，通過對社會假、丑、惡的如實展示，表達了作者對社會與人性的深刻認知。文本不但詳細敍寫了西門慶官商勾結、瘋狂追求性滿足的無恥行爲，而且在這一主幹情節之上，以細膩生花之筆對幫閒的醜惡嘴臉、官僚的虛僞貪婪、下人的投機鑽營、下流女性性的放縱等進行了繁富描繪。雖然基本向度一致，但是多樣化現實生活相互擠壓、襯托、補充，依然勾勒出色彩斑斕的藝術畫卷，創設出深邃的哲理意境。

其他如《三國志演義》、《水滸傳》、《紅樓夢》等文本大多在主幹情節的統攝下，或向度互逆、或向度一致實現了對多樣現實生活的展示，並創設出濃鬱的意境氛圍，此處不再細述。

（二）多種創作因素生成的小說意境

生活內容固然是小說意境得以創設的核心與基礎，然而作家的創作技巧亦不可或缺。語言的運用、結構的布置、氣與勢的營造等創作因素不但是小說意境生成的必要條件，而且爲生活內容創生小說意境提供了充分的形式保障。

如《水滸傳》第二十八回「醉打蔣門神」一節，作者可謂煞費苦心。在醉打之前，小說多次設置懸念，層層鋪墊。在孟州牢營，因幾句私語，武松免去了棍棒之苦，懸念頓起。此後，又被轉至單間牢房，酒肉蔬果、洗澡更

〔註22〕〔清〕惺園退士，儒林外史序；朱一玄，儒林外史資料彙編，天津：南開大學出版社，2003 年版，第 284～285 頁。

〔註23〕〔清〕漲潮，幽夢影，北京：中國青年出版社，2008 年版，第 110 頁。

衣，天天都有人專門侍候。不但武松狐疑，讀者亦猜想不盡。武松終於忍耐不住，僕人亦無法應對，施恩不得不露面，懸疑才有了答案：有意得武松之助奪回被蔣門神奪取的快活林。武松慨然相允，然又因酒宴之後，推至後日，文勢稍作頓挫；明日有肉無酒，又一頓挫。至日，武松提出「無三不過望」，懸念又起。就在讀者擔心疑慮之際，作者卻又蕩開筆勢，轉寫沿途酒店與自然風光：

> 門迎驛路，戶接鄉村。芙蓉金菊傍池塘，翠柳黃槐遮酒肆。壁上描劉伶貪飲，窗前畫李白傳杯。淵明歸去，王弘送酒到東籬；佛印山居，蘇軾逃禪來北閣。聞香駐馬三家醉，知味停舟十里香。不惜抱琴沽一醉，信知終日臥斜陽。〔註24〕

> 古道村坊，傍溪酒店。楊柳陰森門外，荷花掎旎池中。飄飄酒旆舞金風，短短蘆簾遮酷日。磁盆架上，白泠泠滿貯村醪；瓦甕灶前，香噴噴初蒸社醞。村童量酒，想非昔日相如；少婦當爐，不是他年卓氏。休言三斗宿醒，便是二升也醉。〔註25〕

自然清新的語言，淳樸明淨的鄉村田園風光，描繪出一幅明潔優美的畫卷。其間，作者還對「無三不過望」頻頻提點，令讀者的心理在懸念與陶醉的對比張力中保持著緊張與起伏。到了快活林之後，作者依然按住筆勢，寫武松假醉佯顛，首先觀察情況。進入酒店之後，作者依然不厭其煩，又寫三次換酒，鋪墊渲染可謂極矣。直到武松叫蔣門神老婆陪酒發生了衝突，醉打一事才正式開始。然而，醉打一節又寫得極為簡潔。「虛影一影」、「一飛腳踢起」、「玉環步，鴛鴦腳」，已然打的蔣門神在地下叫饒。「武松說道：『若要我饒你性命，只要依我三件事。』蔣門神在地下叫道：『好漢饒我！休說三件，便是三百件，我也依得。』」故事情節節奏由舒緩瞬間高速啓動又戛然而止，文本多次頓挫縈回而形成的氣與勢刹那間得到釋放；打虎英雄的勇武與蔣門神的醜態鮮明相映，懸念得以解除，讓讀者緊張而又舒張的心理張力瞬間到達快感的頂峰，小說意境也油然而生。「看他打虎有打虎法，殺嫂有殺嫂法，殺西門慶有殺西門慶法，打蔣門神有打蔣門神法，胸中有此許多解數。」〔註26〕

〔註24〕　〔明〕施耐庵，繡像本水滸傳，北京：長城出版社，2000年版，第342頁。
〔註25〕　〔明〕施耐庵，繡像本水滸傳，北京：長城出版社，2000年版，第342頁。
〔註26〕　〔明〕施耐庵，貫華堂第五才子書水滸傳，南京：江蘇古籍出版社，1984年版，第380頁。

如果再結合武松此前打虎、斗殺姦夫淫婦的故事作綜合觀照，其勇、狠、細、趣的多方面性格特徵得以充分展示，一位正義、神武的英雄形象便鮮活、生動地浮現在讀者眼前，而以敘事爲手段以藝術形象爲中心的人物意境亦更加濃鬱渾融。

上述所論是文本局部因多種創作因素生成小說意境的例證。其實，在短篇小說與長篇小說創作的總體表現中，這一創生方式亦有鮮明表現。或許存在創作因素的具體差異，然管中窺豹，於此亦可見一斑。

（三）多元風格融生的小說意境

風格是「作家、藝術家在創作中所表現出來的藝術特色和創作個性。作家、藝術家由於生活經歷、立場觀點、藝術素養、個性特徵的不同，在處理題材、駕馭體裁、描繪形象、表現手法和運用語言等方面各有特色，這就形成作品的風格。風格體現在文藝作品內容和形式的各種要素中。個人的風格是在時代、民族、階級的風格的前提下的，但時代、民族、階級的風格又通過個人的風格表現出來。」〔註27〕客觀而言，某一作家的多數作品或某一具體的藝術作品大多具有相對穩定的總體風格。但是，在某一作品內部，由於表現內容與創作技巧的差異，亦在局部體現出不同的藝術風格。這些審美格調不同的風格，經由多元化的組合，亦能融生出濃鬱的意境氛圍。雖然前文已就內容與形式各作詳細論述，此處再從因內容與形式而形成的審美風格角度作進一步闡釋。

以《紅樓夢》爲例。有神幻之風格，如第一回《甄士隱夢幻識通靈　賈雨村風塵懷閨秀》。文本敘述在大荒山無稽崖青埂峰下，有女媧補天剩下的靈石一塊，「自經鍛鍊之後，靈性已通，能大能小，因見眾石俱得補天，獨自己無材不堪入選，遂自怨自艾，日夜悲號慚愧」，後經一僧一道攜入凡塵，經歷了繁華富貴與悲歡炎涼世態。「此起一段」，不但「已將全數大旨揭明，非它小說可比」，〔註28〕而且起筆突兀，神想天外，以神化的靈石、一僧一道爲符號，蘊育出虛幻縹緲的審美氛圍。還有優美之風格表現，如第六十二回《憨湘雲醉眠芍藥茵　呆香菱情解石榴裙》。文本敘寫寶玉過生日，宴席之上觥籌交錯、題詩聯對，一派歡樂熱鬧氣氛。湘雲因酒多，大家去尋她：

〔註27〕辭海，上海：上海辭書出版社，1979 年版，第 1528 頁。
〔註28〕〔清〕曹雪芹，紅樓夢名家匯評本，北京：北京圖書館出版社，2008 年版，第 23 頁。

果見湘雲臥於山石僻處一個石凳子上，業經香夢沉酣，四面芍
藥飛了一身，滿頭臉衣襟皆是紅香散亂，手中的扇子在地下，也半
被落花埋了，一群蜂蝶鬧嚷嚷的圍著他，又用鮫帕包了一包芍藥花
瓣枕著。〔註29〕

美麗的容貌，豪爽的性格，於酒醉之後在飛紅蜂蝶的美麗圖景中酣然入夢，
儼然一幅優美的美人醉臥圖，正如姚燮所批：「天仙化境」。〔註30〕亦有淒涼
清曠之風格，如第百二十回《甄士隱詳說太虛情　賈雨村歸結紅樓夢》。賈政
在返家途中，

抬頭忽見船頭上微微的雪影裏面一個人，光著頭，赤著腳，身
上披著一領大紅猩猩氈的斗篷，向賈政倒身下拜。〔註31〕

賈政問話，

那人只不言語，似喜似悲。賈政不顧地滑，疾忙來趕。見那三
人在前，那裡趕得上。只聽得他們三人口中不知是那個作歌曰：「我
所居兮，青埂之峰。我所游兮，鴻蒙太空。誰與我遊兮，吾誰與從。
渺渺茫茫兮，歸彼大荒。」〔註32〕

繁華富貴的生活與愛情的悲劇結局，紛紛擾擾的現實世界與人生理想的迷茫痛
苦，在人生存在方式探求與現實傳統世界重壓的矛盾之下，寶玉「情極之毒」
的特點終於顯現：拋妻離子，與父母、家庭決離，與社會決絕，「只見白茫茫
一片曠野」。曠茫的世界中，只剩下一個孤獨的背影與兩行漸行漸遠的腳印，「筆
法超脫，真乃空前絕後之文」，〔註33〕最終生發出淒涼清曠的意境氛圍。

不止如此，還有恬靜閒美之風格描寫，如《情切切良宵花解語　意綿綿
靜日玉生香》中對寶黛二人甜蜜愛情的描寫；淒幽悲涼之風格描寫，如《滴
翠亭楊妃戲彩蝶　埋香冢飛燕泣殘紅》中對黛玉葬花的描寫。總之，在《紅
樓夢》這部文本中，存在著大量的多樣化藝術風格描寫。在寶釵黛愛情、人
生悲劇的主幹基礎之上，這些藝術化描寫或正面、或反面、或側面，或渲染、

〔註29〕馮其庸，八家批評紅樓夢，北京：文化藝術出版社，1991年版，第1521頁。
〔註30〕馮其庸，八家評批紅樓夢，北京：文化藝術出版社，1991年版，第1521頁。
〔註31〕〔清〕曹雪芹，紅樓夢名家匯評本，北京：北京圖書館出版社，2008年版，
　　　　第909頁。
〔註32〕〔清〕曹雪芹，紅樓夢名家匯評本，北京：北京圖書館出版社，2008年版，
　　　　第909頁。
〔註33〕〔清〕曹雪芹，紅樓夢名家匯評本，北京：北京圖書館出版社，2008年版，
　　　　第909頁。

或烘託、或映照，與其共同構設了一幅色彩繽紛的藝術畫卷，並最終創設出濃鬱的悲劇意境氛圍。

綜上所述，一元化生、二極共構、三而一成是中國古典小說創生意境的基本與主幹方式；多維共生則是在三種基幹方式基礎上的進一步豐富與演化，實爲中國古典小說意境繁富與多樣化的重要方式。四種方式共同結合起來，組成了既基乾清晰又繁複多樣的中國古典小說意境創生途徑。

第二節　中國古典小說意境的創生理念

作爲中國古典美學的核心範疇，意境實爲深邃理性與情感審美的完美融合。它不僅是華夏民族生存狀態的形上昇華，亦乃體現炎黃子孫精神律動的形象表徵。背負集體意識的中國古代小說作家，置身於燥熱與清涼相激射的原生態現實生活，以其靈敏善感之心，體察宇宙運行的深刻規律，捕捉華夏民族悸動的神經，融個體於共識，化共性爲個性，完成了中國古典小說意境的深刻創設。

一、圓形思維與動態平衡

中國古代小說作家善於以圓形思維與動態平衡理念創設小說意境。如描寫宗教題材的小說《綠野仙蹤》，文本以一詩一詞開端，敘述者靜中觀動，表達了對紛擾世事的否定，抒發了世事無常高蹈出世的沉重情懷，爲小說構設了一個宏觀的意境原發點。此後，文本正式展開敘事。以冷於冰爲契入點，通過其追求理想實現、幻滅而最終轉向修道求仙過程這一主幹線索，經由對現實社會風氣敗壞、人性醜陋與出世求仙純淨生活的反覆對比描寫，以「八景宮師徒參教主　鳴鶴洞歌舞宴群仙」作結，實現了對現實生活的否定與仙道情懷的昇華。文本從意境原發點出發，在冷於冰人生理想的平衡、失衡而又最終平衡的過程中，以一個圓形結構實現了小說整體故事情節的動態發展，並且營造出濃鬱的意境氛圍。不止這部小說，其他如《儒林外史》、《金瓶梅》以及部分具有意境特徵的短篇文言小說，大多具備這一特徵。因此，以整體的圓形結構在動態發展過程中實現小說意境的生發並非個別小說的特有現象，實爲中國古代小說領域內的普遍性表現。「表象是本質的曲折反映」，在這一表徵背後，實存宏觀的傳統文化心理與藝術觀念的深刻影響。

《說文解字》曰：「圜，天體也。從口，睘聲。」〔註34〕段玉裁注曰：「依許則言天當作圜，言平圓當作圓，言渾圓則當作團。」〔註35〕可見，「圜」的本義是天體之圓，天體與「圓」是同一概念。「圜」又引申為「圓」，如《廣雅・釋詁》曰：「圜，圓也。」〔註36〕《說文》亦曰：「圓，圜，全也。」〔註37〕可見，「圜」、「圓」同義。而《玉篇・口部》又曰：「圓，周也。」〔註38〕於此可見，「圓」的本義是完整、豐滿、周全，而後又引申為圓通、圓活。文字是指稱事物的符號，反映了人類對於事物的原初認識。以此為起點，中國古人對化生宇宙萬物的本體之「道」作了抽象闡釋。《老子》曰：「有物混成，先天地生。寂兮寥兮，獨立而不改，周行而不殆，可以為天下母。吾不知其名，強字之曰道，強為之名曰大。大曰逝，逝曰遠，遠曰返。」〔註39〕認為「道」在大、逝、遠、返中「周行而不殆」，在動態過程中表現為圓形存在狀態。故《周易》亦曰：「為道也屢遷，變動不居，周流六虛，上下無常，剛柔相易，不可典要，唯變所適。」〔註40〕認為「生生之謂易」的「道」具有周流宇宙的圓形特徵。「道」為圓形，其化生的宇宙、世界萬物的存在亦表現為圓形結構。古人以天干、地支表述對於天地存在狀態的認識，今人對此已有所發明：

> 十天干、十二地支與五行、方位結合在一起：十天干中東方甲
> 乙木，南方丙丁火，西方庚辛金，北方壬癸水，中央戊巳土；十二
> 地支中子代表北方為水，午代表南方為火，卯代表東方為木，酉代
> 表西方為金，其他八個地支錯雜在這四個正方位之中，其中東南、
> 東北、西南、西北各有一個土。〔註41〕

這顯然表明天地存在於圓形的時空結構之中。故《易經》作為中國古人認識

〔註34〕〔漢〕許慎，說文解字，天津：天津古籍出版社，1995年版，第129頁。

〔註35〕〔清〕段玉裁，說文解字注，上海：上海古籍出版社，1981年版，第475～476頁。

〔註36〕〔清〕郝懿行等，爾雅・廣雅・方言・釋名清疏四種合刊，上海：上海古籍出版社，1989年版，第422頁。

〔註37〕〔漢〕許慎，說文解字，天津：天津古籍出版社，1995年版，第129頁。

〔註38〕〔梁〕顧野王，玉篇，北京：中國書店出版社，1983年版，第274頁。

〔註39〕陳鼓應，老子注譯及評價，北京：商務印書館，1983年版，第163頁。

〔註40〕〔唐〕孔穎達，周易注疏，上海：上海古籍出版社，1989年版，第280頁。

〔註41〕趙榮波，古代哲學的圓形思維與中醫學的治未病，山東中醫藥大學學報，2009年第6期，第464頁。

世界的符號系統，其「卦之始爻承於前卦之終爻，而一卦之終爻又啓下卦之始爻」，〔註42〕而其六十四卦亦「始於既濟，終於未濟」，「此所謂道家『始卒若環』『徹終返始』」，〔註43〕表現出「原始返終」的動態圓形思維模式。

圓形動態思維是深入華夏民族文化意識的深刻特徵，其影響及於文學範疇表現爲對「圓」與「動」的多層次追求。首先表現爲主體觀察萬物的「圓形」角度與想像力的「圓形」運動。所謂「佇中區以玄覽」〔註44〕就是說處於宇宙的中心位置，「詩人比興，觸物圓覽」，〔註45〕以流動的視角「觀古今於須臾，撫四海於一瞬」，〔註46〕在圓形的時空中充分展開一己的想像力。其次表現爲對創作技巧達到「圓通」境界的追求。如況周頤在論及詞的創作技巧時曰：

> 詞中轉折宜圓。筆圓，下乘也；意圓，中乘也；神圓，上乘也。詞不嫌方，能圓，見學力；能方，見天分。但須一落筆圓，通首皆圓。一落筆方，通首皆方。圓中不見方，易；方中不見圓，難。〔註47〕

認爲「筆圓」是「意圓」、「神圓」的具體表現，只有「一落筆圓」，才能「通首皆圓」。再次，表現爲對作品內容與形式高度統一的「圓滿」追求。如何紹基曰：

> 落筆要面面圓，字字圓。所謂圓，非專講格調也。一在理，一在氣。理何以圓？文以載道，或大悖於理，或微礙於理，便於理不圓。氣何以圓？直起直落可也，旁起旁落可也，千回萬折可也，一戛即止亦可也，氣貫其中則圓。〔註48〕

要求以「氣」貫穿於「理」，達到內容與形式的「圓滿」統一。最後，表現爲對「圓境」之審美極致的追求。清代張英於《聰訓齋語》中曰：

> 天體至圓，萬物做到極精妙者，無有不圓。聖人之至德，古今

〔註42〕 陳鼓應，周易今注今譯，北京：商務印書館，2005 年版，第 595 頁。

〔註43〕 陳鼓應，周易今注今譯，北京：商務印書館，2005 年版，第 595 頁。

〔註44〕 〔晉〕陸機，文賦；郭紹虞，中國歷代文論選，上海：上海古籍出版社，1998 年版，第 66 頁。

〔註45〕 周振甫，文心雕龍今譯，北京：中華書局，1986 年版，第 325 頁。

〔註46〕 〔晉〕陸機，文賦；郭紹虞，中國歷代文論選，上海：上海古籍出版社，1998 年版，第 67 頁。

〔註47〕 〔清〕況周頤，蕙風詞話，鄭州：中州古籍出版社，2003 年版，第 4 頁。

〔註48〕 〔清〕何紹基，與汪菊士論詩；郭紹虞，中國歷代文論選・第四冊，上海：上海古籍出版社，1981 年版，第 36 頁。

之至文、法帖，以及一藝一術，必極圓而後登峰造極。〔註49〕
認爲「圓」實爲萬物達到極精妙之狀態的表現，藝術創作應以「圓境」爲追求才能登峰造極。

　　中國古代小說原屬寬泛的文化學範疇，多有因採錄編撰而成者，故此種形式多散亂而簡短。當其於魏晉六朝時期逐漸進入文學範疇之後，因創作的成分日趨增強，文學色彩亦漸見濃厚。至唐「有意爲小說」，因詩性思維的融入，中國古代小說的圓形思維開始發生；宋元以後，隨著「大道」成分的增加，中國古典小說的圓形思維開始成熟並日益完善。也就是說，圓形思維是中國古代小說進入文學範疇之後逐漸形成的。當其成熟之後，對於中國古典小說意境的生成又產生了重大影響：小說家多以圓形思維爲小說構設一個圓形結構，故事情節在平衡、失衡、平衡的動態過程中因轉折變化而產出矛盾張力，小說意境的創生因而得以實現。

　　以《水滸傳》爲例。小說引首以一首詞發端：

　　　　試看書林隱處，幾多俊逸儒流。虛名薄利不關愁，裁冰及剪雪，
　　談笑看吳鉤。評議前王並後帝，分眞僞佔據中州，七雄擾擾亂春秋。
　　興亡如脆柳，身世類虛舟。見成名無數，圖名無數，更有那逃名無
　　數。霎時新月下長川，江湖變桑田古路。訝求魚緣木，擬窮猿擇木，
　　恐傷弓遠之曲木。不如且覆掌中杯，再聽取新聲曲度。〔註50〕

這首詞首先以旁觀者的視角對閒隱人生狀態進行超脫性表述，然後對追名逐利、世事紛擾的現實人類社會在迅疾的時間流速節奏中最終歸於空無進行了批判式評論，最後表達了在閒淡生活中冷眼觀世界的人生姿態。作爲整部文本的起始，該詞以清脫基調起筆，在流動的視角中俯瞰現實人類社會，從而確立了一種旁觀式超脫視角，爲文本敘事創立了一個動態的原發點。文本隨後以一首詩進入敘事：

　　　　紛紛五代亂離間，一旦雲開復見天。草木百年新雨露，車書萬
　　里舊江山。尋常巷陌陳羅綺，幾處樓臺奏管絃。人樂太平無事日，
　　鶯花無限日高眠。〔註51〕

〔註49〕　〔清〕張英，聰訓齋語，北京：中國戲劇出版社，2000年版，第274頁。
〔註50〕　〔明〕施耐庵，水滸傳會評本，陳曦鍾等輯校，北京：北京大學出版社，1981
　　　　　年版，第38頁。
〔註51〕　〔明〕施耐庵，水滸傳會評本，陳曦鍾等輯校，北京：北京大學出版社，1981
　　　　　年版，第39頁。

寫趙匡胤降世，結束了五代社會的離亂，社會狀態由不平衡走向平衡。在對太祖、太宗、仁宗三朝社會平衡狀態進行了簡要敘述之後，寫仁宗朝天降瘟疫，平衡狀態又出現了被打破的跡象。第一回《張天師祈禳瘟疫 洪太尉誤走妖魔》，作為朝廷高官的洪太尉奉旨請張天師。文本對其矯作與妄自託大進行了三次書寫，終因其醜陋而誤走妖魔。因此，洪太尉作為一個符號，實際象徵著因為人類欲望的自私與人性的醜惡而導致天人和諧關係的失衡。第二回《王教頭私走延安府 九紋龍大鬧史家村》正式進入敘事，敘寫只會踢球與人幫閒卻品行惡劣的高二，因貴族高官的提拔而驟然升任太尉，上任伊始就無端欺壓教頭王進而導致其遠走他鄉。「不寫一百八人，先寫高俅，則是亂自上作也。」〔註52〕這一敘事不但是對現實社會的如實描寫，而且是對因人之罪惡而導致天人和諧關係失衡的皴染。文本敘事於第三回逐步展開，先後敘寫了眾多反抗者上梁山走向反抗道路的故事。其間，文本對現實社會公平公正的喪失、正常選撥制度的廢棄和社會政治的黑暗進行了繁富書寫，對人的欲望與行為、人類與社會存在的現實狀態進行了深度揭示，描畫了一幅殘酷而震人心魄的連軸畫：醜惡中擠壓出善良，壓迫中生發出嚮往，在血與火的殘酷中迸發出快感。梁山聚義，理想圖景突出而現實，矛盾的另一方退隱，不平衡暫時歸於平衡。此後，平衡的趨勢漸趨明顯。兩贏童貫、三敗高俅，是為暫時的不平衡；招安之後，又得到暫時的平衡。此後，經由平田虎、王慶、徵方臘，108位梁山人或淒涼而死，或心滅而走，煙消雲散而歸於淒涼之結局。文本在動態的平衡、失衡中最終歸於虛無，經由一個圓周重又呈現平衡狀態。在這一過程之中，文本「字有字法，句有句法，章有章法，部有部法」、「委曲詳盡，血脈貫通」，〔註53〕作者運用圓通的敘事技巧構設了「連環鉤鎖、百川歸海」式的文本結構，不但飽含感情塑造了鮮活的人物，「《水滸》所敘，敘一百八人，人有其性情，人有其氣質，人有其形狀，人有其聲口」，〔註54〕而且以詩性智慧融入敘事賦予文本深刻的理性內涵，最終在圓形思維的指導下經由動態平衡的過程創設了濃鬱的意境。因此，邱煒萱曰：「《水滸

〔註52〕 金聖歎，水滸傳回評；朱一玄，水滸傳資料彙編，天津：南開大學出版社，2002年版，第258頁。

〔註53〕 金聖歎，水滸傳序三；朱一玄，水滸傳資料彙編，天津：南開大學出版社，2002年版，第242頁。

〔註54〕 金聖歎，水滸傳序三；朱一玄，水滸傳資料彙編，天津：南開大學出版社，2002年版，第241頁。

傳》有自由意境」，〔註55〕可謂的評。

二、神話素與象徵思維

神話與象徵不但是華夏民族的的普遍思維，而且在中國古代小說範疇有鮮明表現。《聊齋誌異》中的藝術形象多爲花妖狐魅，而且多具人情，如黃英、嬰寧、青風等；《綠野仙蹤》中的冷於冰出入於現實與虛幻的神道世界，《紅樓夢》中的賈寶玉是青埂峰下的靈石下臨凡世，《水滸傳》中的一百零八位反抗者是天罡地煞降臨人間。此外，不時出現的九天玄女、一僧一道等藝術形象，不但具有奇幻的神性色彩，而且富於現實的人間意蘊。不止藝術形象，對絕方異域、天宮地府等神幻世界的描寫，在中國古代小說範疇也比比皆是。另外，中國古代小說還善於以神話思維構設文本框架，如《水滸傳》不但以天道循環的觀念統攝整部文本，而且以石碑、石碣貫穿敘事過程。由此可見，神話性與象徵性實爲中國古代小說的普遍與鮮明特徵。作爲中國古代小說的一種具象表徵，其內在應與中國古代的神話思維及傳統密切相關。

馬克思認爲，神話是原始時期「在人民幻想中經過不自覺的藝術方式加工過的自然和社會形態」，〔註56〕可謂眞知灼見。如《盤古開天地》：

> 天地混沌如雞子，盤古生其中。萬八千歲，開天闢地，陽清爲天，陰濁爲地，盤古在其中，一日九變。神於天，聖於地。天日高一丈，地日厚一丈，盤古日長一丈。如此萬八千歲，天數極高，地數極厚，盤古極長。故天去地九萬里。〔註57〕

將處於混沌狀態的天地比喻爲雞子，以盤古生其中來表達對人類以及宇宙卵生現象的認識，顯然是以一種不自覺的幻想進行比附的結果。這種被稱爲原始思維的思維方式亦被稱爲神話思維。在史前文明時期，先民的心智與現代人相比尚處於相對低級的發展階段。「他們還沒有把抽象的普遍概念和具體的形象分割開來」，〔註58〕缺乏足夠的抽象與反思能力，不能充分地將自己與周圍的環境清晰區分開來從而對事物做出明晰的界定，故「在人類運用邏輯概

〔註55〕阿英，晚清文學叢鈔，北京：中華書局，1960 年版，第 410 頁。

〔註56〕馬克思、恩格斯，馬克思恩格斯全集・政治經濟學批判導言，北京：人民出版社，1995 年版，第 113 頁。

〔註57〕〔吳〕徐整，三五歷記；劉城淮，中國上古神話，上海：上海文藝出版社，1988 年版，第 199 頁。

〔註58〕〔德〕黑格爾，美學，朱光潛譯，北京：商務印書館，1984 年版，第 18 頁。

念思維之前，他借助於清晰的、個別的神話意象來維持他的體驗」，〔註59〕「一般是直接呈現於感性觀照的一種現成的外在事物，對這種外在事物並不直接就它本身來看，而是就它所暗示的一種較廣泛普遍的意義來看。」〔註60〕先民的這種以某一領域的經驗對另一類領域的存在進行說明或理解，使得兩種看來毫無聯繫的事物被相提並論的神話思維實質上是一種象徵思維。

　　神話思維的發生與運演伴隨著原始先民強烈的情感體驗。由於「原始人心裏還絲毫沒有抽象、洗練或精神化的痕跡，因爲他們的心智還完全沉浸在感覺裏，受情慾折磨著，埋葬在軀體裏」、〔註61〕「他的無意識心理有一股不可抑制的渴望，要把所有外界感覺經驗同化爲內在的心理事件」，〔註62〕並且「古人在創造神話的時代，就生活在詩的氣氛裏，所以他們不用抽象思考的方式而用憑想像創造形象的方式，把他們最內在最深刻的內在生活變成認識的對象。」〔註63〕這種發端於主體以自身的生命形式去體認、命名自然的活動，其思維「不僅想像著客體，而且還體驗著它」，〔註64〕從而形成了以己觀物、物我交感的鮮明特徵。如《夸父逐日》：

　　　　夸父與日逐走，入日；渴，欲得飲，飲於河，渭；河，渭不足，

　　北飲大澤。未至，道渴而死。棄其杖，化爲鄧林。〔註65〕

具有粗獷、雄渾氣息而又充滿悲劇色彩的夸父形象及其行爲，其實就是原始先民自己生存現狀與精神世界的符號化表現。因此，卡西爾認爲「神話的眞正基質不是思維的基質而是情感的基質。神話和原始宗教決不是全無條理性的，它們並不是沒有道理或沒有原因的。但它們的條理性更多地依賴於感情的統一而不是依賴於邏輯的法則。這種感情的統一性是原始最強烈最深刻的推動力之一。」〔註66〕

〔註59〕　〔德〕恩斯特·卡西爾，語言與神話，上海：生活·讀書·新知三聯書店，1988 年版，第 35 頁。

〔註60〕　〔德〕黑格爾，美學第二卷，朱光潛譯，北京：商務印書館，1984 年版，第 10 頁。

〔註61〕　〔意大利〕維柯，新科學，北京：商務印書館，1989 年版，第 184 頁。

〔註62〕　〔瑞士〕榮格，心理學與文學·集體無意識的原型，馮川、舒克譯，上海：生活·讀書·新知三聯書店，1987 年版，第 54～55 頁。

〔註63〕　〔德〕黑格爾，美學，朱光潛譯，北京：商務印書館，1984 年版，第 18 頁。

〔註64〕　〔法〕列維·布留爾，原始思維，北京：商務印書館，1985 年版，第 429 頁。

〔註65〕　劉城淮，中國上古神話，上海：上海文藝出版社，1988 年版，第 442 頁。

〔註66〕　〔德〕恩斯特·卡西爾，人論，上海：上海譯文出版社，2003 年版，第 104 頁。

　　神話思維的實現遵循變形法則並充滿了神秘色彩。上述盤古、夸父的形象經由不自覺的想像與誇張已經具備了變形的意味，而在作爲「古代小說之祖」的《山海經》中變形的例子更是不勝枚舉。伏羲、女媧皆「人頭蛇身」，「黃帝四面」、其子孫亦「人面蛇身，尾交首上」，炎帝是「人身牛首」，蚩尤是「人身牛蹄，四目六手」，相繇「九首，蛇身自環」。不止如此，《山海經》還以山海之所經，「歷述怪獸異人的地域分佈和由此產生的神話和巫術的幻想」，〔註67〕不但「以奇異的想像在『五藏山經』部分深入群山險阻的細部，又在『海外』、『海內』、『大荒』諸經中，進行更爲恢宏誇誕的幻想」。〔註68〕這些散佈於相對隔絕的山川湖海之間怪誕、神異的生靈與自然現象，散發出的神秘氣息不絕如縷，彌漫於天地之間。

　　因此，強烈的情緒體驗、物我交感的觀照方式、奇異的變形法則、神異的氣息以及象徵思維的交融，使得原始先民的神話思維俱表現出物我合一、與天地共存之特徵，從而在終極指向上具有了意境質素。故黑格爾認爲，「古人在創造神話的時代，就生活在詩的氣氛裏。」〔註69〕

　　然而，當人類進入文明社會之後，由於理性、邏輯思維的漸趨發達，從而逐漸切斷了人與神的聯繫，使得人類不得不面對殘酷的生存狀態：痛苦、孤獨、必然的死亡等現實境遇。但是，對於人類而言，神話思維並未徹底消亡，而是由生活實踐層面轉向藝術領域：以變形的方式、被壓縮的形態進入人類思維的整體結構，作爲一個側面、環節、層次被保留下來。

　　客觀而言，神話素與象徵思維並不能必然導致意境的產生，這在《山海經》以及其他中國古代有關神話、仙道題材的但並不具意境的小說中均可得到證明。然而，高明的小說家在創作時，如果以神話素與象徵思維爲統攝，在藝術形象塑造、敘事以及主題的表達中糅合進人情事理，那麼意境的創生也就具備了可能。

　　以《西遊記》爲例。首先，文本構設了一個神話性質的框架。第一回《靈根育孕源流出　心性修持大道生》，起始對天地開闢的描寫就散發出濃鬱的神異色彩，接以花果山的描繪更爲世外仙境而具意境特質，而孫悟空由受天地真氣感日月精華的靈石誕生亦具神性色彩。其後，孫悟空求道、大鬧天宮以

〔註67〕 楊義，中國古典小說史論，北京：中國社會科學出版社，2004年版，第47頁。
〔註68〕 楊義，中國古典小說史論，北京：中國社會科學出版社，2004年版，第49頁。
〔註69〕 〔德〕黑格爾，美學，朱光潛譯，北京：商務印書館，1984年版，第18頁。

及唐僧師徒四人取經歷經九九八十一難作為小說的主線，最終歸於九九歸一五聖成真，也處處彌漫著神奇的意蘊。其次，小說的主要藝術形象或為儒、道、佛三界的神仙，或為由各種動植物幻化而成的妖魔鬼怪，亦為均具神性色彩的藝術角色。再次，小說中的環境也多具神異氣質，天宮、地府等超現實的環境自無需多言，就是與取經相關的凡間環境如流沙河、火焰山等也多具神異色彩。最後，文本所敘如孫悟空與各路妖魔鬼怪鬥法的故事也充滿了神異氣息。因此，《西遊記》作為一部經典的神魔小說，在文本的總體表現上呈現出鮮明的神話色彩與神話思維特徵，而其超現實的描寫亦使得小說具有了意境特徵。

在神話思維的統攝下，吳承恩在藝術形象塑造、故事主題表現以及環境描寫等方面還進一步實現了非現實的虛構與現實的人間體驗的有效融合，使得文本的意境特徵更為鮮明。天宮的環境、各種妖魔鬼怪的洞府其實是人間現實環境的變形，折射出朦朧的人間特徵；各類藝術形象也大多實現了神性、人性與動物性的有機統一，既具神性特徵而又表現出明顯的現實人間色彩。因而，《西遊記》表面上雖是神魔小說，實際卻是作者經由題材的幻化表達自己的現實人間體驗，正如劉廷機所言：「《西遊》為證道之書，丘長春借說金丹奧旨，以心猿意馬為根本，而五眾以配五行，平空結構，是一蜃樓海市耳。此中妙理，可意會不可言傳，所謂語言文字，僅得其形似者也。」〔註70〕其實，這份妙理可以經由文本分析得以言傳。文本第一回敘寫天地開闢之後，東勝神州傲來國花果山有一仙石，因受天地真氣感日月精華而產一石猴。這一石猴天生異能，日與群猴在世外桃源式的花果山自由、無拘無束地玩耍，「真是山中無甲子，寒盡不知年」。這一描寫大有深意，它象徵著天產石猴沒有任何先天的牽絆而降臨人世，而其在花果山的幼年生活亦無欲望的侵擾而充滿了自由之趣。然而，一日想起因「暗中有閻王老子管著」而「忽生憂惱」，這意味著石猴動了欲望之念。自此，它的生活就處於欲望的控制之下。一心求道、閻羅殿除名是為了「跳出三界外，不在五行中」，而龍宮索寶、欲求天庭封官既是追求自我價值的實現，又是欲望的初次膨脹。被天庭欺騙之後，自尊心受到傷害，豎起了「齊天大聖」的大旗，自我價值實現的欲望進一步膨脹，最終導致被儒釋道三界聯合鎮壓在五行山下。這段描寫

〔註70〕　〔清〕劉廷機，在園雜志，張守謙點校，北京：中華書局，2005 年版，第 83
　　　　～84 頁。

意味著孫悟空因年齡的增長、閱歷的增加，欲望開始滋生，其人生也由伊甸園進入失樂園。五行山下的痛苦折磨，孫悟空進行了深刻反思，並在觀音菩薩的指引下確定了未來的人生發展方向：追隨唐僧去西天取經，完成這一具有重要個體人生價值與度世價值的偉大事業。九九八十一難作為小說的主體架構，表面上是取經途中經歷的艱難困苦，是考驗取經意志的必要環節；而就其發生的主觀因素而言，其實是「心生則種種魔生，心滅則種種魔滅」的必然結果。因此，九九八十一難的艱難歷程，既是為完成取經這一偉大事業的必備精神要求，亦為一場「人類精神的苦難歷程」。然而，當其到達西天聖境之後，佛教核心領導層的所為卻讓人感慨百端：因無「人事」只能取到無字真經；如來佛的言語更是讓人啼笑皆非：「經不可輕傳，亦不可以空取，向時眾比丘聖僧下山，曾將此經在舍衛國趙長者家與他誦了一遍，……只討得他三升三斗米粒黃金回來，我還說他們忒賣賤了，教後代兒孫沒錢使用。」宣揚「色空」、追求破「執」除「障」的佛教竟然赤裸裸地宣稱對物欲的追求。取經，這一被唐僧、孫悟空視為人生理想追求的偉大事業，在其實現之時，竟然如此荒唐可笑。此種忙中偷閒之筆，如當頭棒喝，點破文本主題：人或者人類的理想與追求在何處？人或者人類應該如何對待自己的欲望？人或者人類應該如何存在？……一部豐厚而深刻的文本勾畫出無數的問號，創設出深刻而又浩渺無際的精神宇空，讓讀者沉浸其中無法自拔，營造出渾融的哲學意境。因此，冒廣生於《射陽先生文存跋》中曰：「今觀汝忠之作，緣情而綺靡，體物而瀏亮，其詞微而顯，其旨博而深，收百代之闕文，採千載之遺韻，沈辭幽深，浮藻雲峻，張文潛以後，一人而已」，﹝註71﹞可謂精到之論。

三、悲劇意識與母題書寫

　　悲劇是人類存在的終極本質，因而悲劇意識不但是中國古代小說作家的深刻思維，亦是其表達對於人生與社會深刻思考的重要方式。如《三國志通俗演義》，這部小說不但展示了百年時空背景下諸侯紛爭社會動亂的現實生活，而且著重敘述了蜀漢集團從白手起家經由艱苦奮鬥最終崛起的完整歷程。其中，文本尤其以濃墨重彩之筆描繪了諸葛亮「鞠躬盡瘁死而後已」的

﹝註71﹞冒廣生，射陽先生文存跋；朱一玄，西遊記資料彙編，天津：南開大學出版社，2002 年版，第 187 頁。

獻身精神與才華橫溢的軍師形象、關羽的「義絕」表現、劉備的愛民如子。然而，代表了傳統社會明君賢臣、義氣、道德與智慧理想的劉備集團卻最終歸於淒慘的悲劇結局，使整部文本散發出濃鬱的悲劇氛圍。不止如此，《水滸傳》中一百零八位反抗者的悲慘結局、《紅樓夢》中賈寶玉出家在茫茫雪野上留下的兩行腳印以及「紫玉韓重」的淒美愛情等，或社會、或人生、或愛情，均孕育出濃鬱的悲劇氛圍。如若結合中國古代小說的整體表現進行綜合考察，完全可以說中國古代小說是一個充滿悲劇氣息彰顯悲劇色彩的範疇，抑或說其是一個對悲劇範疇進行藝術化表現的文學範疇。如此普遍而充分的悲劇表現，絕非某一小說家一時心血來潮的結果，其內在應有更爲深刻的文化心理因素。

存在決定意識。因自然環境的惡劣，華夏先民自誕生伊始就面臨著沉重的生存壓力。如《孟子》曰：「當堯之時，天下猶未平，洪水橫流，氾濫於天下，草木暢茂，禽獸繁殖，五穀不登，禽獸逼人。獸蹄鳥跡之道交於中國。」〔註72〕《淮南子‧本經篇》亦曰：「堯之時，十日並出，焦禾稼，殺草木，而民無所食。猰貐、鑿齒、九嬰、大風、封豨、修蛇皆爲民害。」〔註73〕因此，湯因比在論及華夏先民的生存環境時說：

> 人類在這裡所要應付的自然環境的挑戰要比兩河流域和尼羅
> 河的挑戰嚴重得多。人們把它變成古代中國文明搖籃地方的這一片
> 原野，除了有沼澤、叢林和洪水的災難之外，還有更大得多的氣候
> 上的災難，它不斷地在夏季的酷熱和冬季的嚴寒之間變換。〔註74〕

如此惡劣的自然生存環境，勢必加重華夏先民的生存難度。這就使得他們在與惡劣環境的抗爭過程步履艱難，心靈的沉重與痛苦自然無法避免。與此同時，華夏民族還處於與自身欲望永無止息的鬥爭之中。「人之情，食欲有芻豢，衣欲有文繡，行欲有輿馬，又欲夫餘財蓄積之富也，然而窮年累世不知不足，是人之情也」，〔註75〕故「好利而惡害，是人之所生而有也，是無待而然者也」。〔註76〕然而，「人是一切社會關係的總和」，個體生存受到客觀環境各種因素

〔註72〕楊伯峻，孟子譯注，北京：中華書局，2005年版，第124頁。
〔註73〕何寧，淮南子集釋，北京：中華書局，1998年版，第574頁。
〔註74〕〔英〕湯因比，歷史研究，曹末風譯，上海：上海人民出版社，1986年版，第92頁。
〔註75〕熊公哲，荀子今注今譯，臺北：商務印書館，1975年版，第58頁。
〔註76〕熊公哲，荀子今注今譯，臺北：商務印書館，1975年版，第68頁。

的制約，因而當其欲望無法實現之時，痛苦就會無可避免地侵入人的心靈。不止如此，殘酷的現實生存狀態亦持續不斷地給華夏人民的心靈注入痛苦的毒素。由於欲望的無節制追求與人性之惡的氾濫，使得「世衰道微，邪說暴行有作」，〔註77〕「內者父子兄弟做怨惡，離散不能相合，天下之百姓，皆以水火毒藥相虧害，至有餘力，不能以相勞。腐朽餘財，不以相分，隱匿良道，不以相教，天下之亂，若禽獸然」，〔註78〕其更甚者「爭地以戰，殺人盈野；爭城以戰，殺人盈城；此所謂率土地而食人肉，罪不容於死。」〔註79〕殘酷的社會環境給予心靈以持續的痛苦，因而對於華夏人民而言，「天下歡之日短而悲之日長，生之日短而死之日長，此定局也。」〔註80〕故王國維曰：「生活之本質何？欲而已矣。」〔註81〕「欲與生活與痛苦，三者一而已矣。」〔註82〕因此，由於「人性和社會一直處在命運的蠻橫機遇和人自己所固有的殘酷威脅之下」，〔註83〕使得「人從來就是痛苦的，由於他的本質就是落在痛苦的手心裏的」，〔註84〕從而注定了悲劇就是人之存在的本質內涵。所以，悲劇是伴隨人類存在起始、發展與結局全過程的永恆定語。

對於生存的悲劇性質，中國古人自始至終有著清醒的認識。因而，悲劇意識已成為中國傳統文化心理的內在質素。中國古代的小說家，在創作時亦在悲劇思維的指引下宣洩心靈表達對於人與社會存在的理性思考。母題書寫，正是集中承載小說家悲劇意識的重要方式。

對於母題（motif），學界有多種說法。如 A・F・斯科特認為母題是「貫穿一部作品的一個特別的思想或者占主導地位的成分，它構成了主題的一部分。」〔註85〕普羅普則認為母題是「任何敘述中最小的而且不可再分割的單

〔註77〕楊伯峻，孟子譯注，北京：中華書局，2005 年版，第 155 頁。

〔註78〕楊伯峻，孟子譯注，北京：中華書局，2005 年版，第 155 頁。

〔註79〕楊伯峻，孟子譯注，北京：中華書局，2005 年版，第 175 頁。

〔註80〕〔明〕卓人月，新西廂序；中國戲曲研究院，中國古典戲劇論著集成，北京：中國戲劇出版社，1960 年版，第 103 頁。

〔註81〕王國維，靜庵文集・紅樓夢評論，瀋陽・遼寧教育出版社，1997 年版，第 63 頁。

〔註82〕王國維，靜庵文集・紅樓夢評論，瀋陽：遼寧教育出版社，1997 年版，第 66 頁。

〔註83〕〔英〕羅傑・福勒，現代西方文學批評術語辭典，薛洲堂譯，瀋陽：春風文藝出版社，1988 年版，第 9 頁。

〔註84〕〔德〕叔本華，作為意志和表象的世界，北京：商務印書館，1982 年版，第 427 頁。

〔註85〕A・F・斯科特，當代文學術語；弗朗西斯・約斯特，比較文學導論，長沙：湖南文藝出版社，1988 年版，第 234 頁。

元。」〔註86〕還有人將其看作「在一部分藝術作品中重複出現的顯著（主要）的主題成分」。〔註87〕客觀而言，將「文學母題」界定爲「敘事類文學中不可再分的基本敘述單位，即日常生活或現實領域中的典型事件」，〔註88〕或曰「文學作品中反覆出現的人類的精神現象和基本行爲、精神現象以及人們關於周圍世界的概念。」似乎更爲合理。〔註89〕

　　儘管母題是一個外來術語，但其在中國古代文學範疇亦是事實存在。在創作過程中，中國古代小說家繁複使用母題書寫以表達對於生活的深沉思考。其經典者，因母題書寫與悲劇思維的交融性詩性表現而呈現出鮮明的意境特徵，如《三國志通俗演義》運悲劇思維入戰爭文學母題而創設出渾融的悲質意境，《水滸傳》施悲劇思維入反抗母題創設出深沉的哲理意境。在中國古代小說領域，因深刻的母題書寫而孕育出濃鬱的悲劇質性，進而呈現出意境特徵者不在少數，而《紅樓夢》尤爲典型之作。

　　《紅樓夢》是一部深刻的人生母題小說，蘊含著深沉的悲劇意蘊。文本書寫在兩個層面的結合中展開。在現實層面即文本的內結構，以賈府的榮辱升沉爲背景，描寫了賈寶玉的人生探索歷程，勾畫出家庭、愛情與人生三大悲劇。寧榮二府歷經第一、二代的繁華尊榮，傳至第三、四代已漸現日落西山之象。主子扒灰淫亂、吃喝嫖賭五毒俱全、品德墮落，生齒日繁浪費鋪排又不能開源節流運籌謀畫，其甚者又從內部動搖家族的根基，僕人招搖撞騙侵蝕錢財，正如冷子興所言：

> 如今生齒日繁，事務日盛，主僕上下安富尊榮者盡多，運籌謀畫者無一；其日用排場，又不能將就省儉。如今外面的架子雖未甚倒，內囊卻也盡上來了。……如今的兒孫是一代不如一代了。〔註90〕

故雖有元妃之蔭與家族勢力之殘喘，然終因積重難返而被抄家，榮寧二府終

〔註86〕〔俄羅斯〕普羅普，民間故事的型態學；托多羅夫編，俄蘇形式主義文論選，蔡鴻濱譯，北京：中國社會科學出版社，1989 年版，第 238～240 頁。
〔註87〕馬利安・韋伯斯有限公司，新大學生辭典，斯浦林菲爾德出版社，1984 年版，第 744 頁。
〔註88〕〔俄國〕維謝洛夫斯基；佛馬克，二十世紀文學理論，北京：三聯書店，1988 年版，第 34 頁。
〔註89〕曹順慶，比較文學論，成都：四川教育出版社，2005 年版，第 257 頁。
〔註90〕〔清〕曹雪芹，紅樓夢，百家匯評本，武漢：長江文藝出版社，2005 年版，第 10 頁。

於難逃衰敗的命運。從烈火烹油繁花似錦到抄家之敗的過程中，文本對賈府上下的罪惡與醜行進行了繁複書寫，勾畫出驚心觸目的家庭悲劇。盤根錯節積弊深重的家庭實際是舊有社會慣性的象徵，這一背景下有生命力的新事物難以逃脫舊勢力的控制與籠罩。賈寶玉的「不通世務」並非不能通世務，而是不願通虛僞繁瑣窒息人性靈的世務；「怕讀文章」並非不能讀文章，而是不願讀杜撰、理欲教化的虛僞之書；說「女兒是水作的骨肉，男人是泥作的骨肉。我見了女兒，我便清爽；見了男子，便覺濁臭逼人」，其實質是對罪惡男權社會的厭惡；「無故尋愁覓恨，有時似傻如狂」不是精神的變態，而是眞性靈的誠摯表達。因此，賈寶玉這一藝術形象實質是作者在舊的社會背景下進行人生存在方式思考的代言符號。然而，傳統觀念與家庭需要均無法容忍賈寶玉這些離經叛道式的特點：他必須刻苦讀書通過科擧之路延續家族的榮華富貴、按照家族意志尋找自己的配偶、克服自身的個性實現與社會的順利接軌，也就是說賈寶玉必須按照傳統觀念的要求與家庭的需要而活著。因此，賈寶玉與傳統觀念的要求、家庭的需要內在地產生了不可調和的矛盾。在現實社會中，「人是一切社會關係的總和」，〔註91〕「任何個體都無法和整個社會要求相對抗」，賈寶玉生來就注定了失敗的悲劇命運：與林黛玉同爲人生知音亦且刻骨相愛卻無法結爲夫妻，愛情的盡頭是悲劇結局；人生方式的選擇在現實的壓迫下無法實現，痛定思痛，爲了調和個體與家庭需要的矛盾，不得不暫時壓抑個性完成世俗的要求，最終的出家，其實質是個體與社會要求抗爭之下的無奈選擇。賈寶玉無法按照自己的方式而存在，亦不能順從傳統價値觀念要求與家庭需要爲自己安排的存在方式；對人生存在方式的精神思索導致的只是困惑與苦悶，出家雖然消極卻又實屬無奈。因此，精神的幻滅對於賈寶玉而言是一場悲重的人生悲劇。不止如此，「心比天高，身爲下賤」的黛玉、「生於末世運偏消」的探春、「雲散高唐，水涸湘江」的史湘雲等大觀園中的眾多女子，其人生亦都上演了一幕幕沉重的悲劇，正所謂「悲涼之霧，漏被華林」。〔註92〕因此，《紅樓夢》作爲一部人生母題小說，「字字看來皆似血」、「滿紙荒唐言，一把辛酸淚」，濃墨重彩地書寫了深沉的人生悲劇，正如王國維所言：「《紅樓夢》一書，與一切喜劇相反，徹頭徹

〔註91〕中共中央馬克思恩格斯列寧斯大林著作編譯局編譯，馬克思恩格斯選集，北京：人民出版社，1995年版，第60頁。

〔註92〕魯迅，中國小說史略，上海：上海古籍出版社，1998年版，第165頁。

尾之悲劇也。」〔註93〕在象徵層面即文本的外結構，賈寶玉由來自荒幻之境「無才可去補蒼天」的靈石幻化而成，歷經塵世的繁華富貴而又歸於原處。這一歷經輪迴的過程實乃命定之數，給予現實層面以寶玉爲中心的三大悲劇以抽象印證與補充。二者相激相應，共同結合生發出渾融的意境氛圍：在現實人生層面，人類對於存在方式苦苦思索卻又找不到出路；在抽象層面，必然的無奈與痛苦又是人類無法逃脫的命運；二者相互映射產生巨大的矛盾張力，引導讀者進入持續思考的哲學意境空間。

綜上所述，無論是圓形思維與動態平衡、神話素與象徵思維，還是悲劇意識與母體書寫，既是中國古代小說作家創設意境的精神理念，又在文本載體中有具體表現，因而又體現出一定的方式性。究其源，創生理念在其原發點上實爲小說家意識世界內的精神觀照與思維方式，其後經藝術實踐活動轉化爲具體的表現。因此，創生理念實爲中國古典小說意境創生的關鍵一環。

第三節　中國古典小說創生意境的終極追求

現實的人道疏離狀態與理想的人道契合狀態之間的對比張力是意境發生的根源。在人道之間的雙向運動過程之中，意境既是人追尋道的媒質，又是人追尋道的精神結晶。無論是中國古典小說意境的具體創生方式，還是其宏觀深邃的創生理念，均鮮明體現出人類對於存在的深刻理性思考與豐富濃鬱情感，即對於人類現實存在以及終極命運的密切關注。

一、異曲同調：意境與天人合一

人猿揖別，人類社會生活日益豐富複雜，人的思維亦逐漸演進，天人分離的跡象趨於顯明。於此，對於天人關係的思索悄然在人的意識之淵升起：

> 首生盤古，垂死化身。氣成風雲，聲爲雷霆，左眼爲日，右眼爲月，四肢五體爲四極五嶽，血脈爲江河，筋脈爲地理，肌肉爲田土，發露爲星辰，皮毛爲草木，齒骨爲金石，精髓爲珠玉，汗流爲雨澤。身之諸蟲，因風所感，化爲黎甿。〔註94〕

原始先民以荒誕的比附表達了對天、地、人關係的朦朧感知。步入文明社會

〔註93〕王國維，靜庵文集・紅樓夢評論，瀋陽：遼寧教育出版社，1997年版，第73頁。
〔註94〕〔清〕馬驌，繹史，王利器整理，北京：中華書局，2002年版，第2頁。

之後，逐漸演化爲與人類存在相關的深刻思考。《周易・咸卦》曰：「天地感而萬物化生，聖人感人心而天下和平，觀其所感而天地萬物之情可見矣。」〔註95〕《尚書・酒誥》亦曰：「弗惟德馨香祀，登聞於天，誕惟民怨，庶群自酒，腥聞在上，故天降喪於殷，罔愛於殷，惟逸，天非虐，惟民自速辜。」〔註96〕認爲天地感而生人，天人具內在感應之關係。在前代認識基礎之上，漢代董仲舒經由一己之苦心體悟與刻意建構，使傳統天人關係之認識趨於系統化。「物疢疾莫能偶天地，唯人獨能偶天地，人有三百六十節，偶天之數也，形體骨肉，偶地之厚也；上有耳目聰明，日月之象也；體有空竅理脈，川谷之象也；心有哀樂喜怒，神氣之類也。觀人之體，何高物之甚，而類於天也。」〔註97〕認爲人的生理表徵與天相類；「天亦有喜怒之氣，哀樂之心，與人相副，以類合之，天人一也。」〔註98〕人的情緒與天相合；「天之數，人之行，官之制，相參相得也，人之於天，多此類者。」〔註99〕人類社會的建構與天制相類；「凡災異之本，盡生於國家之失。國家之失，乃始萌芽，而天出災害，以譴告之；譴責之而不知變，乃見怪異以驚駭之，驚駭之尚不知畏恐，其殃咎乃至。」〔註100〕人類社會的吉凶變化亦與天相感相應。經由多方位比附，董仲舒明確提出「天人一也」的觀點，意味著「天人合一」的思維認知已趨於成熟。宋代儒學吸納了佛、道思想的精髓，建構太極學說表達對大地宇宙以及人類社會體系的認知。張載於《正蒙・乾稱》中曰：「因明致誠，因誠致明，故天人合一，致學而可以成聖，得天而未始遺人。」〔註101〕不但第一次明確提出了「天人合一」的哲學命題，而且標誌著中國古代對於天人關係認識的眞正成熟。「天人合一」觀，「這個代表中國古代哲學主要基調的思想」〔註102〕「實是整個中國傳統文化思想之歸宿處。」〔註103〕

何爲「天」？何爲「人」？「天人合一」的內涵及其落腳點又在何處？語言學領域內對於「天」的釋義甚爲繁富，然就其初始意義而言，大多不確。

〔註95〕〔唐〕孔穎達，周易注疏，上海：上海古籍出版社，1989年版，第140頁。
〔註96〕陳戊國，尚書校注，長沙：嶽麓書社，2004年版，第133頁。
〔註97〕〔漢〕董仲舒，春秋繁露，上海：上海古籍出版社，1988年版，第75頁。
〔註98〕〔漢〕董仲舒，春秋繁露，上海：上海古籍出版社，1988年版，第71頁。
〔註99〕〔漢〕董仲舒，春秋繁露，上海：上海古籍出版社，1988年版，第46頁。
〔註100〕〔漢〕董仲舒，春秋繁露，上海：上海古籍出版社，1988年版，第54頁。
〔註101〕〔宋〕張載，張載集，北京：中華書局，1978年版，第65頁。
〔註102〕季羨林，禪與文化，北京：中國言實出版社，2006年版，第269頁。
〔註103〕季羨林，禪與文化，北京：中國言實出版社，2006年版，第274頁。

「穹、蒼蒼，天也」，〔註104〕《爾雅·釋天》之說可謂得之。隨著社會的發展與人類生活的複雜，「天」的內涵日益豐富，其形而上意義最終指向化生世界之抽象本體，然其形下分類又呈紛紜之象。客觀而論，自然之天、義理之天與主宰之天當可括之。與「天」相較，「人」之釋義相對簡明。《說文解字》曰：「人，天地之性最貴者也，此籀文，象臂脛之形，凡人之屬皆從人。」〔註105〕《段注》曰：「天地之心謂之人，能與天地合德。果實之心亦謂之人，能更生草木而成果實，皆至微而具全體也。」〔註106〕故「人」實具三種內涵：其一指人類生命；其二泛指地球生命；其三指人類社會。因此，人類實踐範疇內的所謂「天人合一」實指人經由與自然、義理與主宰之天在具體層面的相合最終實現與天在抽象層面的合一。

作為具有哲學色彩的審美心理圖式，意境的形成源於人類現實存在狀態與理想生存狀態渴求即人類存在對道的疏離與皈依之間的對比而產生的心理矛盾張力；而「天人合一」的哲學命題，是在天人分離之後，由於現實存在狀態的刺激而產生的人類心靈對於天人關係的深刻反思與終極追求。意境是人追尋道的結晶，其核心內容在於對人類存在本質的審美表達，而天人合一的本質亦在於對人類存在及其終極命運的哲學思考。因此，無論是在產生根源還是在本質內容方面，二者都具有一致性，具有異曲同工之妙。

二、中國古典小說意境中的天人合一表現

在中國古典小說領域，意境作為一種崇高追求，在其創設過程之中及其之後均呈現出鮮明的追求「天人合一」的精神指向。

首先，中國古典小說構設環境意境通過人與自然之天的相合實現天人合一的終極追求。

「人靠自然界生活。這就是說，自然界是人為了不致死亡而必須與之不斷交往的、人的身體。」〔註107〕自然界既是人類賴以存在的客體，同時又給人類存在帶來威脅。「當堯之時，天下猶未平，洪水橫流，氾濫於天下，草木暢茂，禽獸繁殖，五穀不登，禽獸逼人。獸蹄鳥跡之道交於中國。」〔註108〕

〔註104〕徐朝華，爾雅今注，天津：南開大學出版社，1994年版，第197頁。
〔註105〕〔漢〕許慎，說文解字，天津：天津古籍出版社，1995年版，第161頁。
〔註106〕〔清〕段玉裁，說文解字注，上海：上海古籍出版社，1981年版，第365頁。
〔註107〕馬克思、恩格斯，馬克思恩格斯全集，北京：人民出版社，1979年版，第95頁。
〔註108〕楊伯峻，孟子譯注，北京：中華書局，2005年版，第124頁。

現實生存的需要，促使人類持續思考與自然界的關係這一永恆命題。

　　「自夫天一生水，融而爲川；地十成土，結而爲山。川者天地之血脈，山者天地之肌骨。」〔註109〕「一氣流行天地裏，結者爲山融是水。」〔註110〕山川河流等自然環境實由天地而生；「凡人之生也，天出其精，地出其形，合此以爲人。」〔註111〕人亦爲天地之生成物。故管子曰：「天地，萬物之橐也，宙合有橐天地，天地苴萬物，故曰萬物之橐。」〔註112〕天地是人與自然界生成的共同本體。在這一前提之下，天地、人、自然界內在地相通與感應，「人之與山，其抱負之形，沖和之氣，一而已矣。山而聚扶輿清淑之氣，其山也靈；人而得清明純粹之氣，其爲人也賢。人之所以賢者，以其鍾是山川之氣也。是氣也，出於天，凝於地，融結爲山川，而發露於人。」〔註113〕故莊子曰：「天地與我並生，而萬物與我爲一。」〔註114〕「人者天地之心也」，〔註115〕與其他事物相比，人更具能動性，「仰則觀象於天，俯則觀法於地，觀鳥獸之文，與地之宜，近取諸身，遠取諸物，於是始作八卦」，〔註116〕能夠通過對自然環境以及天地的觀察實現對宇宙的認知；但是，「人法地，地法天，天法道，道法自然」，〔註117〕人、自然、天、道之間內在具有逐級而上的取法關係。因此，人通過與自然環境的相通相融是實現與天合一的方式之一。故「在中國的古代哲學思想中，人與自然是在同一個渾然和諧的整體系統之中的，自然不在人之外，人也不是自然的主宰，眞正的美就存在於人與自然的和諧中，最大的美就是人與天地、萬物之間的那種化出化入、生生不息、渾然不覺、圓通如一的和諧。」〔註118〕此爲人與自然之天合一之要義。

　　中國古典小說環境意境的創構是實現天人合一追求的重要方式。《西遊

〔註109〕〔明〕邱睿，南溟奇甸賦，見古今圖書集成·瓊州府部，北京：中國戲劇出版社，2008年版，第441頁。
〔註110〕〔明〕邱睿，題山水圖，見古今圖書集成·瓊州府部，北京：中國戲劇出版社，2008年版，第427頁。
〔註111〕姜濤，管子新注，濟南：齊魯書社，2006年版，第360頁。
〔註112〕姜濤，管子新注，濟南：齊魯書社，2006年版，第91頁。
〔註113〕〔明〕邱睿，沖和堂記，見古今圖書集成·瓊州府部，北京：中國戲劇出版社，2008年版，第419頁。
〔註114〕陳鼓應，莊子今注今譯，北京：中華書局，1983年版，第71頁。
〔註115〕鄭玄注，孔穎達疏，禮記正義，北京：北京大學出版社，1999年版，第698頁。
〔註116〕〔唐〕孔穎達，周易注疏，上海：上海古籍出版社，1989年版，第270頁。
〔註117〕陳鼓應，老子注譯及評價，北京：中華書局，1983年版，第163頁。
〔註118〕魯樞元，生態批評的空間，上海：華東師範大學出版社，2006年版，第68頁。

記》第一回敘述應天地之數，天地開闢之後分為四大部洲；處於東勝神州的
花果山乃十洲之祖脈三島之來龍，其來歷天賦神異色彩。「勢鎮汪洋，威寧瑤
海。勢鎮汪洋，潮湧銀山魚入穴；威寧瑤海，波翻雪浪蜃離淵。」先以雄奇
之筆寫其形、勢雄偉壯觀；然後筆勢一轉，「水火方隅高積土，東海之處聳崇
巔。」寫其坐落地點充滿了五行運演的神秘氣息；接著進入細部描繪，「丹崖
怪石，削壁奇峰。丹崖上彩鳳雙鳴，削壁前麒麟獨臥。峰頭時聽錦雞鳴，石
窟每觀龍出入。林中有壽鹿仙狐，樹上有靈禽玄鶴。瑤草奇花不謝，青松翠
柏長春。仙桃常結果，修竹每留雲。一條澗壑藤蘿密，四面原堤草色新。」
以奇幻清靈之筆對花果山的峰、壁、崖、窟以及動植物進行了細緻描繪；最
後以「正是百川會處擎天柱，萬劫無遺大地根」作結，再次渲染其天賦神異
之特徵。這段自然環境描寫，以敘述視角的轉換為線索，形與勢互襯、靜與
動相顯，以流動之氣脈貫注跌宕之節奏，營造出挺拔突兀、神奇靈秀而又清
新靜謐的審美氛圍，恍如世外仙境妙不可言；不僅持續吸附著讀者之意的融
入，而且誘導著人欲置身其中的衝動。環境意境得以構設，人與自然之天合
一的藝術效果亦已實現。然而，作者繼續展開描寫，使得這種效果更為濃鬱。
「那猴在山中，卻會行走跳躍，食草木，飲澗泉，採山花，覓樹果；與狼蟲
為伴，虎豹為群，獐鹿為友，獮猿為親；夜宿石崖之下，朝遊蜂洞之中。真
是山中無甲子，寒盡不知年。」沒有欲望的侵擾，亦無外界的壓迫，生活無
拘無束自由爛漫；與受到欲望折磨和社會壓迫的現實人類社會相比，花果山
恰如人生的伊甸園。此後，文本繼續對群猴的生活狀態、水簾洞的環境展開
詳細描繪，使得這幅優美的世外桃源式的圖畫更加美侖美奐詩意盎然。由此
可見，這一環境意境呈現出明顯的人與自然之天合一的精神指向並鮮明地體
現出這一審美藝術效果。此為超現實性環境意境，現實性環境意境亦具此功
能與特徵。如《雪月梅》第十二回：「當時吩咐家人燒湯洗澡後，看日色已將
西墜。兩人又在花園中飲了一大壺涼酒，出到莊前，四圍閒玩。」炎涼的世
態與紛雜的生活是困擾人類心靈的永恆伴隨狀語，在迎來送往、處理俗務的
過程中人的心靈早已疲憊不堪。因此，在煩躁與悸動的長波中追求心靈的片
刻寧靜，亦成為人之難得的渴求。此時，「但見蒼煙暮靄，鴉雀投林，牧唱樵
歌，相和歸去。散步之間，東方早已湧出一輪皓月，此時微風習習，暑氣全
消。」「兩人說話之間，那一輪明月已飛上碧霄，照得大地如銀，流光若水。」
漫步於靜謐的山野之間，映目入耳的是如輪皓月與牧歌樵唱，呼吸著大自然

的清新氣息，疲憊與煩躁在清幽自然的環境中漸漸退卻，愜意與自得漸漸彌漫於心靈，人融入自然，天人合一，意境油然而生。

其次，中國古典小說構設意境通過人與義理之天的相合彰顯天人合一的終極追求。

萬物莫不有其理，而人類由於生存的需要，亦不得不「格物致知」。在存在範疇，人類除了既要面對自然界的壓迫而格自然之理之外，社會之義理亦爲一重要方面。「仁之美者在於天，天仁也，天覆育萬物，化而生之，有養而成之，事功無已，終而復始，凡學歸之以奉人。察於天之意，無窮極之仁也，人之受命於天也，取仁於天而仁也。」〔註119〕人與社會均承天意而存在，其義理應與天意相一致。然而，在現實層面上人天生「不免於利欲之心」且「窮年累世不知不足」，又因人之所欲各有不同，故欲望的搏殺難以避免。因此，矛盾、衝突與鬥爭成爲人與社會存在的主調。在這種殘酷的生存狀態下，人類不得不對欲望、心靈的調適、人與社會的存在方式等問題展開長久的反思，並進而產生對人與人的和諧、人與社會的和諧等道德天理的嚮往。墨子的「兼愛、非攻」思想、儒家的「修德致誠」、「存天理滅人欲」等均爲人在現實存在狀態下對於理想義理的深刻訴求。因而，人與理想狀態的義理的合一實爲實現天人合一的另一重要方式。此爲人與義理之天合一之要義。

「凡世界所有之事，小說中無不備有之，即世界所無事，小說中亦無不包有之。」〔註120〕中國古代小說不但能夠涵括廣闊的事件，而且能夠「濟《詩》與《春秋》之窮者也」，〔註121〕故曰其能「昭示情理之妙諦」。〔註122〕客觀而言，中國古代小說中的「妙諦」不但涉及到人與社會存在的各個方面，而且表現出鮮明的天人合一的終極精神指向。在中國古代小說範疇，當其承載了作者深沉的人生體驗因而內在地具備了「大道」之特徵時，人對理想狀態義理的追求業已發動。如果作者再經由高度藝術化的表現進而構設哲理意境傳達這份深沉體驗，那麼人與義理相通相融進而實現天人合一的追求已經充分內化。

《三國志通俗演義》對漢末與三國時期複雜混亂的社會存在現實進行了

〔註119〕〔漢〕董仲舒，春秋繁露，上海：上海古籍出版社，1988年版，第67頁。

〔註120〕新世界小說報社發刊辭，《新世界小說》報社，第四期，1906年。

〔註121〕天僇生，中國歷代小說史論，《月月小說》第一年第十一號，1907年。

〔註122〕伯耀，小說之支配於世界上純以情理之眞趣爲觀感，《中外小說林》第一年十五期，1907年。

繁富刻畫。東漢末期，皇帝昏庸無能，宦官專權，朝政混亂，吏治腐敗黑暗，統治集團橫征暴斂，再加上天降災害，人民生活狀態急劇惡化；由此導致黃巾起義的爆發，社會由治入亂。各地諸侯均爲了爭權奪利而紛紛逐鹿中原，社會進入更爲混亂的狀態。經過多年征戰，最終確立了三國鼎立的局面。在文本中，作者以濃墨重彩之筆對各方人物進行了生動刻畫。曹操極其陰險奸詐，殘忍地逼死皇后、陰險地殺死倉官與禰衡、狠毒地殘殺徐州百姓，其罪惡行徑不可勝數，終因其「寧教我負天下人，不可天下人負我」的人生哲學而成爲「奸絕」的符號；然而以曹操爲代表的曹魏政權雖然是反動力量的代表，卻因「挾天子以令諸侯」並運用殘忍手段苦心經營而成爲實力最爲強大的一方。在蜀漢一方，劉備本爲皇室後裔，其人生目標是「上報國家，下安黎庶」，由於仁德過人而體恤百姓，成爲人民心目中的賢君；諸葛亮具備「隆中對」式的雄才大略、「舌辯群儒」的機敏、「草船借箭」的智謀、「借東風」的神異之能、「六出祁山」式「鞠躬盡瘁死而後已」的忠貞品德，因而成爲道德與智慧的化身；關羽亦因其「過五關斬六將」終不忘兄弟情義的決絕行爲而成爲「義絕」的符號，故蜀漢政權成爲正義的符號與象徵。然而，最終統一天下的卻是篡奪政權的司馬氏；劉備痛死「白帝城」、諸葛亮淒涼死於「秋風五丈原」、關羽悲慘地「人首異處」，代表了道德與智慧的蜀漢政權最終陷入失敗的悲劇結局。因此，《三國志通俗演義》通過生花妙筆式的人物塑造與高度的詩性敘事，完成了道德悲劇與智慧悲劇的刻畫，最終構設出濃鬱渾融的悲重意境。這一意境生發出濃鬱的悲劇氛圍，刺激讀者產生高度緊張的心理張力：在不得不面對殘酷的社會現實狀態下，引導其進入對社會存在狀態與本質的無盡思考，進而產生對道德與智慧命運的惋惜與心理嚮往，凸顯出人與義理之天合一的精神指向。吳沃堯對此有深刻體會，於《歷史小說總序》中曰：「道在是矣，此演義之功也。蓋小說家言，興味濃厚，易於引人入勝也。」〔註123〕

　　中國古代小說大多以復合形式對人與社會存在進行綜合思考，《三國志通俗演義》是偏重於對社會存在思考者，此外還有《水滸傳》、《儒林外史》等經典文本；而側重於對人之存在思考者，也不乏經典文本，如《西遊記》、《金瓶梅》與《紅樓夢》等。

〔註123〕〔清〕吳沃堯，歷史小說總序；魏紹昌，吳研人研究資料，上海：上海古籍出版社，1980 年版，第 86 頁。

　　《金瓶梅》以西門慶為中心，聯繫與其密切關係的諸多女性與廣闊社會生活，勾畫了一幅複雜的生活之網。西門慶自幼喪母，父親去世亦早，故對其而言較少家庭的牽絆與約束。他憑藉精明的頭腦經商發家，然後便開始了官商勾結、追逐權力、金錢與女色的人生征途。拜蔡京為義父獲得了官位與權力從而提高了社會地位，交接宋巡按日後獲得了高額利潤回報，苗青害主一案其憑藉權力一手遮天收受賄賂草菅人命，為了娶李瓶兒更是葬送了八拜之交花子虛的性命。在文本中，西門慶的罪惡與醜行可謂罄竹難書，而在諸種罪惡之中葬送其性命的卻是對女色的過度追求。擁有了金錢與權力，西門慶的欲望並沒有得到充分滿足，追求女色成為他證明自己能力滿足其生理與心理需要的另一重要方式。家中有一妻五妾尚且不夠，西門慶還與家中的女僕、下屬的老婆、孀居的富太太以及妓院的諸多妓女經常媾和，終於導致了其體力與健康的透支。為了長期維持性能力，西門慶還服用春藥，最終酒後死於潘金蓮胯下。因此，西門慶實乃一象徵人類欲望的符號：即人在現實生活中如何理解、約束、調節自己的欲望？人應該以什麼方式合理存在？不止如此，這部「哀書」還描寫了「朝野之政務，官私之晉接，閨闥之媟語，市里之猥談，與夫勢交利合之態，心輸背笑之局，桑中濮上之期，尊罍枕席之語，驅驔之機械意智，粉黛之自媚爭研，狎客之從臾逢迎，奴侶之稽唇淬語」，〔註124〕以鋒利之筆對社會眾生的醜陋欲望及其惡行進行了深度寫實。作者以「稗官之上乘，爐錘之妙手」描繪的這幅人類醜欲圖，在更為全面深廣的層面對無節制的人類欲望及其醜行進行了如實揭露與深刻批判。張竹坡對此有精要闡釋：

> 西門慶是混賬惡人，吳月娘是奸險好人，玉樓是乖人，金蓮不是人，瓶兒是癡人，春梅是狂人，經濟是浮浪小人，嬌兒是死人，雪娥是蠢人，宋惠蓮是不識高低的人，如意是個頂缺之人。若王六兒與林太太等，直與李桂姐輩一流，總是不得叫做人。而伯爵希大輩，皆是沒良心之人，兼之蔡太師、蔡狀元、宋御史，皆是杜為人也。〔註125〕

〔註124〕〔明〕謝肇淛，金瓶梅跋；朱一玄，金瓶梅資料彙編，天津：南開大學出版社，2002年版，第179頁。
〔註125〕〔明〕張竹坡，金瓶梅讀法；朱一玄，金瓶梅資料彙編，天津：南開大學出版社，2002年版，第432頁。

道德的墮落、欲望的狂歡與世風的敗壞組成一個黑暗而讓人窒息的世界，讓人看不到一點光明和希望。這種極度的墮落與窒息給予讀者心靈強烈的刺激，撞擊出強大的回力，引導讀者發出深沉慨歎，進而產生對於人類欲望與存在方式的深刻思考，並生發出對於道德與合理欲望的精神追求，彰顯出人與義理之天合一的鮮明傾向。故駕湖紫髯狂客曰：

> 如《西門傳》，而不善讀之，乃誤風流而爲淫。其間警戒世人處，或在反面，或在夾縫，或極快極豔，而慘傷寥落寓乎其中，世人一時不解也。此雖作者深意，俟人善讀，而吾以爲不如明白簡易，隨讀隨解，棒喝悟道，止在片時，殊有關乎世道也。〔註126〕

這種對人的存在富有審美色彩的哲性思考在其他如《儒林外史》、《西遊記》、《紅樓夢》等經典文本中亦有鮮明表現。《儒林外史》以王冕爲引首，經由對醜惡士林中狂熱追求科舉八股的士子、富商豪紳、無恥官吏與假名士的批判後，又進而展開對理想文士的探求並展示了其內在缺陷，最後以富有象徵意味的四大奇人作結；《西遊記》中孫悟空從花果山到大鬧天宮、被壓五行山下最終走向取經征途的人生精神探索歷程的深度敘述；《紅樓夢》中賈寶玉的人生存在理想發生、發展及幻滅的悲劇歷程，均體現了人類對理想義理狀態的嚮往與追求，表現出鮮明的天人合一特徵。

最後，中國古典小說通過人與主宰之天的相合構設意境凸顯天人合一的終極追求。

《說文解字》曰：「帝，諦也。王天下之號，從二（二，古之上字）。」〔註127〕《廣雅》釋曰：「帝，諟也。」〔註128〕帝釋爲諦和諟。「諦者，審也。諦祭者，祭之審諦者也。」〔註129〕「諟，理也。從言是聲。」〔註130〕在人類的認知範疇，帝是一個存在，它主宰著萬物並審視其存在之理。此例並非個案，另如「神」、「祇」等字以及傳統文化典籍中亦存大量類似例證。於此可知，古人認爲在自然與社會背後存在不可捉摸的超現實生命與事物。在中

〔註126〕〔清〕駕湖紫髯狂客，豆棚閒話評；朱一玄，金瓶梅資料彙編，天津：南開大學出版社，2002年版，第567頁。

〔註127〕〔漢〕許慎，說文解字，天津：天津古籍出版社，1995年版，第1頁。

〔註128〕〔清〕郝懿行等，爾雅・廣雅・釋名・方言清釋四種合刊，上海：上海古籍出版社，1987年版，第424頁。

〔註129〕〔清〕段玉裁，說文解字注，上海：上海古籍出版社，1981年版，第5頁。

〔註130〕〔漢〕許慎，說文解字，天津：天津古籍出版社，1995年版，第52頁。

國古代，由於生產力的相對落後與認識能力的局限，每當遇到奇異的或無法解釋的自然或社會現象時，思維的困惑引導人們總是將其歸因於神秘的超自然力量。這就是神仙、上帝與主宰之天得以存在的社會與心理原因。「順天意者，兼相愛交相利，必得賞。反天意者，別相惡交相賊，必得罰。」〔註131〕這種超自然的主宰不但具有鮮明的人格化色彩，而且與人類保持著內在的相通與感應，支配著自然界與社會的一切生死與變化。故當人類思維陷入逼仄狀態時，意識便不由自主地滑向超自然、神秘的主宰，尋求與其相通相融，以安頓迷惘的心靈。此為人與主宰之天相合之要義。

　　在中國古典小說範疇，超自然的主宰作為作者宏觀命意的象徵普遍性地出現在文本敘事的抽象層面，與小說的現實層面敘事相激相應，共同創設出渾融的意境，通過人與主宰之天的合一進而孕育出天人合一的精神追求。

　　如《水滸傳》，文本分為現實敘事層面與抽象敘事層面兩個部分。抽象層面敘事是現實層面敘事發生的緣由，社會由亂入治，樂極生悲而又出現了由治入亂的徵兆，均源於天意的變化。天意注定洪太尉執拗揭開石板而誤走妖魔，因此一百零八位好漢實乃妖魔下凡，此為由抽象層面敘事與現實層面敘事的交合。文本隨之轉入現實層面敘事：108 個天罡地煞以英雄好漢的面目出現，隨著敘事的發展，文本對現實社會中帝王的昏庸、吏治的腐敗以及由此而導致的統治階級對社會的無恥盤剝與壓榨，描繪出一個血淋淋的極度惡化的現實人類社會生存狀態圖景。在具體的敘事發展過程中，超現實的主宰以多樣化的面目如石碣村、聚義時的天降石碣、宋江逃亡過程中的九天玄女娘娘屢屢出現在現實敘事層面，提點並引領著現實層面敘事的進行與發展，並最終引導現實敘事於廖兒窪歸於終結。這是人與主宰之天合一在文本敘事層面的外在體現。文本現實敘事通過對現實人類社會的深度書寫提出了對人與社會存在的深刻反思，通過創設哲理性的審美意境激發出人對理想存在方式的渴望；文本抽象敘事又將人與社會的現實存在狀態歸因於天意，表面是對人類美好嚮往的否定，實質是對人類本性的反向揭示。二者相激相應，深度揭示了人與社會存在無可逃避的終極命運：由於人性本惡，人類不免於私欲的互相傾軋，社會無法避免殘酷的鬥爭與衝突，因而「詩意的棲居」這一理想生存狀態永遠無法實現。因此，人類永遠生活在與天道相疏離的殘酷的現

〔註131〕李漁叔，墨子今注今譯，臺北：臺灣商務印書館，1979 年版，第 188～189頁。

實狀態之中，「道法自然」的理想生存狀態只是「鏡花水月」可望而不可及。這一深刻而殘酷的哲性審美意蘊，經由文本的兩種敘事相互映襯與互相激發，生發出渾融的意境，彰顯出人欲與天合一之終極精神追求。

《紅樓夢》亦可作如是解。曹雪芹自幼生於繁華富貴之家，其先輩任江寧織造時，「雪芹隨伍，故繁華聲色，閱歷者深」，〔註132〕然而迭遭變故之後，家道中衰，「滿徑蓬蒿老不華，舉家食粥酒常賒」，〔註133〕家境的巨大變化給予其心靈強烈的刺激，「燕市哭歌悲遇合，秦淮風月憶繁華」，〔註134〕使得他對於人生存在有了刻骨銘心的感慨與深刻沉重的思考。《紅樓夢》由「曹雪芹於悼紅軒中批閱十載，增刪五次」而成，「滿紙荒唐言，一把辛酸淚。都云作者癡，誰解其中味」，實乃作者淚盡之作，而文本中的人生悲劇更可謂作者「辛酸淚」之著意處。客觀而言，這部文本亦由表層敘事與形上命意兩部分組成。表層敘事層面：賈寶玉集天地靈秀之氣口含寶玉而生，天性聰明卻不喜歡讀杜撰之書，不願意參加繁文縟節、虛偽的社會交往，更不喜攻八股文走科舉之路，這都是與傳統社會要求與傳統文化觀念相背離的新特徵。然而，代表新興人生發展方式的賈寶玉亦存致命弱點：喜歡在內闈廝混，重感情卻又感情柔弱，獨立性差，為環境所束縛而不具備目的明確方法有效的發展方案等等。故其在探索與實現人生發展方式的過程中，終於無法與傳統勢力抗衡，最終選擇出家而歸於失敗的悲劇結局。這一詩性書寫，觸發了人們對於人生存在方式的深度思考及其在既定社會背景下如何實現的深刻命題，無奈而消極的悲劇結局更是創生出迷茫而濃鬱的意境氛圍，引發讀者深沉的感慨與悲涼的歎息。在抽象命意層面：賈寶玉實乃大荒山無稽崖青埂峰下的一塊無才補天的石頭幻化而成，其入人世源於凡心偶熾，此為現實敘事發生的緣由；賈寶玉出家的結局實源於石頭最初經歷一番而終回青埂峰的既定意圖；賈寶玉在現實社會中的人生探索亦為石頭經歷的替代性書寫，在文本的現實敘事過程中，作者有意設計了寶玉的兩次失而復得、一僧一道的多次出現，提點並引領著現實層面敘事的進行與發展，提醒著這一宏觀命意：人類在現實社

〔註132〕〔清〕鄧之誠，骨董瑣記；朱一玄，紅樓夢資料彙編，天津：南開大學出版社，2002年版，第52頁。

〔註133〕〔清〕敦誠，贈曹芹圃；朱一玄，紅樓夢資料彙編，天津：南開大學出版社，2002年版，第24頁。

〔註134〕〔清〕敦敏，贈芹圃；朱一玄，紅樓夢資料彙編，天津：南開大學出版社，2002年版，第28頁。

會的思考、探索與掙扎實由天意而定；人類奮力以求的理想狀態對於天意而言只是一個過程，沒有結果；痛苦是人類不可逃脫的命運。由此可見，人與主宰之天不但在文本敘事的表層相合，而且其內在意蘊亦相合相生，共同創生出一個迷茫、悲愴而又無奈的哲性審美意境：天人合一既無可能，但人類又孜孜以求。

綜上所述，中國古代小說通過生動而又深刻的敘事、繪景以及藝術形象塑造，不但創設出濃鬱的藝術意境，而且在三個層面實現了與天人合一的內在相合，表現出鮮明的天人合一終極精神指向。

第五章　中國古典小說意境表現型態論

　　中國古典小說意境是由作者、文本與讀者共同創造的精神審美圖式，其
生成既表現爲持續的動態過程，又呈現爲靜態的具象化存在。這一具象化存
在便是中國古典小說意境的表現型態。文本是中國古典小說意境沉潛的物質
載體，而其型態的浮現則有待於讀者的主觀闡釋。因此，以文本實際表現爲
客觀基礎，結合闡釋者的精神觀照，是進行中國古典小說意境型態闡釋的有
效途徑。

第一節　中國古典小說意境的層級

　　「文學之工不工，亦視其意境有無，與其深淺而已。」〔註1〕不但意境的
有無是判定文學藝術水準的重要標誌，而且其自身內部的層深亦爲一重要衡
量標準。關於意境生成的層級，學術界有多種說法。如宗白華認爲「藝術意
境不是一個單層的平面的自然的再現，而是一個境界層深的創構。從直觀感
相的摹寫，活躍生命的傳達，到最高靈境的啓示，可以有三層次」，〔註2〕而
蒲振元卻認爲意境由「象之審美、氣之審美、道之認同三者的逐層昇華而又
融通合一」而生成。〔註3〕此外，還有「情景交融層次、象外言外層次和進乎
道層次」等說法。〔註4〕要而言之，大多數觀點均對意境的層次作了深刻闡釋，

〔註1〕　王國維，王國維文集，北京：中國文史出版社，1997年版，第176頁。
〔註2〕　宗白華，藝境・中國藝術意境之誕生，北京：北京大學出版社，1987年版，
　　　　第155頁。
〔註3〕　蒲震元，中國藝術意境論，北京：北京大學出版社，1995年版，第163頁。
〔註4〕　林衡勳，論意境內涵的層次結構，江蘇大學學報，2004年第5期，第15～18頁。

雖表述不同卻有異曲同工之妙。然而，意境的層次雖能涵括中國古典小說意境生成的層級，但是二者卻非等同概念。因此，對中國古典小說意境層級的闡釋還須結合小說文體自身的特點進行釐定。

相對於其他文學藝術體式而言，中國古代小說主要通過形象塑造、敘事、繪景三個方面抒發創作者的濃鬱情感，表達其對於人生與社會的深刻認識。而且，由於小說獨有的文體特徵，使得作者的濃鬱情感與深刻認識多沉澱於形象、事、景的底層，因而在小說中的表現極爲隱蔽。因此，對中國古典小說意境層次的精確釐定，必須結合其形象塑造、敘事、繪景三個方面的具體表現，抽繹其所要抒發的感情和表達的理性認識，最終通過宏觀的抽象而加以確定。

一、逼眞生動的世界人生圖景

所謂世界人生圖景是指在人類存在範疇，人所接觸到的現實存在與人類認知所能達到的非現實存在共同構成的文學藝術表現的完整景象。在中國古代小說領域，世界人生圖景的具體表現可分爲藝術形象塑造、敘事、繪景三個主要方面。

中國古代小說對人類現實存在的展示非常全面。就敘事而言，有愛情故事，有揭露社會黑暗的故事，有人類探求生存方式的故事，……不可勝數；就寫人而言，有商人，有貪官，有賢君，有英雄，有妓女，有道士，……形形色色，無所不包；就繪景而言，有山川，有河流，有鄉村勝景，有險山惡水，亦不可具數。無論敘事、藝術形象塑造抑或繪景，中國古代小說對現實存在的表現均可謂纖細畢現。以愛情故事爲例，既有對美好愛情的歌頌，還有對愛情失意的慨歎，亦有對愛情既得之喜悅；同爲寫商人，既有拾金不昧的小商人，勤勞實誠的賣油郎，亦有人品惡劣的奸商；同爲寫雪景，也有雄壯、肅殺與苦悶之別。因此，俠人曰：「中國小說，每一書中所列之人，所敘之事，其種類必甚多。」〔註5〕雖未言及景物，然其對小說表現範圍之廣泛性的認識可謂中肯。不止如此，無名氏還有更進一步的觀點。其人於《新世界小說社報發刊辭》中曰：「凡世界所有之事，小說中無不備有之，即世界所無事，小說中亦無不包有之。」〔註6〕認爲小說不但能夠廣泛地再現現實世界中

〔註5〕 俠人，《新小說》第十三號，1905 年。
〔註6〕 《新世界小說社報》發刊辭，《新世界小說社報》第一期，1906 年。

的所有之事，而且能夠藝術地表現現實生活中的應有之事。「自然中之物，互相關係，互相限制。然其寫之於文學及美術中也，必遺其關係、限制之處。故雖寫實家，亦理想家也。又雖如何虛構之境，其材料必求之於自然，而其構造，亦必從自然之法則。故雖理想家，亦寫實家也。」〔註7〕因此，「理想與寫實二派之所由分」「頗難分別」：不但對現實的再現中含有作者理想，而作者抒發理想也必須以現實為基礎。結合中國古代小說對於人類理想全面而生動的實際訴求進行考察，此說亦可謂洞明之見。

　　客觀而言，中國古代小說對於世界人生圖景的全面展示並不意味著必然導致小說意境的發生，因為藝術形象、事、景只是意境發生的必要憑藉要素，二者並非等同概念。然而，世界人生圖景的全面展示卻為中國古典小說意境的生成提供了可能性。以《金瓶梅》為例，文本敘述的人與事可謂極其廣泛，然而這些描寫大多並不具備意境特徵。但是，如果缺失了這些對於人、事及社會的繁複書寫，即使文本在開始、敘事過程之中以及結尾作如何提點，小說意境也不具備發生的可能。那麼，導致世界人生圖景生成意境的基本條件是什麼？對於這一問題，王國維曾有精到之論。其人在《人間詞話》中云：「何以謂之有意境？曰：寫情則沁人心脾，寫景則在人耳目，述事則如其口出。」〔註8〕無論是景、事還是情，均屬對世界人生圖景的展示；而所謂「沁人心脾」、「在人耳目」、「如其口出」則是對世界人生圖景展示藝術效果的描述。因此，逼真生動的世界人生圖景實乃中國古典小說意境生成的基本要求與最初層次。這在中國古代小說文本中有切實表現。

　　藝術形象塑造以《三國志演義》中的張飛為例。在第一回《宴桃園豪傑三結義　斬黃巾英雄首立功》中，通過劉備視角描寫張飛的相貌：「身長八尺，豹頭環眼，燕頷虎鬚，聲若巨雷，勢若奔馬」，運用粗筆勾勒了張飛生猛威武的形象，形神畢現。而在第四十二回《張翼德大鬧長板橋　劉豫州敗走漢津口》中則對其形象作了更進一步的描繪：

　　　　只見張飛倒豎虎鬚，圓睜環眼，手綽長矛，立馬橋上。

　　　　飛乃厲聲大喝曰：「我乃燕人張翼德也，誰敢與我決一死戰？」

　　　　燕人張翼德在此！誰敢決一死戰？

〔註7〕　王國維，王國維文集‧人間詞話，北京：中國文史出版社，2007年版，第4頁。
〔註8〕　王國維，王國維先生全集‧續編（四），臺灣：大通書局，2007年版，第1583頁。

> 戰又不戰，退又不退，卻是何故？

> 喊聲未絕，曹操身邊夏侯傑驚得肝膽碎裂，倒撞於馬下。操便回馬而走。於是諸軍眾將一齊望西奔走。……一時棄槍落盔者，不計其數，人如潮湧，馬似山崩，自相踐踏。〔註9〕

相貌極其威猛、聲音是厲聲大喝、行為極其果敢、效果是極其明顯，不但生動逼真地刻畫出張飛威武雄猛的藝術形象，而且營造出跌宕緊張的心理張力，從而創設出生動的意境氛圍。

敘事以《水滸傳》第三回中的「拳打鎮關西」為例。魯達來尋鄭屠，先是「要十斤精肉，切做臊子，不要見半點肥的在上頭」而且讓鄭屠親自剁，「再要十斤都是肥的，不要見些精的在上面，也要切做臊子」、「再要十斤寸金軟骨，也要細細剁做臊子，不要見些肉在上面」，一再挑弄鄭屠。「鄭屠笑道：『卻不是特地來消遣我。』魯達聽罷，……睜眼看著鄭屠說道：『洒家特的要消遣你！』把兩包臊子劈面打將去，卻似下了一陣的肉雨。」這時，鄭屠再也無法忍受魯達的挑弄，「大怒，兩條忿氣從腳底下直沖到頂門，心頭那一把無明業火，焰騰騰的按捺不住，從肉案上搶了一把剔骨尖刀，托地跳將下來」，一場惡鬥即將發生。打鬥的過程描寫卻極為簡潔，「撲的只一拳，正打在鼻子上，打的鮮血迸流，鼻子歪在半邊，卻便似開了個油醬鋪，鹹的、酸的、辣的，一發都滾將出來」、「提起拳頭來就眼眶際眉梢只一拳，打的眼棱縫裂，烏珠迸出，也似開了個彩帛鋪的，紅的、黑的、絳的，一發都滾將出來」、「又只一拳，太陽上正著，卻似做了個全堂水陸的道場，磬兒、鈸兒、鐃兒一齊響」。這時，文本又轉向魯達的心理世界，「魯提轄假意道：『你這廝詐死，洒家再打。』……尋思道：『俺只指望痛打這廝一頓，不想三拳真個打死了他。洒家須吃官司，又沒人送飯，不如及早撒開。』……回頭指著鄭屠屍道：『你詐死，洒家和你慢慢理會。』一頭罵，一頭大踏步去了。」其實，拳打鎮關西的整個過程都在魯提轄的控制範圍之內。找鄭屠之前，已經掩護金氏父女安全離開，然後才實施懲罰計劃。先是挑弄鄭屠激起其怒火然後再開始打鬥是為了師出有名，打鬥過程中發生意外情況，又故作其勢順勢離開。整個敘事過程既簡潔自然又富於變化，在張弛有度的敘事節奏中調節著讀者的情緒波動，既塑造了鮮活生動的人物形象，又展示了逼真生動的

〔註9〕 〔明〕羅貫中，三國演義，毛宗崗批評本，長沙：嶽麓書社，2006年版，第332～333頁。

故事場景，創設出既巧妙又緊張亦充滿快感的意境氛圍。

　　生動逼真的環境描寫也不乏其例。如《綠野仙蹤》第七十回《聽危言斷絕紅塵念　尋舊夢永結道中緣》中寫溫如玉在夢中經歷了繁華富貴醒來之後，

> 　　回想他的功名首尾，並夫妻恩愛，子孫纏綿，三十餘年出將入相事業，不過半日功夫，統歸烏有，依舊是個落魄子弟，影孤形單。
> 〔註10〕

這時文本從溫如玉的視角展現他所看到的周圍環境：

> 　　又回頭看那日光，已是將落的時候，一片紅霞，掩映在山頭左近。那些寒鴉野鳥，或零亂沙灘，或嬌啼樹杪，心上好生傷感。於是復回舊路，走一步，懶於一步。瞧見那蒙茸細草，都變成滿目淒迷，聽見那碧水潺湲，竟彷彿人聲哽咽。再看那些紅桃綠柳，寶馬香車，無一不是助他的咨嗟，傷他的懷抱。及至入了城，到人煙眾多之地，又想起他的八抬大轎，後擁前呼，那一個敢潛身迴避？此刻和這些南來北往之人，挨肩擦臂，尊卑不分，成個甚麼體統？心上越發不堪。一邊行走，一邊思想，已到了朱文煒門前。〔註11〕

心情低沉感傷迷亂，景物亦衰颯淒零，人景合一，一幅鮮明生動的現實圖景在讀者眼前浮現，孕育出低沉感傷的意境氛圍。

　　「實者逼肖，則虛者自出」。〔註12〕逼真生動的世界人生圖景能夠勾勒出鮮活、立體、富於動感的圖畫，通過嗅覺、視覺、味覺、聽覺等感官的多維刺激，全方位激發讀者的豐富想像，促使讀者之意與藝術形象、事、景充分融合。因而，它不但創設意境，而且能夠促使心理審美張力的發生，推動意境的生成過程繼續進行。

二、氣韻生動的審美心理圖式

　　關於意境的表現形態，學界向來有實境與虛境之分。若作一大致比較，逼真生動的世界人生圖景與實境有諸多相似之處；而氣韻生動的審美心理圖式、深邃無際的哲性思維空間則與虛境有異曲同工之妙。在中國古典小說意

〔註10〕〔清〕李百川，綠野仙蹤，北京：北京大學出版社，1986年版，第555頁。
〔註11〕〔清〕李百川，綠野仙蹤，北京：北京大學出版社，1986年版，第555頁。
〔註12〕〔清〕鄒一桂，小山畫譜，美術叢書（一），南京：江蘇美術出版社，1986年版，第524頁。

境的內部層級結構之中，逼眞生動的世界人生圖景尙屬意境的初級層次，當其得以創設之後，意境的生成過程便具備了繼續生發的可能。如果這種可能沒有實現，那麼意境的生成過程也就中止了，這在中國古代小說的實際表現中不乏其例。客觀而言，氣韻生動的審美心理圖式實乃勾連前後兩個階段的一個重要環節。「以虛爲虛，就是完全的虛無；以實爲實，景物就是死的，不能動人。」〔註13〕若缺失了這一環節，不但逼眞生動的世界人生圖景無法繼續生發，深邃無際的哲性思維空間亦無從昇華。因此，氣韻生動的審美心理圖式實爲中國古典小說意境繼續生成的重要階段。

　　營造氣韻生動的審美心理圖式是多種因素共同造就的結果，前人對此多有深刻表述。「所謂象外之象，景外之景，即指客觀實象之外存在於文藝作品之內，再現於讀者想像之中的虛象。稽其最初產生的根源，乃起於作者的心靈深處。」〔註14〕因此，首先需要創作者深刻之意的有效投入。《詩緯》曰：「詩者天地之心」，〔註15〕詩人代天地立言，必須內具獨特個性與人類共性相復合的深刻之意；不止如此，「文章貴能立意，方能造境」，〔註16〕意只有經過有效傳達才能造就境的發生。故方士庶曰：「山川草木，造化自然，此實境也。因心造境，以手運心，此虛境也。虛而爲實，是在筆墨有無間。故古人筆墨具此山蒼樹秀，水活石潤，於天地之外，別構一種靈寄。」〔註17〕「以虛帶實，以實帶虛，實中有虛，虛實結合，這是中國美學思想中的一個重要問題。」〔註18〕因此，創作者還需運用高超的表現技巧達意。「夫詩人之思，初發取境偏高，則一首舉體便高；取境偏逸，一首舉體便逸」，〔註19〕創作者必須注意表現技巧的使用：「山欲高，盡出之則不高，煙霞鎖其腰則高矣。水欲遠，盡出之則不遠，掩映斷其脈則遠矣」、〔註20〕「筆致縹緲，全在煙雲，乃聯貫樹石，合爲一處者，畫之精神在焉。山水樹石，實筆也，雲煙，虛筆

〔註13〕宗白華，美學散步，上海：上海人民出版社，1981 年版，第 34 頁。
〔註14〕陳植鍔，詩歌意象論，北京：中國社會科學出版社，1990 年版，第 25 頁。
〔註15〕詩緯・含神霧；劉熙載，藝概箋注，貴陽：貴州人民出版社，1980 年版，第 139 頁。
〔註16〕林紓，春覺齋論文，北京：人民文學出版社，1959 年版，第 73 頁。
〔註17〕〔清〕方士庶，天慵庵隨筆；楊大年，書畫論叢・歷代畫論採英，南京：江蘇教育出版社，2005 年版，第 109 頁。
〔註18〕宗白華，美學散步，上海：上海人民出版社，1981 年版，第 3 頁。
〔註19〕〔唐〕皎然，詩式，北京：中華書局，1985 年版，第 9 頁。
〔註20〕〔宋〕郭熙、郭思，林泉高致・畫訣；楊大年，書畫論叢・歷代畫論採英，南京：江蘇教育出版社，2005 年版，第 244 頁。

也。以虛運實，實者亦虛，通幅皆有靈氣。」〔註 21〕雖是就畫之意境的構設
立論，然而與中國古典小說意境的創設亦內具相通之理。

　　這在中國古典小說的實際表現中不乏鮮明表現，如《三國志演義》第五
回《發矯詔諸鎮應曹公　破關兵三英戰呂布》中「關羽斬華雄」一節。作者
深諳小說敘事之法，於敘事過程中屢興波瀾。曹操發矯詔，天下諸侯雲集響
應，振奮之勢漸起。袁紹登壇拜盟，其盟曰：

> 漢室不幸，皇綱失統。賊臣董卓，乘釁縱害，禍加至尊，虐流百
> 姓。紹等懼社稷淪喪，糾合義兵，共赴國難。凡我同盟，齊心戮力，
> 以致臣節，必無二志。有渝此盟，俾墜其命，無克遺育。皇天后土，
> 祖宗明靈，實皆鑒之！眾因其辭氣慷慨，皆涕泗橫流。〔註22〕

經由對事件、人物行動、語言的實寫營造出群情激昂的悲壯之勢。然而，正
義之師的高尚事業，於其始就漸露尷尬之跡。先是鮑信偷功其弟喪命，接以
袁術因自私之心不發軍糧導致孫堅失利，均屬對實筆的反向皴染，以實出
虛，文勢漸次下行，群雄逐鹿之私意漸漸顯露。聯軍兩敗於華雄之後，「袁
紹大驚」、「諸侯並皆不語」，以實筆現群雄無能之跡，沉悶無奈的氛圍油然
而生。其後，「紹舉目遍視，見公孫瓚背後立著三人，容貌異常，都在那裡
冷笑」，作者突起驚異之筆，實中生虛，奇兀之勢頓起。隨後，袁紹、曹操
詢問公孫瓚三人身世，氣氛又趨於平緩。然而「紹曰：『吾非敬汝名爵，吾
敬汝是帝室之胄爾。』玄德乃坐於末位，關、張叉手侍立於後」，英雄讓鼠
輩輕視，雖令人心腹欲脹，然實屬作者的有意提點，引發讀者的想像力。至
此，文本的氣勢氛圍經過多次變化之後，已經實現充分的前期醞釀，為後來
的敘事變化做好了充分準備。此時，「忽探子來報」，敘事突轉；「華雄引鐵
騎下關，用長竿挑著孫太守赤幘，來寨前大罵搦戰」，於沉悶無助中突現令
人吃驚之勢，氣氛突然轉向緊張。此後，敘事便在急速的節奏中向前發展，
「俞涉與華雄戰不三合。被華雄斬了。眾大驚」、「潘鳳又被華雄斬了。眾皆
失色」，作者兩施波瀾，以實寫之筆使緊張氣氛急劇加強。正在眾人束手無
策之時，「階下一人大呼出曰：『小將願往斬華雄頭，獻於帳下！』」文勢又
轉。「眾視之，其人身長九尺，髯長二尺，丹鳳眼，臥蠶眉，面如重棗，聲

〔註21〕　〔清〕孔衍栻，石村畫訣；陳洙龍，中國歷代畫論，北京：人民美術出版社，
　　　　　2008 年版，第 36 頁。
〔註22〕　〔明〕羅貫中，三國演義，毛宗崗批評本，長沙：嶽麓書社，2006 年版，第
　　　　　33 頁。

如巨鍾」，筆勢進一步擺蕩開來，轉入對關羽的敘述。然而此時，「帳上袁術大喝曰：『汝欺吾眾諸侯無大將也？量一弓手，安敢亂言！與我打出！』」，軍情已到緊急之時，袁術依然妄自尊大，藐視出身卑微的英雄，文勢後退，然文本的內在之意愈加濃鬱。曹操再次勸諫，文勢又稍作頓挫。此後，敘事幾經跳躍之後終於指向靶點，

> 操教釃熱酒一杯，與關公飲了上馬。關公曰：「酒且斟下，某去便來。」出帳提刀，飛身上馬。眾諸侯聽得關外鼓聲大震，喊聲大舉，如天摧地塌，嶽撼山崩，眾皆失驚。正欲探聽，鸞鈴響處，馬到中軍，雲長提華雄之頭，擲於地上。其酒尚溫。〔註23〕

敘事在人物行動、語言的交叉中急速前進，作者以視角遮蔽的方式，施以虛筆，通過聽覺、視覺與觸覺的觸發，提領敘事在簡潔凝練亦且快速流暢的節奏中戛然而止。敘事節奏張弛有致，文本氣氛跌宕起伏，引導接受者之意充分融入故事情節，最終形成氣韻生動的審美心理場。

此段描寫所孕育的審美心理張力還不止如此。在文本的敘述過程中，作者用實筆描寫群雄雲集的盛況以突顯正義事業的壯大聲威，以實中生虛的方式提示群雄各懷己意的潛在之跡，以對比的方式點明卑微人物的英雄素質然卻無奈的生存現狀，以虛筆渲染關羽的英雄威武，經由虛實手法的多元運用最終融合而創設出氣韻生動的審美心理圖式：在動盪的年代，諸侯名為正義事業而來卻各懷私意，尊貴者依憑實力的強大妄自託大，真正的英雄卻因出身卑微而遭人輕視，救民於水火之中的願望依然難以實現。正如黃賓虹所言：「作畫實中求虛，黑中留白，如一燦之光，通室皆明。」〔註24〕

三、深邃無際的哲性思維空間

「不講意境是自塞其途，終身無進道之日矣。」〔註25〕意境是中國古代美學的核心範疇，亦為文學藝術創作追求的最高目標。然而，在中國古代小說範疇，真正具有意境特徵的文本卻屬少數。即使在具有意境特徵的少數小說文本中，其意境生成有至第一層而止者，亦有至第二層而止者。深邃無際的哲性思

〔註23〕〔明〕羅貫中，三國演義，毛宗崗批評本，長沙：嶽麓書社，2006 年版，第
　　　　 36 頁。
〔註24〕黃賓虹，黃賓虹畫語錄，上海：上海人民美術出版社，1961 年版，第 62 頁。
〔註25〕林紓，春覺齋論文，北京：人民文學出版社，1959 年版，第 75 頁。

維空間作爲中國古典小說意境的最高層次，眞正臻於此境者甚少。但是，少數具備濃鬱情感與深刻認知的古代經典小說，由於能夠運用高度藝術化的表現技巧傳達其主觀情感與理性思考，有效創設了深邃無際的哲性思維空間。

這在《三國演義》、《水滸傳》、《西遊記》、《金瓶梅》、《儒林外史》、《紅樓夢》等小說文本中均有鮮明反映。以《水滸傳》中的「天殺星」李逵這一形象爲例。學界諸多研究者因將梁山一百零八人視爲反抗的英雄因而將李逵也納入這一行列，其實是淺浮之見；亦有學者因文本中的李逵有濫殺之行而否認其爲英雄，亦爲迂腐之論。究其本質，實因沒有眞正讀懂《水滸傳》的深刻內涵。關於梁山的一百八人，文本在起始就清楚表明，是洪太尉誤走之妖魔，他們降臨凡世是要攪亂社稷乾坤。當然，我們也同樣不能被文本的障眼法所蔽，而應結合文本的總體敘述得出直達本質之論。第一，文本楔子中的敘述說明天人之間存在著感應關係，現實社會亦遵循著由治入亂又由亂入治的歷史循環軌跡。第二，天降瘟疫雖是樂極生悲，實由於天意與歷史的必然；而洪太尉誤走妖魔則是由於其代表人類共性的人性內在缺點所致，人世的災害實乃由於人自身所爲而導致的天意懲罰。在這兩個宏觀命意的前提之下，文本中世界人生圖景的深意也就呼之欲出了。所謂的「亂自上作」實爲對文本的表層認識，因爲以高俅爲代表的統治者雖然大多窮兇極惡，然亦有宿太尉之類的好人；另外，梁山的一百零八人其實大多是劣跡斑斑的人，要麼是知法犯法的小吏，要麼是占山爲王的強盜，要麼是爲了保住性命而背叛政府的朝廷官員；再者，社會底層的潘金蓮、王婆、瓦罐寺的僧人和道士等或爲利、或爲欲，亦多爲品德墮落的人物。總之，在《水滸傳》中，惡人惡事是文本表現的主要對象，善人善行卻如冰山一角。至此，文本的深意在於說明：人類天賦原罪，由於其天生不可避免的人性醜惡，使得惡行惡德成爲現實社會的普遍表現，並進而導致社會的黑暗與混亂；因此，痛苦是人類無可躲避的宿命，萬劫不得復生。在這一深刻認識之下，李逵的行爲也就不難理解：他其實是由上天派到人世來懲罰背負原罪的人。「化實景而爲虛境，創形象以爲象徵，使人類最高的心靈具體化，肉身化」，〔註26〕「天殺星」其實只是一個象徵的符號，亦爲解讀文本的秘密之鑰。「『象』是境相，『罔』是虛幻，藝術家創造虛幻的境相以象徵宇宙人生的眞際。」〔註27〕小說創設深邃

〔註26〕宗白華，藝境・中國藝術意境之誕生，北京：北京大學出版社，1987年版，
　　　　第151頁。
〔註27〕宗白華，藝境・中國藝術意境之誕生，北京：北京大學出版社，1987年版，

無際的哲性思維空間的秘密正在於此。

《儒林外史》中的「四大奇人」亦可作如是觀。文本在楔子中塑造了王冕這一富於象徵意味的藝術符號。其人自幼好學，成年之後品德高尚，博學多識，詩文書畫無不擅長，然卻不願攻讀八股以追求仕途，原因在於八股取士「這法定的卻不好」「使一代文人有厄」。在文本起始，就定下了現實生存狀態惡化的宏觀命意。其後，文本對現實儒林與社會展開了繁富書寫。經由多樣化敘事，不但刻繪了被科舉制度腐蝕了全部心靈以周進、范進為代表的窮苦士子，窮形盡相地諷刺了虛偽的假名士，亦且揭示了道德墮落欺詐百姓的官僚與士紳的醜陋面目。腐朽的儒林與世風日下的社會環境，使作者開始了對真名士的努力探求。然而，在務實的社會現實面前，無論是品德高尚博學多識的虞博士，懷有超脫情懷的莊紹光，還是超塵脫俗的杜少卿，均成為生存狀況不佳、精神苦悶落寞的失敗者。故臥閒草堂本第四十八回《徽州府烈婦殉夫　泰伯祠遺賢感舊》回評曰：「看泰伯祠一段，淒清婉轉，無限憑弔，無限悲感。」〔註 28〕現實生存狀態的惡化，苦苦探求的無奈，使得作者在文本末尾塑造了「四大奇人」形象：會寫字的季遐年、賣火紙筒子的王太、開茶館的蓋寬、裁縫荊元，雖然均生活在社會底層，然而卻都能自食其力擁有自己的精神愛好，心靈安寧生活得無拘無束，富於自然灑脫的濃厚意韻。因此，這部文本也通過對人類生存方式的深刻思考最終創設出深邃無際的哲性思維空間。

古人眼明心亮，對於中國古典小說意境最高層級的鮮明表現不乏明確表述。如冒廣生於《射陽先生文存跋》中曰：「今觀汝忠之作，緣情而綺靡，體物而瀏亮，其詞微而顯，其旨博而深，收百代之闕文，採千載之遺韻，沈辭幽深，浮藻雲峻，張文潛以後，一人而已。」〔註 29〕王國維亦曰：「《紅樓夢》，哲學的也，宇宙的也，文學的也。」〔註 30〕均可謂洞明之見。總之，「中國美學要求藝術作品的境界是一全幅的天地，要表現全宇宙的氣韻、生命、生機，要蘊涵深沉的宇宙感、歷史感、人生感，而不只是刻畫單個的人體或物體」，〔註 31〕中國古代的經典小說文本大多做到了這一點，它們「超越具體的有限

第 159 頁。

〔註 28〕朱一玄，儒林外史資料彙編，天津：南開大學出版社，2003 年版，第 276 頁。

〔註 29〕冒廣生，射陽先生文存跋；朱一玄，西遊記資料彙編，天津：南開大學出版社，2002 年版，第 187 頁。

〔註 30〕王國維，王國維，靜庵文集・紅樓夢評論，瀋陽：遼寧教育出版社，1997 年版，第 73 頁。

〔註 31〕葉朗，中國美學史大綱，北京：北京大學出版社，1985 年版，第 224 頁。

的物象、事件、場景，進入無限的時間和空間，從而對整個人生、歷史、宇宙獲得一種哲理性的感受和領悟」，〔註32〕通過創設深邃無際的哲性思維空間，「既使心靈和宇宙淨化，又使心靈和宇宙深化，使人在超脫的胸襟中體味到宇宙的深境。」〔註33〕

綜上所述，逼眞生動的世界人生圖景、氣韻生動的審美心理圖式、深邃無際的哲性思維空間構成了中國古典小說意境自下而上逐級而生的生成層級。三個層級不但符合中國古代小說的文體特徵，而且符合其反映生活的實際表現與創作規律的基本要求，實爲中國古代小說與道息息相通的如實反映。

第二節　中國古典小說意境的表現形式

中國古典小說意境是創作者、小說文本與接受者生命體驗相互激發融合的精神結晶。當其生成以後，便呈現爲接受者精神世界中的審美心理圖式。關於這一心理圖式的表現形態，學界有多種說法。若從生成過程分析，可分爲初級形態、再次生成形態與最終形態；若從生成層級分析，則可分爲表層意境、深層意境與境外之境三種表現形式；此外還有虛境與實境、大與小之分等說法。客觀而論，上述觀點均有其合理之處，然亦有其缺陷所在。中國古典小說意境作爲一種具有哲學色彩的審美心理圖式，雖然是作者、文本與接受者共同作用的結果，但是文本作爲意境生成的關鍵挽合點，其作用極具價值。因此，從意境在文本中的實際表現分析，將其分爲局部意境與總體意境，似乎更爲簡單明瞭，也更爲妥當。

一、局部意境

中國古典小說的局部意境是指讀者之意與小說文本局部展示的世界人生圖景相互生發融合而產生的審美心理圖式。在中國古典小說意境範疇，局部意境不但存在著類型的不同，而且其功能與特徵也各異。

（一）孤立存在的局部意境

這一類型的局部意境均出現在不具整體意境的小說文本中，表現爲整個

〔註32〕葉朗，現代美學體系，北京：北京大學出版社，1999年版，第142頁。
〔註33〕宗白華，藝境・中國藝術意境之誕生，北京：北京大學出版社，1987年版，第164頁。

文本中只有一個局部意境出現。如《趙合》，這篇小說只是敘述了一個關於趙合的奇異故事，文本描寫並沒有生發出整體意境。但是，在小說的開始有一段描寫：

　　　　大和初，游五原，路經沙磧，睹物悲歎，遂飲酒，與僕使並醉，因寢於沙磧。中宵半醒，月色皎然，聞沙中有女子悲吟曰：「雲鬟消盡轉蓬稀，埋骨窮荒無所依。牧馬不嘶沙月白，孤魂空逐雁南飛。」
　　〔註34〕

空曠荒涼的景觀，引發趙合內心的悲涼情懷，於是飲酒消愁。中宵醒來，月亮沙白，景清空而心孤寂。此時，又聞女子悲吟，於靜寂中頓現驚異氛圍。而女子所吟之詩，則又表達了年華逝盡、埋骨窮荒因而孤魂淒苦無奈的悲苦情懷。淒清空曠之景、孤寂低回之心與孤苦驚異之意同質共構，生發出濃鬱的局部意境。

　　孤立存在的局部意境在中國古代小說範疇並非個別存在，其於早期具有意境特徵的短篇小說文本中尤有突出表現，這在《世說新語》、《搜神記》、《拾遺記》均存鮮明例證。隨著小說體制的擴大與詩性質素的濃鬱，這一類型的局部意境逐漸消歇。唐代之後，出現了向互相關聯的局部意境發展的跡象。

（二）互相關聯的局部意境

　　中國古代小說文本有具整體意境者，有不具整體意境但有局部意境者。因此，互相關聯的局部意境是指出現在上述兩種小說文本中具有內在聯繫的局部意境。

1. 非整體意境中互相關聯的局部意境

　　唐宋傳奇、《聊齋誌異》中的部分小說以及大量中國古代小說中的非經典文本，雖因其藝術表現而不具備整體意境，但是卻構設了一些互相關聯的局部意境。如《聊齋誌異‧連瑣》，這篇小說敘述了一個書生與女鬼奇異動人的故事。通觀其總體描寫雖不具整體意境，但是卻存在一些互相關聯的局部意境。如文本開頭就有一段意境盎然的描寫：「楊於畏，移居泗水之濱。齋臨曠野，牆外多古墓」，空曠衰颯孤寂的氛圍悄然升起；「夜聞白楊蕭蕭，聲如濤湧」，於寂靜中忽起蕭揚之聲，靜動相應，靜極亦動極，氛圍為之一

〔註34〕〔唐〕裴鉶，趙合；袁閭琨、薛洪勣，唐宋傳奇總集，鄭州：河南人民出版社，2001年版，第871頁。

轉；「夜闌秉燭，方復淒斷，忽牆外有人吟曰：『玄夜淒風卻倒吹，流螢惹草
復沾幃。』反覆吟誦，其聲哀楚」，深夜燃燭，閃爍之際，窗外忽然傳來悽
楚之音，靜極亦嚇極，此時，孤寂淒清的局部意境油然而生。之後，小說餘
波漸染：「聽之，細婉似女子。疑之。明日，視牆外，並無人跡，惟有紫帶
一條遺荊棘中，拾歸置諸窗上。向夜二更許，又吟如昨。楊移杌登望，吟頓
輟」，以皺筆稍作渲染，意境繼續生發。當楊於畏與連鎖相識之後，小說繼
續創設了格調不同的局部意境。

> 與談詩書，慧點可愛，剪燭西窗，如得良友。自此，每夜但聞
> 微吟，少頃即至。……兩人歡同魚水，雖不至亂，而閨閣之中，誠
> 有甚於畫眉者。女每於燈下爲楊寫書，字態端媚。又自選宮詞百首，
> 錄誦之。使楊治棋枰，購琵琶。每夜教楊手談。不則挑弄絃索，作
> 蕉窗夜雨之曲，酸人胸臆，楊不忍卒聽，則爲曉苑鶯聲之調，頓覺
> 心懷暢適。挑燈作劇，樂輒忘曉。〔註35〕

深夜，溫暖的燭光下，多情的才子與美麗的少女，琴棋書畫，心意漸通，人
生之趣於此可謂極矣。此溫馨意境雖與前之淒清意境格調不同，但是卻由二
人相識相知的發展線索一脈相連，成爲互相關聯的局部意境。

2. 整體意境中互相關聯的局部意境

在中國古典小說意境發展範疇，整體意境是局部意境充分發展之後的必
然結果。整體意境的出現，既是意境發展到高級階段的產物，也使得局部意
境之間的關係更爲複雜與多元化。《綠野仙蹤》是一部具有整體意境的小說文
本。在整體意境的統攝下，其局部意境實現了密切的關聯。文本以一詩一詞
起首。詩曰：

> 休將世態苦研求，大界悲歡靜裏收。淚盡謝翱心意冷，愁添潘
> 岳夢魂羞。孟嘗勢敗誰雞狗，莊子才高亦馬牛。追想令威鶴化語，
> 每逢荒冢倍神遊。

詞曰：

> 逐利趨名心力竭。客裏風光，又過些時節。握管燈前人意別，
> 淚痕點點無休歇。咫尺江天分楚越。目斷神驚，應此身絕。夢醒南
> 柯頭已雪，曉風吹落西沉月。〔註36〕

〔註35〕張友鶴選注，聊齋誌異選，北京：人民文學出版社，1981年版，第95～98頁。
〔註36〕〔清〕李百川，綠野仙蹤，北京：北京大學出版社，1986年版，第1頁。

均以超脫的姿態將現實人世間的功名事業、追名逐利與人情世態作了虛幻的點化，敘述者靜中觀動，意欲隔斷塵世的牽絆，表現出鮮明的超脫於現實人世的宗教情懷。不但其自身富於濃鬱的意境氛圍，而且爲文本整體的意境營造確立了濃縮性原發點並烘託出宏觀意境氛圍。沿著這一主脈，文本繼續創設了大量互相關聯的局部意境。文本首先敘述有出世之姿的冷松，並通過對其在現實生活中的實際狀態描寫爲冷於冰日後修道求仙的追求作了鋪墊；此後，敘事焦點轉向冷於冰，以此爲主線，局部意境漸次出現。文本以詳盡的筆墨依次對嚴嵩及其黨羽所爲、佛家的勢利、道家的虛僞、諸神的荒謬、官府的荒淫無恥以及現實社會中妓女、幫閒、家奴、無行文人的醜態進行了繁複書寫，勾勒出一幅幅逼眞生動的世界人生圖景，並生發出氣韻生動的審美心理圖式，最終營造出多個互相關聯的同質局部意境。在小說文本中，還存在著諸多異質關聯的局部意境。如朱文魁貪財棄弟，與其妻共謀賣弟媳與盜賊，用心險惡，手段極其卑劣下流殘忍，文本通過詳盡書寫對現實人情世態作了深度揭露，創設出現實性局部意境；與此同時，作者同樣以詳盡的筆墨書寫了朱文煒的古道熱腸及其對朱文魁的寬容，此爲理想性局部意境；二者異質，相激相應，又生發出更深一層的意境氛圍。

互相關聯的局部意境又可分爲兩種類型：處於主導地位的局部意境與處於附屬地位的局部意境。在《綠野仙蹤》這部文本中，作者意欲通過對現實社會的深度書寫實現對出世升仙理想的充分表述。因此，逼眞生動的現實世界人生圖景描繪及其所形成的深度詩性思維是處於主導地位的局部意境；而對於非現實環境的描寫以及對理想嚮往的虛處映照所形成的局部意境則屬處於非主導地位的局部意境。如第二十七回《埋骨骸巧遇金不換　設重險聊試道中人》中的一段環境描寫：

> 四圍鐵泉，八面玲瓏。重重曉色映晴霞，瀝瀝雷聲飛瀑布。深澗中漱玉敲金，石壁上堆藍疊翠。白雲洞口，紫藤高掛綠蘿垂；碧草峰前，丹桂懸橋青蔓嫋。引子蒼猿擲果，呼君麋鹿銜花。千嵐競秀，夜深玄鶴聽仙經；萬壑爭流，風暖幽禽相對語。眞是地僻紅塵飛不到，山深車馬自然稀。四人上到山頂，周圍一望，見絕壁如屏，攢峰若劍，猿接臂而飲水，鳥杯音而入雲，奇石鑱天，高柯負日。
> 〔註37〕

〔註37〕〔清〕李百川，綠野仙蹤，北京：北京大學出版社，1986年版，第204頁。

與不堪入目的現實社會相比，這段描寫以清新流麗之筆描繪了一幅具有超人間氣息的世外桃源美景。這種對理想嚮往的描繪所形成的局部意境只是通過與現實性意境的對比而存在，並因其數量較少且是虛處生發，故而在文本中處於附屬地位。

從孤立存在的局部意境到互相關聯的局部意境及其內部類型的細化，不但標示了中國古典小說意境日益繁富的發展軌跡，而且對於認識中國古代小說的文體發展具有重要價值。

二、整體意境

在中國古代，小說是一個複雜的文化學範疇，其涵蓋範圍甚廣，形成方式亦多樣。在這一現實因素的影響下，小說的主要任務並非創設意境，故中國古代早期小說的意境表現並不明顯。伴隨著其現代意義的文學特徵日益顯明，其意境也經歷了一個從偶發到密集、從簡單到全面、從淺薄到深沉的發展過程，並最終創設出渾融的整體意境形式。結合中國古典小說創作的實際表現，其整體意境又可分為內隱外顯雙向生發型與內隱外樸單向生發型兩種形式。

（一）內隱外顯雙向生發型

內隱外顯雙向生發型整體意境是指由於小說文本具有鮮明的詩性特徵與明顯的詩性結構，其局部與整體對世界人生圖景的展示均具極強的藝術感染力，讀者能夠比較容易地發現並經由其意境的外在表現進行深度意境創造的整體意境類型。在中國古典小說範疇，《三國演義》、《水滸傳》與《紅樓夢》等經典詩性小說的整體意境大都屬於此種類型。

「《紅樓夢》的意境，既有濃縮的整體感，又具有象物質結構一樣的可分性。全書構成一意境。很多章節也自成意境。各章節中，或情節，或場面，或細節，也各自構成獨立的意境。同時每一個局部的意境，都與整體有千絲萬縷的聯繫，或者說包含在整體意境之中。」〔註 38〕文本第一回《甄士隱夢幻識通靈　賈雨村風塵懷閨秀》，作者就以神話思維設置了虛幻飄渺的大荒山無稽崖青埂峰、憤懣無奈「無才可去補蒼天」的石頭、深具世外仙姿的一僧一道，構設了虛幻迷離而動人心魄的意境氛圍。「開卷一篇立意，真打破歷來

〔註38〕姜耕玉，別構一種靈寄——《紅樓夢》的意境創造，紅樓夢學刊，1985 年第四輯，第 184 頁。

小說窠臼。閱其筆眞是《莊子》、《離騷》之亞。」〔註39〕這一描寫不但創設了極具深意的局部意境，爲整部文本樹立了意境原發點，而且確立了整篇小說的意境基調。脂硯齋等心明眼亮，在此頻頻以「妙」、「荒唐也」、「無稽」、「四句乃一部之總綱」、「書之本旨」等語評之。此後，文本又以同質思維在虛幻與現實的轉換中構設了「太虛幻境」，並以《好了歌》將「青埂峰、太虛幻境一併結住」。〔註40〕這一回的文本描寫「出口神奇，幻中不幻。文勢跳躍，情裏生情。借幻說法，而幻中更自多情；因情捉筆，而情裏偏成癡幻。試問君家識得否，色空空色兩無干」，〔註41〕不但以富於詩性光輝的描寫寄寓了總體意旨，而且爲整篇小說預先構設了一個完整的詩性框架。

此後，文本正式轉入現實層面敘事。「餘不及一人者，蓋全部之主惟二玉二人也。」〔註42〕在既定的宏觀命意指引下，文本以寶黛二人爲主線，經由詩性化的敘事、寫人與繪景構設了令人目不暇接的外顯型局部意境。在文本抽象層面，黛玉本爲絳珠仙子，受神瑛侍者恩惠，「因未酬報灌漑之德」，「五內便鬱積著一段纏綿不盡之意」，後因神瑛侍者下臨凡世，故亦下世還淚。在文本現實層面，黛玉因自幼父母早逝寄居在榮國府。在耳鬢廝磨的日常生活中，與寶玉產生了基於心靈相通的知己之愛。然由於賈府家族的現實需要與黛玉天生性格特徵之間的內在矛盾，黛玉「魂歸離恨天」，最終悲劇結局。「黛玉臨終光景，寫得慘淡可憐，更妙在連呼寶玉，只說得『你好』二字，便咽住氣絕。眞妙神之筆。」〔註43〕大某山民亦評曰：「黛玉氣斷之時，即寶釵婚成之候。新房熱鬧，滿堂合奏笙簫；舊院淒涼，半空亦有音樂。」〔註44〕通過淒慘的愛情悲劇與藝術化對比描寫，文本創設出沉重感人的悲質意境。對於寶玉而言，則是更爲深沉的人生悲劇。他天生奇特個性又內具飄

〔註39〕 〔清〕脂硯齋，重評石頭記批語；朱一玄，紅樓夢資料彙編，天津：南開大學出版社，2002 年版，第 104 頁。

〔註40〕 〔清〕脂硯齋，重評石頭記批語；朱一玄，紅樓夢資料彙編，天津：南開大學出版社，2002 年版，第 116 頁。

〔註41〕 〔清〕脂硯齋，重評石頭記批語；朱一玄，紅樓夢資料彙編，天津：南開大學出版社，2002 年版，第 116 頁。

〔註42〕 〔清〕脂硯齋，重評石頭記批語；朱一玄，紅樓夢資料彙編，天津：南開大學出版社，2002 年版，第 108 頁。

〔註43〕 〔清〕王希廉，紅樓夢回評；朱一玄，紅樓夢資料彙編，天津：南開大學出版社，2002 年版，第 618 頁。

〔註44〕 〔清〕姚燮，紅樓夢回評；朱一玄，紅樓夢資料彙編，天津：南開大學出版社，2002 年版，第 673 頁。

逸靈氣，然而卻不喜歡談經濟走仕途，因此與傳統的社會要求與家族復興的需要產生了嚴重的內在衝突。躲在內闈廝混，然卻無法為新的人生發展方式找到出路，外在的壓迫與心靈的苦悶使他在妥協之後最終選擇了出家。「我所居兮，青埂之峰。我所遊兮，鴻蒙太空。誰與我遊兮，吾與誰從？渺渺茫茫兮，歸彼大荒」，對於人生的苦苦思索與心靈的沉重苦悶，寶玉最終只能以逃離人世作為最後的選擇方式。「只見白茫茫一片曠野」，現實社會的寶玉終於又化作世外仙界的靈石。這一深沉的人生悲劇亦生發出濃鬱的局部意境。因此，張新之於最後一回末評曰：「此一回自為一大段，真假對勘，闔第一回為常山蛇首尾相應，劉姥姥一串錢之大結頭也」，〔註45〕文本以明顯的詩性結構向讀者提示了其整體意境所在。

在以寶黛二人為主線的主體意境之外，文本還構設了諸多外顯型局部意境作為渲染襯托以提示點醒讀者：圍繞賈府的興衰構設了以家庭悲劇為中心的局部意境，以大觀園中諸多女子的人生結局豐富了以愛情、人生悲劇為中心的局部意境；這些局部意境組合起來共同構成了豐富立體的意境之網。除此之外，文本還創設了如「醉眠芍藥美人圖」、「寶玉冒雪乞紅梅」（49 回）、「黛玉愁歸瀟湘館」（35 回）、「寶釵撲蝶」（26 回）、「椿齡畫薔」（36 回），以及「凸碧堂品笛感淒清，凹晶館聯詩悲寂寞」等諸多特徵鮮明、色調各異但卻美侖美奐的局部意境。這些局部意境彷彿明滅起伏的繁星，點綴在無盡而深邃的夜空中，共同創設了《紅樓夢》嚴密而繁富的意境之網。

（二）內隱外樸單向生發型

內隱外樸單向生發型整體意境是指小說文本局部與整體對世界人生圖景的展示雖具較強藝術感染力，但由於其文本表層不具備鮮明的詩性特徵與明顯的詩性結構，因此需要讀者通過對局部描寫的深度參與而生成的整體意境類型。在中國古典小說範疇，《金瓶梅》、《官場現形記》以及其他一些散文化小說多屬此種類型。

以《金瓶梅》為例。如第一回《西門慶熱結十弟兄　武二郎冷遇親哥嫂》：

> 詩曰：「豪華去後行人絕，簫聲不響歌喉咽。雄劍無威光彩沉，寶琴零落金星滅。玉階寂寞墜秋露，月照當時歌舞處。當時歌舞人不回，化為今日金陵灰。」

〔註45〕張新之，紅樓夢：百家匯評本，武昌：長江文藝出版社，2005 年版，第 1850 頁。

又詩曰：「二八佳人體似酥，腰間仗劍斬愚夫。雖然不見人頭
落，暗裏教君骨髓枯。」〔註46〕

一暗一明，首先對人的欲望進行了宏觀提點。此後，文本又運用對比手法，
敘述了人類無論是在窮苦之境還是富貴之鄉都無法擺脫欲望的支配，奮力以
求而永遠沉淪在欲望的深淵。與具有內隱外顯雙向生發型整體意境的小說相
同，《金瓶梅》在文本開始亦具有意境原發點，並生發出宏觀意境氛圍。此後，
文本正式轉入敘事層面。其間，文本以西門慶與諸多女性的荒淫生活爲中心，
對當時現實社會進行了如實的展示與針砭。

書凡數百萬言，爲卷二十，始末不過數年事耳。其中朝野之政
務，官私之晉接，閨闥之媟語，市里之猥談，與夫勢交利合之態，
心輸背笑之局，桑中濮上之期，尊罍枕席之語，駔儈之機械意智，
粉黛之自媚爭研，狎客之從臾逢迎，奴侶之稽唇淬語，窮極境象，
駭意快心。譬之范公摶泥，妍媸老少，人鬼萬殊，不徒肖其貌，且
並其神傳之。信稗官之上乘，爐錘之妙手也。〔註47〕

結合內容進行考量，文本不但創設了諸多色調相似而又獨具特徵的局部意
境，而且最終生發出深沉的哲理意境：在現實社會，人類應該如何對待自己
的欲望？尤其文本的結尾詩：

閱閱遺書思惘然，誰知天道有循環。西門豪橫難存嗣，敬濟癲
狂定被殲。樓月善良終有壽，瓶梅淫佚早歸泉。可怪金蓮遭惡報，
遺臭千年作話傳。〔註48〕

更將這份深刻的整體意境昇華到更爲廣闊的空間，讓讀者沉醉其中無法自拔。
對於《金瓶梅》的整體意境，古人早已有論。明代廿公就曾於《金瓶梅
跋》中曰：

《金瓶梅傳》，爲世廟時一巨公寓言。然曲盡人間醜態，其亦
先師不刪《鄭》、《衛》之旨乎。中間處處埋伏因果，作者亦大慈悲
矣。今後流行此書，功德無量矣。不知者竟目爲淫書，不惟不知作

〔註46〕〔明〕蘭陵笑笑生，皐鶴堂批評第一奇書金瓶梅，長春：吉林大學出版社，
1994年版，第9頁。
〔註47〕〔明〕謝肇淛，金瓶梅跋；朱一玄，金瓶梅資料彙編，天津：南開大學出版
社，2002年版，第179頁。
〔註48〕〔明〕蘭陵笑笑生，皐鶴堂批評第一奇書金瓶梅，長春：吉林大學出版社，
1994年版，第1753頁。

者之旨，並亦冤卻流行者之心矣。〔註49〕

清代鴛湖紫髯狂客亦曰：

> 如《西門傳》，而不善讀之，乃誤風流而爲淫。其間警戒世人
> 處，或在反面，或在夾縫，或極快極豔，而慘傷寥落寓乎其中，世
> 人一時不解也。此雖作者深意，俟人善讀，而吾以爲不如明白簡易，
> 隨讀隨解，棒喝悟道，止在片時，殊有關乎世道也。〔註50〕

雖未直接以意境論《金瓶梅》，實因當時以意境論小說之意識尙不明確之
故。然二說均認爲《金瓶梅》內具無限深意，其實已經接近文本意境本質；
而文本所具深意又多爲讀者誤讀，說明其意境難以被讀者明確感知。之所
以造成這一現象，實乃《金瓶梅》整體意境的內隱外樸單向生發型特徵所
致，即由於小說的外在表現遮蔽了其意境特徵的外顯。究其具體原因，大
致有三。

第一，《金瓶梅》的寫實內容背離了中國傳統審美心理。

作者「寄意於時俗，蓋有謂也」，〔註51〕故其以寫實手法對當時的現實社
會進行了窮形盡相的暴露。張竹坡曾於《金瓶梅讀法》中曰：

> 西門慶是混賬惡人，吳月娘是奸險好人，玉樓是乖人，金蓮不
> 是人，瓶兒是癡人，春梅是狂人，經濟是浮浪小人，嬌兒是死人，
> 雪娥是蠢人，宋惠蓮是不識高低的人，如意是個頂缺之人。若王六
> 兒與林太太等，直與李桂姐輩一流，總是不得叫做人。而伯爵希大
> 輩，皆是沒良心之人，兼之蔡太師、蔡狀元、宋御史，皆是枉爲人
> 也。〔註52〕

所寫之人沒有一個好人；而所寫之事，或爲官商勾結，或爲赤裸裸的兩性性
生活，或爲錢財而投機專營，沒有一件好事。總之，《金瓶梅》打破傳統小說
的固有慣例，所描寫的「世界一片漆黑，令人感到悲哀，感到窒息」，〔註53〕

〔註49〕　〔明〕廿公，金瓶梅跋；朱一玄，金瓶梅資料彙編，天津：南開大學出版社，
　　　　　2002 年版，第 177 頁。
〔註50〕　〔清〕鴛湖紫髯狂客，豆棚閒話評；朱一玄，金瓶梅資料彙編，天津：南開
　　　　　大學出版社，2002 年版，第 567 頁。
〔註51〕　〔明〕欣欣子，金瓶梅詞話序；朱一玄，金瓶梅資料彙編，天津：南開大學
　　　　　出版社，2002 年版，第 176 頁。
〔註52〕　〔清〕張竹坡，金瓶梅讀法；朱一玄，金瓶梅資料彙編，天津：南開大學出
　　　　　版社，2002 年版，第 432 頁。
〔註53〕　袁行霈主編，中國文學史，北京：高等教育出版社，2000 年版，第 173 頁。

「著此一家，罵盡諸色」，〔註54〕但是卻難以讓讀者看到希望與光明。這明顯背離了中國的傳統審美心理，難以使讀者在閱讀過程中形成有效的審美體悟，因而影響了文本整體意境的深度創造。

第二，《金瓶梅》的一元化敘事手法為讀者美感生成設置了障礙。

以往的小說如《三國演義》、《水滸傳》等文本，大多運用二元或多元手法敘事，通過格調相反的事件或人物之間的相激相應，產生有效的審美心理張力，進而達到創設意境的目的。雖然《金瓶梅》亦「或幽伏而含譏，或一時並寫兩面，使之相形」，〔註55〕然而由於其描寫的事件與人物基本均屬被暴露與諷刺的對象，故其總體格調大體一致。這種一元化的敘事手法，難以產生二元或多元敘事應有的心理對比張力，故在一定程度上為讀者審美感知的生成設置了障礙。

第三，《金瓶梅》過於通俗的語言影響了其審美特徵的有效傳達。

語言是文學作品美感最直接的傳達形式。與《三國演義》、《水滸傳》等以往的小說相比，《金瓶梅》「大量吸取了市民中流行的方言、行話、諺語、歇後語、俏皮話等」，〔註56〕多「市井之常談，閨房之碎語」。〔註57〕儘管其在語言的口語化、俚俗化方面做出了有益嘗試，並實現了語言由雅到俗的轉變，但是，過於通俗的風格在一定程度上消磨了文學語言的美感。這顯然不利於文本審美特質的有效傳達，並進而影響到其意境的外顯。

因此，《金瓶梅》由於其自身的文本表現，使得其不具備鮮明外顯的審美特質，在一定程度上影響了其總體意境的有效傳達。故讀者只能透過具體外在的文本表現，向深處努力挖掘深度介入文本，方能產生有效的精神共鳴以形成深刻的審美心理圖式。此所謂內隱外樸單向生發型整體意境。

三、局部意境構成整體意境的方式

任何整體都是由局部構成的，但又非局部的簡單相加。在事物內部，構成要素因其性質主要有兩種類型：同質元素與異質元素。在整體意境中，也存在兩種類型的局部意境，即同質局部意境與異質局部意境。「對立統一是物

〔註54〕魯迅，中國小說史略，上海：上海古籍出版社，1998年版，第126頁。

〔註55〕魯迅，中國小說史略，上海：上海古籍出版社，1998年版，第126頁。

〔註56〕袁行霈主編，中國文學史，北京：高等教育出版社，2000年版，第177頁。

〔註57〕〔明〕欣欣子，金瓶梅詞話序；朱一玄，金瓶梅資料彙編，天津：南開大學出版社，2002年版，第176頁。

質發展變化的動力」，〔註58〕因此，整體意境的生成，實爲其內部同質與異質局部意境對立統一產生的必然結果。

（一）疊加深化式

疊加深化式生成方式是指整體意境由兩種及其以上的同質局部意境或者格調相近的逼眞生動的世界人生圖景疊加深化而得以形成的生成方式。畫論有日：

> 畫大塊水墨，飽蘸墨水，必須筆筆鋪開，筆根著力，起手處更依附山石或叢樹邊緣，順勢連續點去，積大點而成塊。下筆宜快，如疾風驟雨，合沓而進，順勢屈曲，不宜僵直，墨痕邊緣宜毛，以便裝點他物，如山石、林木等，可以少露痕跡，即使不畫他物，邊緣便是雲氣，也宜松毛，可得雲蒸霞蔚之致。〔註59〕

與繪畫創設意境的內在規律一致，中國古典小說整體意境的疊加深化式生成方式，正是通過同質局部意境或同向格調藝術描寫的逐層藝術化累加，有效實現了局部意境的逐步深化，並最終生成渾融的整體意境。

作爲一種具有哲學色彩的審美心理圖式，中國古典小說意境與繪畫意境有內在相通之理。《山水訣》日：「先立賓主之位，決定遠近之形，然後穿鑿景物，擺佈高低。」〔註60〕中國古典小說整體意境的構設亦如此。《聊齋誌異·司文郎》是一篇揭露考官昏聵無能而導致科舉失衡、有才之士失敗命運的小說，寄寓了作者對科場公正秩序與人生命運的深沉渴望。在這一主導命意之下，文本構設了互相關聯的同質局部意境。

首先通過對餘杭生與宋生形象的生動描寫營造出隱隱欲出的意境氛圍。餘杭生，王生「投刺焉。生不之答。朝夕遇之，多無狀」、「生居然上坐，更不揖挹」，而且無端攻擊宋生日：「山左、右並無一字通者」，一個無禮而又狂妄自大的人物形象躍然紙上；而宋生「言語諧妙」，以「北人固少通者，而不通者未必是小生；南人固多通者，然通者亦未必是足下」駁之，如此者多次挫折餘杭生；此外，又以王生多方陪襯。至此，人物、事件扭結在一起，以復合的故事情節勾勒出逼眞生動的世界人生圖景，創設出活躍靈動的意境氛

〔註58〕 高等教育基礎教育教材編委會，馬克思主義哲學原理，西安：陝西人民出版社，2003 年版，第 127 頁。

〔註59〕 陸儼少，陸儼少全集，杭州：浙江人民美術出版社，2008 年版，第 95 頁。

〔註60〕 〔宋〕李成，山水訣；李明明，李成：北宋山水畫的宗師，臺北：雄獅圖書公司，1979 年版，第 70 頁。

圍。此後，文本又設置了盲僧嗅文情節。僧嗅王生文曰：

> 「君初法大家，雖未逼眞，亦近似矣。我適受之以脾。」問：
> 「可中否？」曰：「亦中得。」當其嗅餘杭生之文時，「咳逆數聲」
> 曰：「勿再投矣！格格而不能下，強受之以鬲；再焚，則作惡矣！」
> 〔註61〕

然而，放榜之日，「生竟領薦；王下第。」僧歡曰：「僕雖盲於目，而不盲於鼻；簾中人並鼻盲矣！」以鏤骨之筆生動揭示了科場顚倒黑白的現實，引發讀者的深刻思考與不盡感慨，意境繼續深化。接著，文本再施波瀾。「及試，宋曰：『此戰不捷，始眞是命矣！』俄以犯規被黜。王尚無言；宋大哭，不能止。」此後，宋生表明其身爲鬼的事實，並發出「今文字之厄若此，誰復能漠然視之」的辛酸之歎。「夫意以曲而善託，調以杳而彌深。始讀之則萬萼春深，百色妖露，積雪縞地，餘霞綺天，一境也。再讀之則……駿馬下坡，泳鱗出水，又一境也。卒讀之而皎皎明月，仙仙白雲，鴻雁高翔，墜葉如雨，不知其何以沖然而澹，倏然而遠也。」〔註62〕文本通過對科場弊端與現實命運的多次繁複書寫，構設出互相關聯的同質局部意境，經由有效的層疊最終使文本整體意境臻於渾融之境。

（二）逆向生發式

「生變之訣，虛虛實實，八字盡矣。」〔註63〕在藝術創作中，同質元素的有效運用固然重要，然異質元素的虛實相生亦不可或缺。明代孔衍栻於《山水畫訣·取神》中曰：「筆致縹緲，全在煙雲，乃聯貫樹石，合爲一處者，畫之精神在焉。山水樹石，實筆也；雲煙，虛筆也。以虛運實，實者亦虛，通幅皆有靈氣。」〔註64〕黃苗子於《師造化法前賢》中亦曰：「中國書畫用墨，其實著眼處不在墨處，而在白處，用墨來擠出白，這白才是畫眼，也即精神所在，這個古人叫做『計白當黑』。」〔註65〕均是就藝術創作中的逆向思維或異質因素的有效合成而言。在中國古典小説領域，整體意境的創設方

〔註61〕張友鶴選注，聊齋誌異選，北京：人民文學出版社，1981年版，第248頁。

〔註62〕〔清〕蔡小石，拜石山房詞序；顧翰，拜石山房詞鈔，北京：中華書局，1985年版，第1頁。

〔註63〕〔清〕鄭績，夢幻居畫學簡明，北京：中國書店，1983年版，第7頁。

〔註64〕孔衍栻，畫訣；陳洙龍，山水畫語錄類選，北京：人民美術出版社，2008年版，第36頁。

〔註65〕黃苗子，師造化法前賢，文藝研究，1982年第6期，第129頁。

式不止一種。與同質意境的疊加深化式生成方式相對，還存在著異質意境的相需相生，即逆向生發式生成方式。

所謂逆向生發式生成方式是指整體意境由兩組及其以上的異質局部意境或者格調相反的逼真生動的世界人生圖景逆向生發而得以形成的生成方式。與疊加深化式生成方式相比，逆向生發不但是整體意境更為重要的一種生成方式，而且在中國古典小說意境範疇也是一種普遍性存在。

《西遊記》是一部具有深刻寓意的經典小說。它通過孫悟空及其取經故事的藝術化描寫，展示了人類精神的苦難歷程，對人類存在狀態及其精神探索作了深度思考。這一哲理性整體意境主要是在雙向思維的動態過程中經由異質描寫的逆向生發中形成的。文本開始對孫悟空出世及其在花果山的生活狀態作了舒展而又藝術化的描寫，表達了對自由生存狀態的充分肯定。當欲望萌發，孫悟空便進入了世俗的牢籠，自由也逐漸喪失。尋師求道與欲作齊天大聖，都意味著其進取心或曰野心的悸動。然而，在儒釋道三教的聯合鎮壓之下，終於成為階下之囚，徹底喪失自由。五行山下的五百年痛苦思考，是孫悟空命運的重要轉折，也是文本意境發展的關鍵。這時，三個因素開始挽合在一起：佛祖意欲大乘佛教傳至南瞻部洲，卻施雕蟲小技要人來取；孫悟空自此帶上了緊箍咒；在唐僧的精神世界，取經是一項至高無上的崇高事業。由此，故事進入九九八十一難的既定歷程。本要人來取經，卻屢施伎倆阻礙其取經進度，還美其名曰考驗其取經意志。這時，孫悟空已經徹底陷入儒釋道三界的控制：每當其遇到天界下凡的妖怪，孫悟空的命運只有失敗，這時他不得不向各方求救。在交往的過程中，雙方關係愈加密切。這既是固有社會秩序對具有潛在威脅因素的極力拉攏，亦是孫悟空愈益失去自由的表現。這與當初孫悟空自由、無拘無束的生存狀態形成了鮮明的對比，二者在逆向的激發中生發出濃鬱的意境。更具諷刺意味的是，在唐僧看來如此神聖的取經事業，竟然沾染了濃厚的物欲色彩。先是因沒有人事而取到無字真經，接著又是佛祖的一番宣告：

> 經不可輕傳，亦不可以空取，向時眾比丘聖僧下山，曾將此經在舍衛國趙長者家與他誦了一遍，……只討得他三斗三升米粒黃金回來，我還說他們忒賣賤了，教後代兒孫沒錢使用。〔註66〕

又要人來取，又要人交錢，講求四大皆空的佛教不但挖空心思以手段控制別

〔註66〕〔明〕吳承恩，西遊記，長沙：嶽麓書社，1987年版，第750頁。

人，而且充分墮入了財氣的地獄。這又與唐僧師徒四人歷經千辛萬苦的取經過程形成強烈對比，進一步生發出深刻的哲理意境。不止如此，此時孫悟空頭上的緊箍咒已然化為烏有，表面上是功德圓滿獲得了自由，實質是他已充分得到固有社會秩序的認可，不會再對現實秩序產生威脅。這一自由狀態與其當初的自由狀態進一步形成鮮明對比，亦在逆向激發中生成出深沉的意境氛圍。至此，《西遊記》的哲理性整體意境在逆向生發過程徹底生成了。

客觀而言，局部意境與整體意境是經由文本得以表現的意境形態，它與中國古代小說的階段性發展狀態密切相關。從孤立存在的局部意境到互相關聯的局部意境再到整體意境的發展脈絡，實為中國古典小說意境日益發展的內在脈絡，亦為發明中國古代小說觀念與創作表現的一個重要支點。

第三節　中國古典小說意境的類型

作為一種具有哲學色彩的審美心理圖式，意境類型實難在精神層面進行明確區分，故研究者多從意境賴以生成的文體要素層面對其進行分類。「何以謂之有意境？曰：寫情則沁人心脾，寫景則在人耳目，述事則如其口出。」〔註67〕不同的文學樣式雖各具特徵，然大多包括藝術形象、事、景三個主要方面，情與理亦多憑藉三者而發，故意境實為三者綜合作用的結果。王國維之說是其在談論元雜劇時就意境的判定標準立論，雖為對意境類型分類提供了重要啟示，惜其失在於不夠全面。宗白華在闡述意境層深時有「直觀感相的摹寫」一說，雖內在地包含了敘事、藝術形象塑造、繪景等主要要素，但又不夠明確。中國古典小說雖是一種融敘事、藝術形象塑造、繪景於一體的文學樣式，然在其創作的具體表現中，實存在側重敘事、藝術形象塑造、繪景的區別。因此，中國古典小說意境雖是三者綜合作用的結果，亦可因其側重的不同分為敘事意境、藝術形象意境、環境意境三種類型。

一、敘事意境

敘事是中國古代小說的主要任務，而其又必須以主體作為實施者與接受者在具體的環境下展開。因此，敘事意境是指在中國古典小說的文本表現中，

〔註67〕王國維，王國維先生全集・續編（四），臺灣：大通書局，2007 年版，第1583 頁。

以敘事爲主體統合藝術形象描寫、景物描寫而得以創設的意境類型。對於這一類型，古人早有相關認知。如《紅樓夢》中黛玉「魂歸離恨天」一節，王希廉批曰：「夢中迷路，忽聽有人叫喚，回首一看，卻是親人，自己身子依舊躺在床上，寫夢境入神。黛玉臨終光景，寫得慘淡可憐，更妙在連呼『寶玉』，只說得『你好』二字，便咽住氣絕，眞描神之筆。」〔註68〕雖未明確指出爲敘事意境，但實已深含其意。李贄則明確提出了「事境」範疇，其人在評點《水滸傳》第一回「李四醉酒」時曰：「絕好事境，絕好文情。」〔註69〕「事境」與「意境」雖非同一概念，但此處實指經由敘事而產生的意境。不止如此，祝允明還從理論上給予了明確表述，他在《送蔡子華還關中序》中曰：「身與事接而境生，境與身接而情生。……境之生乎事也」，〔註70〕認爲事亦爲意境產生的一個重要因素。這都說明了敘事意境類型在中國古典小說意境中的普遍性事實存在。

在前人的啓示之下，今人作了更爲科學的理論闡述。周先愼於《論〈聊齋誌異〉的意境創造》一文中說：「作爲敘事文體的小說離不開情節，尤其是中國的古典小說有重情節的藝術傳統，因此小說的意境創造又不能游離於情節之外。」〔註71〕結合中國古典小說意境創設的實際表現考察，此說可謂精到之論。如《水滸傳》第二十六回《偷骨殖何九叔送喪　供人頭武二郎設祭》中「武松殺嫂」一節：

　　　　那婦人見頭勢不好，卻待要叫，被武松腦揪倒來，兩隻腳踏住他兩隻胳膊，扯開胸脯衣裳；說時遲，那時快，把尖刀去胸前只一剜，口裏銜著刀，雙手去挖開胸脯，摳出心肝五臟，供養在靈前。

　　　　肐查一刀，便割下那婦人頭來，血流滿地。〔註72〕

若僅就這一敘事而言，只是描寫了一個血淋淋的殺人場景，並無意境可言。

〔註68〕〔清〕王希廉，紅樓夢回評；朱一玄，紅樓夢資料彙編，天津：南開大學出版社，2002 年版，第 618 頁。

〔註69〕〔明〕李贄，水滸傳眉批；施耐庵，水滸傳（匯評本），北京·人民文學出版社，2005 年版，第 31 頁。

〔註70〕〔明〕祝允明，枝山文集・送蔡子華還關中序；胡經之，中國古典美學叢編，北京：中華書局，1988 年版，第 247 頁。

〔註71〕周先愼，論《聊齋誌異》的意境創造，蒲松齡研究，1995・紀念專號，第 240頁。

〔註72〕〔明〕施耐庵、羅貫中，水滸全傳，長沙：嶽麓書社，1988 年版，第 216頁。

但是，如果將諸多敘事組合在一起，經由對情節的整體接受，其效果就另具面目。潘金蓮本爲一風流女人，嫁給武大自然心有不甘。勾引武松不成，實際斷絕了其心理預期的一種可能。由此，她只能將偷情的視線外轉。在王婆的牽引下，潘金蓮半推半就，但很快就與西門慶勾搭在一起。「那婦人自當日爲始，每日踅過王婆家來，和西門慶做一處，恩情似漆，心意如膠。」淫婦的無恥行徑，爲意境的生發點燃了導火索。姦夫淫婦爲了長久，且懼怕武松回來事情敗露，於是動了殺死武大郎的念頭並付諸實施。先是誘騙武大服下毒藥，當藥力發作之後，武大痛苦難當，此時，潘金蓮怕事情敗露，

> 這婦人怕他掙扎，便跳上床來，騎在武大身上，用手緊緊地按住被角，那裡肯放些鬆寬。正似：油煎肺腑，火燎肝腸。心窩裏如雪刃相侵，滿腹中似鋼刀亂攪。渾身冰冷，七竅血流。牙關緊咬，三魂赴枉死城中；喉管枯乾，七魄投望鄉臺上。地獄新添食毒鬼，陽間沒了捉姦人。那武大哎了兩聲，喘息了一回，腸胃崩斷，嗚呼哀哉，身體動不得了。〔註73〕

淫婦爲了達到長久偷情的目的，竟然以極其惡毒的手段親自害死親夫，人神共憤。經由藝術化的描寫，意境氛圍愈加濃鬱。武大死後，淫婦置樓下武大郎靈位於不顧，「每日卻自和西門慶在樓上任意取樂」。敘事微轉，稍作襯托，進一步烘托了意境氛圍。武松回來，得知事實眞相後，欲經正當程序爲兄鳴冤，然而縣令卻因收受西門慶的賄賂而置之不理。淫棍與昏官互相勾結，殺人者不能繩之於法。法律已然被其公然踐踏，無法爲被冤屈者主持公道與正義，殘酷的現實令人悲憤欲死。這自然讓父母早亡、自幼由受人欺辱的兄長撫養成人、與哥哥相依爲生的武松根本無法忍受。悲傷凄涼的武松在無奈之下，爲了替冤死的哥哥報仇，不得不走向代替法律懲罰姦人的道路。正是這血淋淋的殺人過程，使罪惡在驚心駭目中得到報應，讓正義在酣暢淋漓中得以昇華。「正是這樣的故事情節的畫面轉換與剛柔意境的調節，便不斷調整著讀者的審美情緒，使之在不斷轉換中調整著審美心態，保持著持久的審美關注。」〔註74〕令人不齒的禽獸行徑與極端殘酷的殺戮場景交映，鮮明的敘事意境在二者的交戰中轟然生發。

〔註73〕〔明〕施耐庵、羅貫中，水滸全傳，長沙：嶽麓書社，1988年版，第206頁。
〔註74〕周書文，小説的美學建構，天津：百花文藝出版社，1997年版，第9頁。

二、藝術形象意境

　　藝術形象意境是指在中國古典小說的文本表現中，以藝術形象為主體統合敘事、繪景而得以創設的意境類型。在中國古代小說範疇，這是一個普遍性事實存在。如對於《水滸傳》中魯智深這一藝術形象，李贄評曰：「描畫魯智深，千古若活，真是傳神寫照妙手。」〔註75〕而毛宗崗在點評《三國志讀法》中亦曰：

> 　　在此卷極寫孔明，而篇中卻無孔明。蓋善寫妙人者，不於有處寫，正於無處寫。寫其人如閒雲野鶴之不可定，而其人始遠；寫其人如威鳳祥麟之不易睹，而其人始尊。且孔明雖未得一遇，而見孔明之居，則極其幽秀；見孔明之童，則極其古淡；見孔明之友，則極其高超；見孔明之弟，則極其曠逸；見孔明之丈人，則極其清韻；見孔明之題詠，則極其俊妙。不待接席言歡，而孔明之為孔明，於此領路過半矣！玄德一訪再訪，已不覺入其玄中，又安能已於三顧乎？〔註76〕

均對這一事實作了明確點示。

　　「構成意境和塑造人物，可以說是小說的必要手段。」〔註77〕受擅繪神重寫意審美傳統以及文體實際發展因素的綜合影響，中國古代小說善於塑造形神畢現的藝術形象。以《水滸傳》為例：

> 　　說淫婦便像個淫婦，說烈漢便像個烈漢，說呆子便像個呆子，說馬泊六便像個馬泊六，說小猴子便像個小猴子。但覺讀一過，分明淫婦、烈漢、呆子、馬泊六、小猴子光景在眼，淫婦、烈漢、呆子、馬泊六、小猴子聲音在耳，不知有所謂語言文字也。何物文人，有此肺腸，有此手眼？若令天地間無此等文字，天地亦寂寞了也。不知太史公堪作此衙官否？〔註78〕

逼真生動栩栩如生的藝術形象，能夠生發出富於張力的審美意蘊，有助於古

〔註75〕〔明〕李贄，水滸傳回評；朱一玄，水滸傳資料彙編，天津：南開大學出版社，2002 年版，第 193 頁。

〔註76〕〔清〕毛宗崗，三國志讀法；朱一玄，三國演義資料彙編，天津：南開大學出版社，2002 年版，第 193 頁。

〔註77〕葉聖陶，葉聖陶論創作・讀虹，上海：上海文藝出版社，1982 年版，第 544 頁。

〔註78〕〔明〕李贄，水滸傳回評；朱一玄，水滸傳資料彙編，天津：南開大學出版社，2002 年版，第 193 頁。

代小說意境的生成。如再結合深刻敘事與詩意寫景，意境的生成就成為題中應有之義。因此，周先慎認為：「小說的意境創造離不開人物塑造這個中心任務。這不僅指小說的意境創造要為塑造人物形象服務，而且更為重要的，是意境本身就離不開人物，有時候人物甚至會成為意境構成的主體。」〔註79〕

以《聊齋誌異·紅玉》為例，這篇小說敘述了一個迫害與反迫害的鬥爭故事。文弱書生馮相如的妻子衛氏甚美，宋姓御史偶遇「而豔之」。因逼婚不成，宋姓御史竟遣數人入生家，打死馮翁，搶衛氏揚長而去。兒子尚在襁褓之中，妻子亦不屈而死。其更甚者，宋姓御史被殺之後，馮生竟然被官府「屢受桎慘」，其遭遇之慘可謂極矣。在這一弱者受壓迫的悲慘故事中，文本塑造了兩個詩性藝術形象並通過巧妙設置進而創造出鮮明的人物意境。一個是義狐紅玉。小說伊始寫馮家「媳與子婦又相繼逝，井臼自操之」，在馮氏父子無助孤寂之時，紅玉第一次飄然而至。「一夜，相如坐月下，忽見東鄰女自牆上來窺。視之，美；近之，微笑。招以手，不來亦不去。固請之，乃梯而過，遂共寢處。」當二人的愛情遭遇馮父的阻礙之時，紅玉幫助馮生娶衛氏為妻，又飄然而去。一位美麗善良的狐女形象被塑造得溫情脈脈而又躍然紙上。當馮生經歷悲慘遭遇之後，「既葬而歸，悲怛欲死，輾轉空床，竟無生路」，這時紅玉又不期而至，以婦自任幫助馮生持家。「女嫋娜如隨風欲飄去，而操作過農家婦；雖嚴多自苦，而手膩如脂。自言三十八歲，人視之，常若二十許人。」在相如悲慘遭遇的襯托之下，紅玉既具現實女性之賢淑婦德，又外顯出世之風韻，詩性化描寫使這位狐女的熱忱與俠義精神高度凸顯，生發出鮮明的意境氛圍。在文本中間亦即馮生遭遇慘痛壓迫之時，小說又設置了虯髯義士這一藝術形象。馮生意欲報仇，虯髯俠士「願得而代庖」，並且聲稱「不濟，不任受怨；濟，亦不任受德」，後果然殺宋姓御史而去，替馮生完成了報仇之願。濟人於水火之中卻不受人之報的美德，亦使這一俠士形象栩栩如生而震人心魄。小說以《紅玉》名篇，以紅玉這一義狐形象貫徹文本的首與尾，中間又穿插虯髯義士，巧妙設置了兩個具有俠義精神的藝術形象勾連貫穿著馮生的悲慘遭遇故事，表達了對壓迫者的無情鞭撻與俠義精神的盡情歌頌，兩相對比，以人物形象為線索生發出鮮明生動的意境氛圍。正如異史氏曰：「其子賢，其父德，故其報之也俠。非特人俠，狐亦俠也。遇亦奇矣！然官宰悠

〔註79〕周先慎，論《聊齋誌異》的意境創造，蒲松齡研究，1995·紀念專號，第239
～240頁。

悠，豎人毛髮，刀震震入木，何其不略移床上半尺許哉？使蘇子美讀之，必浮白曰：『惜乎擊之不中！』」

三、環境意境

環境是一個複雜的概念範疇，其分類亦不一致。但大致包括三個主要方面：自然環境、社會環境與人文環境。受文體發展因素的影響，中國古代小說並不重視環境描寫。但由於作家主觀情感與理性認知的充分融入，一些環境描寫經由藝術化表現統合敘事以及藝術形象塑造顯得詩意盎然而又頗具深意，具備了意境特徵。因此，環境意境是指在中國古典小說的文本表現中，以環境描寫爲主體統合敘事、藝術形象塑造而得以創設的意境類型。

「小說構築意境旨在將自然物境、社會風情有機融合，構成一個立體化的生活情景，爲人物形象提供生存和活動的典型場景。」〔註80〕作家進行小說創作本是有爲而發，他們「登山則情滿於山，觀海則意溢於海」，將濃鬱的情感充分融入環境，爲人物與故事的展開營造了一個詩性自然空間。《紅樓夢》第七十六回《凸碧堂品笛感淒清　凹晶館聯詩悲寂寞》，敘述賈府於中秋之夜賞月宴飲。當夜已漸深之時，諸人逐漸離去，此時故事情節已內具象徵意味。本應乘興而返，賈母卻偏偏仍未盡興，帶領眾媳婦欲一盡其興，故事的深意繼續生發。此時，

> 正說著閒話，猛不防只聽見那壁廂桂花樹下，嗚嗚咽咽，悠悠
> 揚揚，吹出笛聲來。趁著這明月清風，天空地淨，眞令人煩心頓解，
> 萬慮齊除，都肅然危坐，默默相賞。〔註81〕

低沉的音樂、清涼空寂的場景，清涼幽靜之境於歡聲笑語之際忽現，環境格調的突轉生發出清幽意境，令人回味不盡。本應順勢而變，賈母卻依然依照一己之意願延興賞樂。這時，文本的環境描寫繼續低沉的格調，

> 只聽桂花陰裏，嗚嗚咽咽，嫋嫋悠悠，又發出一縷笛音來，果
> 眞比先越發淒涼。大家都寂然而坐。夜靜月明，且笛聲悲怨，賈母
> 年高帶酒之人，聽此聲音，不免有觸於心，禁不住墮下淚來。眾人
> 此時都不禁淒涼寂寞之意。〔註82〕

〔註80〕吳士餘，中國文化與小說思維，上海：三聯書店，2002年版，第129頁。
〔註81〕陳其泰，桐花鳳閣評紅樓夢：曹雪芹，紅樓夢，百家匯評本輯評，武昌：長
　　　　江文藝出版社，2005年版，第539頁。
〔註82〕陳其泰，桐花鳳閣評紅樓夢：曹雪芹，紅樓夢，百家匯評本輯評，武昌：長

經由多次渲染，濃鬱的淒涼意境氛圍油然而生。中秋月夜，正是團圓歡慶之時，可文本卻不惜筆墨多次描繪反差強烈的淒涼氛圍，此中大有深意。如若再結合第七十五回的「異兆悲音」、「新詞佳讖」以及前七十四回賈府諸人的無恥行徑及其導致的賈府敗落之跡，可以發明這一環境描寫的無限深意：繁華富貴烈火烹油的日子即將逝去，家族敗落、愛情與人生悲劇的帷幕由此拉開。因此，王希廉於此處批曰：「月中聞笛，女伴聯詩。美景良辰，賞心樂事。自饒佳趣，而看去總覺一股冷氣逼人，漸入蕭索之境。」〔註83〕此為環境描寫挽合敘事、藝術形象描寫創造環境意境的典型例證。除此之外，在環境意境範疇，還存在單純由環境描寫而得以營造的自然環境意境。對此，前文已多次涉及，此處不再贅述。

不止如此，中國古典小說還「善於把意境的創造和典型環境的描寫交融起來」，〔註84〕通過敘事與藝術形象的塑造創設出鮮明的社會、人文環境意境。這在中國古典小說範疇是一個普遍性存在，與敘事意境、藝術形象意境亦有相通之處。如《水滸傳》中貪官污吏對良善的壓迫與姦夫淫婦的無恥罪惡行徑，《三國演義》中道德與智慧的失敗，《西遊記》中宗教的虛偽，《儒林外史》與《金瓶梅》中世風的墮落與醜陋欲望的膨脹等，這些對社會生活與人類欲望的深度書寫，均對殘酷的現實生存狀態與人類痛苦而無奈的掙扎作了深刻揭示與生動形象的描繪，「將人物所處的客觀物境詩化」，〔註85〕塑造出人類存在的典型環境。林沖的逼上梁山、諸葛亮的秋風五丈原、賈寶玉的出家以及四大奇人等，俱為典型環境中的藝術符號，諸多文本均藉此進行深度書寫，給予讀者心靈持續而強烈的撞擊，激發出對於社會存在、人類欲望的深刻思考，產生對理想生存狀態的強烈渴求。在二者的強烈對比中，生發出緊張的心理張力，進而創設出深邃的哲性社會、人文意境。

中國古典小說意境的根本目的在於表達情緒體驗與理性認知，而其實現手段則要依靠敘事、藝術形象塑造與環境描寫。因此，敘事意境、環境意境與藝術形象意境的分類只是為了區分的便宜，依據小說的文體因素而作的大

江文藝出版社，2005年版，第540頁。
〔註83〕陳其泰，桐花鳳閣評紅樓夢；曹雪芹，紅樓夢，百家匯評本輯評，武昌：長江文藝出版社，2005年版，第540頁。
〔註84〕陸環，中西小說異同管見；北京大學《國外文學》編輯部，國外文學，1986年第3期，第68頁。
〔註85〕吳士餘，中國文化與小說思維，上海：三聯書店，2002年版，第129頁。

致分類。其實,三者之間並不存在截然分野,甚至可以說中國古典小說意境的創造是三者共同作用的結果。

結語：中國古典小說意境研究的總結與展望

本書從筆者個人對於意境理論的理解與闡釋出發，以中國古代小說的整體表現爲觀照對象，對其意境的發生、發展、創生與表現型態作了綜合闡釋，初步實現了對中國古典小說意境的整體觀照。然而，本書所涉研究內容仍然存在著一些不足之處：對於中國古典小說意境發展歷史及其表現的研究仍需要深入細化；對於中國古典小說意境的創設生成研究工作仍需拓展思路。也就是說，本書只是初步結束了中國古典小說意境研究的簡單化狀態，初步實現了基本的研究框架建構與相對的深入闡釋。

中國古典小說意境是一個宏大研究課題，結合其實際表現與研究歷史綜合考量，完全可以建構一個嚴密的研究體系。因此，對於中國古典小說意境研究這一課題而言，仍然存在諸多需要解決的問題與廣闊的研究空間。

一、中國古典小說意境研究資料彙編

任何研究的開展，都應建立在豐富詳實的研究資料的整理基礎之上。在兩千餘年的發展歷程中，中國古代小說研究領域產出了關於意境研究的豐富資料。對這些資料進行整理編輯，實爲進行中國古典小說意境研究的物質基礎。因此，進行中國古典小說意境研究資料彙編是一項亟需進行的工作。

二、中國古典小說意境研究史

在中國古典小說意境資料彙編的基礎之上，從不同時期研究資料的實際表現出發，結合不同階段的文化背景、文藝思潮與小說創作的實際表現，對

中國古典小說意境的研究歷史進行充分細緻的研究。

三、中國古典小說意境發展史

雖然本書已經對中國古典小說意境的發展過程及其表現作了簡要闡釋，但是仍尚屬初步勾勒。因此，在廣闊的文化背景與文藝學思潮之下，從不同時期的小說具體表現出發，結合不同藝術樣式之間的互相影響，對中國古典小說意境觀念的形成與發展、中國古典小說意境的發生、發展過程及表現進行更爲充分的闡釋工作，進而完成對中國古典小說意境發展史這一課題的研究。

四、中國古典小說意境創設研究

從作家啓動創作行爲出發，結合中國古代小說文本實際表現即敘事角度、敘事視角、敘事節奏、文本結構、藝術形象塑造、環境描寫等方面，對中國古典小說意境的創設進行更爲充分的闡釋。

五、中國古典小說意境理論史

從中國古典小說意境研究資料出發，結合其他藝術樣式對小說意境觀念的影響與小說創作的具體表現，梳理中國古典小說意境理論的發展過程及其在不同歷史階段的具體特徵，實現對中國古典小說意境理論史的綜合闡釋。

六、中國古典小說意境的哲學與美學研究

以中國古代小說的文本表現爲觀照目標，結合中國古代小說的書寫內容與具體創作技巧以及接受者的再度創造，實現對中國古代小說哲學意蘊與審美表現的綜合研究。

七、意境理論研究

意境是一個哲學性的美學範疇，任何對中國古典小說意境觀照缺失的意境論都缺乏全面性品格。因而，從各種具體文學藝術樣式出發進行形上抽象，才能夠得出相對更爲科學全面的意境論。

綜上所述，《中國古典小說意境論》一書雖然初步結束了中國古典小說意境研究缺乏體系建構的研究狀態，但是距離具備完善的研究體系建構的目標仍然相去甚遠。因此，仍然需要諸多研究者的共同努力，才能夠眞正健全這一研究格局。

參考文獻

一、論文類

1. 周書文，「更有情癡抱恨長」──紅樓夢經營哲理意蘊的藝術〔J〕，贛南師範學院學報，1988 年第 1 期。

2. 李彤，《紅樓夢》的意境表現淺探〔J〕，紅樓夢學刊，1984 年第一輯。

3. 辛曉玲、趙建新，《紅樓夢》意境論〔J〕，社科縱橫，2002 年第 1 期。

4. 辛曉玲、趙建新，《紅樓夢》意境論（續）〔J〕，社科縱橫，2002 年第 3 期。

5. 錢淑芳，《紅樓夢》脂評的意境論〔J〕，廣播電視大學學報，2000 年第 1 期。

6. 靜軒，《紅樓夢》中的傳統繪畫與書法〔J〕，紅樓夢學刊，1999 年第四輯。

7. 曹金鐘，《紅樓夢》中的空白及其審美意蘊〔J〕，北方論叢，2003 年第 6 期。

8. 呂啓祥，《紅樓夢》中藝術意境與藝術典型的融合〔J〕，紅樓夢學刊，1982 年第二輯。

9. 張稔穰，「假象寄興」與《聊齋誌異》的意境創造〔J〕，齊魯學刊，1984 年第四期。

10. 辛曉玲，《聊齋》意境：詩歌意境的拓展與昇華〔J〕，西北師範大學學報，2008 年第 5 期。

11. 張華娟，聊齋誌異的詩化傾向（續）〔J〕，蒲松齡研究，1998 年第 1 期。

12. 張華娟，聊齋誌異的詩化傾向（續）〔J〕，蒲松齡研究，1998 年第 3 期。

13. 葉旦捷，《聊齋誌異》的造境藝術〔J〕，安徽大學學報，2006 年第 4 期。

14. 閔永軍，《聊齋誌異》花精系列小說的意境〔J〕，武漢理工大學學報，2008

年第 1 期。

15. 曹金鐘，「矛盾」與《紅樓夢》中意境的創造手法〔J〕，紅樓夢學刊，2008 年第六輯。

16. 周書文，「無爲有處有還無」──論《紅樓夢》的模糊化藝術〔J〕，紅樓夢學刊，1998 年第二輯。

17. 姜耕玉，別構一種靈奇──《紅樓夢》的意境創造〔J〕，紅樓夢學刊，1985 年第四輯。

18. 許程明，慘淡經營的音響之維──《紅樓夢》寫聲藝術探微〔J〕，紅樓夢學刊，2004 年第四輯。

19. 陳潔、李朝陽，從「黛玉葬花」看《紅樓夢》中的意境創造〔J〕，銅仁職業技術學院學報，2009 年第 4 期。

20. 劉曉楓、崔榮榮，從《紅樓夢》人物服飾看「意境美」的傳達〔J〕，廣西藝術學院學報，2005 年第 3 期。

21. 齊海英、於海濱，古典小說批評與意境〔J〕，渤海大學學報，2005 年第 3 期。

22. 閔虹，化虛爲實　以實求虛──淺談古典小說的造境藝術〔J〕，河南教育學院學報，1998 年第 1 期。

23. 孫芳芳，六朝志怪小說與詩歌〔J〕，山西廣播電視大學學報，2009 年第 3 期。

24. 周書文，論《紅樓夢》的意境創造〔J〕，南都學刊，1994 年第 4 期。

25. 鍾雲星，論《紅樓夢》中薛寶釵詩詞的意境美與性格化〔J〕，重慶社會科學，2006 年第 9 期。

26. 楊海波，論《聊齋誌異》的感傷美質〔J〕，河西學院學報，2006 年第 1 期。

27. 周先愼，論《聊齋誌異》的意境創造〔J〕，蒲松齡研究，1995 年 Z1 期。

28. 周偉銘，論唐傳奇的詩化〔J〕，湖州師範學院學報，2002 年第 2 期。

29. 閔虹，妙處不傳：中國古典小說的造境藝術〔J〕，安徽教育學院學報，2001 年第 5 期。

30. 李振明，淺論敘事本文的情境〔J〕，青島教育學院學報，2001 年第 4 期。

31. 劉德重、魏宏遠，淺議唐傳奇之「詩筆」手法〔J〕，上海大學學報，2004 年第 4 期。

32. 金敏，試論《紅樓夢》的畫家筆意〔J〕，紅樓夢學刊，1998 年第四輯。

33. 金豔霞，試論《紅樓夢》意境營造的辯證藝術〔J〕，甘肅聯合大學學報，2009 年第 4 期。

34. 單梅森，唐傳奇中的詩筆及其表現形式〔J〕，曲靖師範學院學報，2009

年第 1 期。

35. 裴新江，庭院深深深幾許——紅樓三境〔J〕，紅樓夢學刊，2001 年第二輯。

36. 王全力，文境之妙　天下奇觀——論《聊齋誌異》的意境美之一〔J〕，蒲松齡研究，1992 年第 4 期。

37. 吳士餘，小說意境的開拓與人物形象美感的詩化〔J〕，文藝評論，1985 年第 4 期。

38. 劉世劍，小說意境與詩歌意境之區別——兼論小說詩化〔J〕，東北師範大學學報，1990 年第 6 期。

39. 鍾競達，意境說和《紅樓夢》的藝術風格〔J〕，紅樓夢學刊，1989 年第四輯。

40. 周進芳，「意格」與「意境」考辨〔J〕，學術論壇，2004 年第 4 期。

41. 毛宣國，「意境」闡釋何爲——與蔣寅先生商榷〔J〕，湖南大學學報，2009 年第 5 期。

42. 葉紀彬，「意境理論」與「典型理論」述評〔J〕，煙臺大學學報，1988 年第 3 期。

43. 古風，關於當前意境研究的幾個問題——答王振復兼與葉郎、王文生商榷〔J〕，復旦大學學報，2004 年第 5 期。

44. 張毅，建國以來「意境」研究述評〔J〕，江漢論壇，1985 年第 10 期。

45. 周德思，理在意境內部結構中的地位和作用〔J〕，四川師範大學學報，1989 年第 4 期。

46. 施議對，論「意＋境＝意境」〔J〕，文學遺產，1997 年第 5 期。

47. 陳池瑜，論「意境」的內部結構〔J〕，華中師範大學學報，1985 年第 6 期。

48. 李盛龍，論意境的審美結構及特徵〔J〕，武漢科技大學學報，2006 年第 3 期。

49. 林衡勳，論意境內涵的層次結構〔J〕，江蘇大學學報，2004 年第 5 期。

50. 趙銘善，評意境研究中的兩種傾向〔J〕，文藝研究，1993 年第 6 期。

51. 陳伯海，釋「意境」——中國詩學的生命境界論〔J〕，社會科學戰線，2006 年第 3 期。

52. 裴新江，誰解其中味——詩味傳統下的意境理論與《紅樓夢》〔J〕，滁州師專學報，2002 年第 3 期。

53. 田軍亭，意境：審美經驗的高度凝練及其溝通與融合〔J〕，文藝研究，1993 年第 6 期。

54. 金道行，意境的心理生成〔J〕，貴州社會科學，1994 年第 5 期。

55. 蘇恒，意境漫談〔J〕，西華師範大學學報，1984 年第 1 期。

56. 譚德晶，意境新論〔J〕，文藝研究，1993 年第 6 期。

57. 蔣寅，原始與會通：「意境」概念的古與今——兼論王國維對「意境」的曲解〔J〕，北京大學學報，2007 年第 3 期。

58. 崔大江，中國宇宙意識與藝術意境論〔J〕，華南師範大學學報，1994 年第 3 期。

59. 董英哲，東方智慧——中國傳統的思維方式〔J〕，西北大學學報，1992 年第 3 期。

60. 李宗桂，論董仲舒的天人思想及其文化史意義〔J〕，天津社會科學，1990 年第 5 期。

61. 陳望衡，「中和」與中國美學〔J〕，社會科學戰線，2009 年第 6 期。

62. 易小斌、孫麗娟，道家美學中「和」範疇的審美生成〔J〕，社會科學家，2010 年第 6 期。

63. 周來祥，和·中和·中〔J〕，文史哲，2006 年第 2 期。

64. 周書文，中國古典小説的美學構架〔J〕，撫州師專學報，1996 年第 2 期。

65. 周來祥，中華審美文化的基本特徵〔J〕，西北師範大學學報，2007 年第 6 期。

66. 李潔非，小説母題芻議〔J〕，小説評論，1991 年第 3 期。

67. 葉明輝，藝術母題新解〔J〕，美術，1990 年第 9 期。

68. 王立，中國文學中的主題與母題〔J〕，浙江學刊，2000 年第 4 期。

69. 楊義，《山海經》的神話思維〔J〕，中山大學學報，2003 年第 3 期。

70. 孫世軍、陸在東，意境與中華民族思維方式論綱〔J〕，西安聯合大學學報，1999 年第 3 期。

71. 宋建林，中國神話悲劇初探〔J〕，北京聯合大學學報，1993 年第 3 期。

72. 余小沅，神話發生思維芻論〔J〕，浙江學刊，1992 年第 2 期。

73. 康綱聯、戴世俊，唐傳奇情節安排的結構藝術〔J〕，西南民族學院學報，1986 年第 3 期。

74. 周仲賢，「和」的字源及涵義辨析〔J〕，株洲師範高等專科學校學報，2007 年第 3 期。

75. 溫世明、蘇俊安，天的語義認知淺析〔J〕，大眾文藝，2011 年第 6 期。

76. 劉偉，「天」義探源〔J〕，尋根，2008 年第 2 期。

77. 徐春根，論中國「天人合一」思想的幾重意蘊〔J〕，太原師範學院學報，2005 年第 3 期。

78. 方光華，試論中國古代哲學中的天人關係〔J〕，求索，1997 年第 6 期。

79. 金小方，天——中國倫理道德的形上根源及其現代命運〔J〕，東南大學學報，2006 年第 6 期。

80. 黃樸民，「天人感應」與「天人合一」〔J〕，文史哲，1988 年第 4 期。

81. 李英華、李淑賢，「天人合一」思想析〔J〕，雲南社會科學，1999 年第 2 期。

82. 杜貴晨，「天人合一」與中國古代小說結構的若干模式〔J〕，齊魯學刊，1999 年第 1 期。

83. 潘世東、邱紫華，「天人合一」在中國文化中的終極理想設定〔J〕，中國文學研究，2000 年秋之卷。

84. 湯一介，論「天人合一」〔J〕，中國哲學，2005 年第 2 期。

85. 鄭明璋，論董仲舒天人合一思想的三個層面〔J〕，船山學刊，2009 年第 3 期。

86. 楊隄生，論天人合一觀的文化特性〔J〕，江漢論壇，2011 年第 1 期。

87. 任繼愈，試論「天人合一」〔J〕，傳統文化與現代化，1996 年第 1 期。

88. 張岱年，天人合一評議〔J〕，社會科學戰線，1998 年第 3 期。

89. 張世英，中國古代的「天人合一」思想〔J〕，求是雜誌，2007 年第 7 期。

90. 夏咸淳，居住環境中的天人融合——明初人居環境思想探微〔J〕，學術月刊，2009 年 8 月號。

91. 王永祥，人與自然合一是「天人合一」必蘊之要義——與李申先生商榷〔J〕，河北大學學報，2007 年第 1 期。

92. 段庸生，採：小說發生與古小說民族特徵的文化成因〔J〕，重慶師範大學學報，2009 年第 2 期。

93. 敬文東，從本體論角度看小說〔J〕，鄭州大學學報，2003 年第 2 期。

94. 劉湘蘭，從古代目錄學看中國文言小說觀念的演變〔J〕，江淮論壇，2006 年第 1 期。

95. 段庸生，發生學語義下中國古小說特徵分析〔J〕，社會科學論壇，2009·11（下）。

96. 薛洪勣、王汝梅，兩種小說觀念和對唐前小說作品的再思考〔J〕，明清小說研究，1997 年第 4 期。

97. 段庸生，文言小說的觀念：採〔J〕，信陽師範學院學報，2005 年第 3 期。

98. 李建國，早期小說觀與小說概念的科學界定〔J〕，武漢大學學報，2009 年第 5 期。

99. 劉上生，《紅樓夢》的詩性情境結構及其話語特徵〔J〕，紅樓夢學刊，1991 年第 1 輯。

100. 林驊，《聊齋誌異》中的詩筆與詩意〔J〕，蒲松林研究，1995 年第 Z1 期。

101. 傅潮，古典詩歌傳統對小説創作的影響〔J〕，社會科學輯刊，1992 年第 3 期。

102. 王勳，借詩歌藝術手法　增説部文采情韻——唐人小説詩化傾向初探〔J〕，重慶郵電學院學報，2006 年第 3 期。

103. 林衍，略論中國小説的詩化〔J〕，華南師範大學學報，2000 年第 1 期。

104. 丘昌員、郭榮也，論詩與唐代小説抒情特性的形成〔J〕，贛南師範學院學報，2008 年第 4 期。

105. 孟昭連，論唐傳奇「文備眾體」的藝術體制〔J〕，南開學報，2000 年第 4 期。

106. 陳峭燕，論唐傳奇的詩意敘事境界〔J〕，當代教育理論與實踐，2010 年第 4 期。

107. 陽建雄，論唐代小説的詩化現象〔J〕，社會科學輯刊，2008 年第 1 期。

108. 陳節，論唐人小説的「詩意」〔J〕，福建師範大學學報，1999 年第 1 期。

109. 董國炎，論小説韻文的價值與類別〔J〕，明清小説研究，2005 年第 3 期。

110. 楊子堅，明清小説的繪畫美〔J〕，明清小説研究，1990 年第 Z1 期。

111. 姚文放，中國古典美學的思維方式及其現代意義〔J〕，求是學刊，2001 年第 1 期。

112. 莊克華，詩化的小説——《紅樓夢》藝術初探〔J〕，紅樓夢學刊，1984 年第 2 輯。

113. 傅明善，試論唐傳奇的詩化特徵〔J〕，寧波大學學報，2008 年第 6 期。

114. 閏月珍，對中國古典美學「圓」範疇的美學解讀〔J〕，華南師範大學學報，1998 年第 4 期。

115. 趙榮波，古代哲學的圓形思維與中醫學的治未病〔J〕，山東中醫藥大學學報，2009 年第 6 期。

116. 韓海泉，太極思維與中國古代文論「圓」美〔J〕，青海師範大學學報，2008 年第 5 期。

117. 楊義，中國敘事學：邏輯起點和操作程序〔J〕，中國社會科學，1994 年第 1 期。

118. 金元浦，論文學的空白與未定性的功能意義〔J〕，青海社會科學，1991 年第 1 期。

119. 陸環，中西小説異同管見〔J〕，北京大學《國外文學》編輯部，國外文學，1986 年第 3 期。

120. 張睿，中國傳統的圓形思維模式〔J〕，南都學刊，2010 年第 6 期。

121. 吳家才，詩性的還原與隱喻思維〔J〕，文藝研究，2007 年第 11 期。

122. 高一農，神話思維的基本特徵〔J〕，晉陽學刊，2000 年第 6 期。

123. 王諾，原始思維與神話的隱喻〔J〕，外國文學評論，1998 年第 3 期。

124. 郭豔，重建平衡是中國古典小說的一種審美追求〔J〕，中州學刊，2008 年第 5 期。

125. 張桃洲，試論鄭敏詩思與詩學言路的共通性〔J〕，詩探索，1999 年第 1 期。

126. 黃苗子，師造化法前賢〔J〕，文藝研究，1982 年第 6 期。

127. 俠民，中國興亡夢自敘〔N〕，新新小說第一號，1904 年。

128. 冷血，世界奇談敘言，談者記〔N〕，新新小說第一號，1904 年。

129. 眷秋，小說雜評〔N〕，雅言：1913 年第 3 期。

130. 蕭乾，小說藝術的止境〔N〕，大公報·星期文藝，第十五期，1947 年 1 月 19 日。

131. 幾道、別士，本館附印說部緣起〔N〕，《國聞報》光緒二十三年十月十六日至十一月十八日。

132. 新世界小說報社發刊辭〔N〕，《新世界小說》報社，第四期，1906 年。

133. 天僇生，中國歷代小說史論〔N〕，《月月小說》第一年第十一號，1907 年。

134. 伯耀，小說之支配於世界上純以情理之真趣為觀感〔N〕，《中外小說林》第一年十五期，1907 年。

135. 俠人，《新小說》第十三號〔N〕，1905 年。

136. 《新世界小說社報》發刊辭〔N〕，《新世界小說社報》第一期，1906 年。

137. 新民叢報第二十號〔N〕，1902 年。

138. 楚卿，論文學上小說之位置〔N〕，《新小說》第七號，1903 年。

139. 成之，小說叢話〔N〕，《中華小說界》第一年第三至第八期，1914 年。

140. 陶祐曾，論小說之勢力及其影響〔N〕，《遊戲世界》第十期，1907 年。

141. 耀公，小說與風俗之關係〔N〕，《中外小說林》第二年第五期，1908 年。

二、著作類

1. 山海經，劉歆注〔M〕，呼和浩特：遠万出版社，2000 年。

2. 穆天子傳，郭璞注〔M〕，北京：人民文學出版社，1985 年。

3. 干寶，搜神記〔M〕，重慶：重慶出版社，2008 年。

4. 王嘉，拾遺記〔M〕，北京：中華書局，1981 年。

5. 劉義慶，世說新語，徐震堮校箋〔M〕，北京：中華書局，1984 年。

6. 余嘉錫，世說新語箋疏〔M〕，北京：中華書局，2007 年。

7. 張華，博物志〔M〕，北京：中華書局，1980 年。

8. 王根林編，漢魏六朝筆記小說大觀〔G〕，上海：上海古籍出版社，1999 年。

9. 袁閶琨、薛洪勣主編，唐宋傳奇總集〔G〕，鄭州：河南人民出版社，2001 年。

10. 王讜，唐語林〔M〕，上海：上海古籍出版社，1978 年。

11. 傅惜華選注，宋元話本集〔G〕，上海：上海四聯出版社，1955 年。

12. 繆荃孫，京本通俗小說〔M〕，上海：上海古籍出版社，1988 年。

13. 元好問，續夷堅志，常振國點校〔M〕，北京：中華書局，1986 年。

14. 羅貫中，三國志演義，毛宗崗批評本〔M〕，南京：鳳凰出版社，2010 年。

15. 施耐庵，水滸傳（匯評本）〔M〕，北京：人民文學出版社，2005 年。

16. 施耐庵，貫華堂第五才子書水滸傳〔M〕，南京：江蘇古籍出版社，1984 年。

17. 吳承恩，西遊記〔M〕，北京：人民文學出版社，1955 年。

18. 蘭陵笑笑生，金瓶梅詞話〔M〕，香港：夢梅館，1993 年。

19. 瞿祐，剪燈新話〔M〕，上海：上海古籍出版社，1981 年。

20. 馮夢龍，三言〔M〕，長沙：嶽麓書社，1989 年。

21. 凌濛初，二拍〔M〕，長沙：嶽麓書社，2002 年。

22. 江盈科，雪濤小說〔M〕，上海：上海古籍出版社，2000 年。

23. 袁宏道，虞初志〔M〕，北京：中國書店，1986 年。

24. 蒲松齡，聊齋誌異〔M〕，上海：上海古籍出版社，1986 年。

25. 蒲松齡，聊齋誌異，會校會注會評本，張友鶴輯校〔M〕，上海：上海古籍出版社，1983 年。

26. 吳敬梓，儒林外史〔M〕，北京：人民文學出版社，1977 年。

27. 曹雪芹，紅樓夢，名家匯評本〔M〕，北京：北京圖書館出版社，2008 年。

28. 曹雪芹，脂硯齋重評石頭記〔M〕，上海：上海古籍出版社，1985 年。

29. 曹雪芹，紅樓夢，百家匯評本輯評〔M〕，武昌：長江文藝出版社，2005 年。

30. 張新之，紅樓夢:百家匯評本〔M〕，武昌：長江文藝出版社，2005 年。

31. 馮其庸，八家評批紅樓夢〔M〕，北京：文化藝術出版社，1991 年。

32. 陳朗，雪月梅傳〔M〕，哈爾濱：黑龍江人民出版社，1986 年。

33. 漲潮，幽夢影〔M〕，北京：中國青年出版社，2008 年。

34. 李百川，綠野仙蹤〔M〕，北京：北京大學出版社，1986 年。

35. 李汝珍，鏡花緣〔M〕，北京：人民文學出版社，1955 年。

36. 董說，西遊補〔M〕，上海：上海古籍出版社，1983 年。

37. 蓮塘居士，唐人說薈〔M〕，上海：掃葉山房石印本，宣統三年。

38. 周清源，西湖二集，周楞伽整理〔M〕，北京：人民文學出版社，1989 年。

39. 西周生，醒世姻緣傳〔M〕，上海：上海古籍出版社，1981 年。

40. 劉鶚，老殘遊記〔M〕，北京：人民文學出版社，1957 年。

41. 沈復，浮生六記〔M〕，北京：人民文學出版社，1980 年。

42. 李寶嘉，官場現形記〔M〕，北京：人民文學出版社，1957 年。

43. 吳研人，二十年目睹之怪現狀〔M〕，北京：人民文學出版社，1959 年。

44. 曾樸，孽海花〔M〕，上海：上海古籍出版社，1980 年。

45. 劉城淮，中國上古神話〔M〕，上海：上海文藝出版社，1988 年。

46. 袁珂主編，中國神話〔M〕，成都：中國民間文藝出版社，1987 年。

47. 黃帝內經〔M〕，成都：四川科技出版社，2008 年。

48. 班固，漢書〔M〕，鄭州：中州古籍出版社，1991 年。

49. 劉安，淮南子〔M〕，北京：中華書局，1995 年。

50. 董仲舒，春秋繁露〔M〕，上海：上海古籍出版社，1989 年。

51. 司馬遷，史記〔M〕，長沙：嶽麓書社，1988 年。

52. 鄭玄注，孔穎達疏，禮記正義〔M〕，北京：北京大學出版社，1999 年。

53. 許慎，說文解字〔M〕，天津：天津古籍出版社，1995 年。

54. 鄭玄，禮記正義〔M〕，十三經注疏本，北京：北京大學出版社，1990 年。

55. 范曄，後漢書〔M〕，北京：中華書局，1973 年。

56. 顧野王，宋本玉篇〔M〕，北京：中國書店，1983 年。

57. 遍照金剛，文鏡秘府論〔M〕，北京：人民文學出版社，1975 年。

58. 張守節，史記正義〔M〕，北京：中華書局，1959 年。

59. 孔穎達，毛詩正義〔M〕，北京：北京大學出版社，1999 年。

60. 劉知幾，史通〔M〕，瀋陽：遼寧教育出版社，1996 年。

61. 孔穎達，周易正義〔M〕，北京：中華書局，2009 年。

62. 孔穎達，周易注疏〔M〕，上海：上海古籍出版社，1989 年。

63. 李白，李白詩集〔M〕，長春：北方婦女兒童出版社，2006 年。

64. 杜甫，杜甫詩集〔M〕，濟南：濟南出版社，2007年。

65. 杜甫，杜甫全集，仇兆鼇注，秦亮點校〔M〕，珠海：珠海出版社，1996年。

66. 皎然，詩式〔M〕，北京：中華書局，1985年。

67. 劉禹錫，劉禹錫集〔M〕，上海：上海人民出版社，1975年。

68. 白居易，白居易詩集〔M〕，長春：北方婦女兒童出版社，2006年。

69. 李商隱，李商隱詩集，葉蔥奇疏注〔M〕，北京：人民文學出版社，1985年。

70. 杜牧，杜牧詩集〔M〕，濟南：濟南出版社，2007年。

71. 陳應行，吟窗雜錄〔M〕，北京：中華書局，1997年。

72. 沈括，夢溪筆談〔M〕，長春：北方婦女兒童出版社，2006年。

73. 趙彥衛，雲麓漫鈔〔M〕，北京：中華書局，1996年。

74. 蘇軾，蘇軾詩集合注，馮應榴注〔M〕，上海：上海古籍出版社，2001年。

75. 蘇軾，蘇軾文集，孔凡禮點校〔M〕，北京：中華書局，1986年。

76. 李之儀，姑溪居士全集〔M〕，北京：中華書局，1985年。

77. 張載，張載集〔M〕，北京：中華書局，1978年。

78. 朱敦儒，樵歌〔M〕，北京：文學古籍刊行社，1958年。

79. 周密，齊東野語〔M〕，北京：學苑出版社，1998年。

80. 羅燁，醉翁談錄〔M〕，上海：古典文學出版社，1957年。

81. 朱熹，詩集傳〔M〕，南京：鳳凰出版社，2007年。

82. 胡應麟，詩藪〔M〕，上海：上海古籍出版社，1979年。

83. 沈德潛，唐詩別裁集〔M〕，上海：上海古籍出版社，1979年。

84. 胡應麟，少室山房筆叢〔M〕，北京：中華書局，1958年。

85. 劉熙載，藝概〔M〕，貴陽：貴州人民出版社，1980年。

86. 謝肇淛，五雜俎〔M〕，上海：上海書店出版社，2001年。

87. 陳廷敬，康熙字典〔M〕，北京：社會科學文獻出版社，2008年。

88. 沈雄，古今詞話〔M〕，上海：上海古籍出版社，2009年。

89. 段玉裁，說文解字注〔M〕，上海：上海古籍出版社，1981年。

90. 黃宗羲，南雷文案〔M〕，北京：商務印書館，1936年。

91. 王夫之，唐詩評選〔M〕，北京：文化藝術出版社，1997年。

92. 郝懿行等，爾雅・廣雅・方言・釋名清疏四種合刊〔M〕，上海：上海古籍出版社，1989年。

93. 況周頤，蕙風詞話〔M〕，鄭州：中州古籍出版社，2003 年。

94. 劉廷璣，在園雜志，張守謙點校〔M〕，北京：中華書局，2005 年。

95. 紀昀，四庫全書總目提要〔M〕，北京：中華書局，1993 年。

96. 馬驌，繹史，王利器整理〔M〕，北京：中華書局，2002 年。

97. 張英，聰訓齋語〔M〕，北京：中國戲劇出版社，2000 年。

98. 顧翰，拜石山房詞鈔〔M〕，北京：中華書局，1985 年。

99. 鄒一桂，小山畫譜，美術叢書（一）〔M〕，南京：江蘇美術出版社，1986 年。

100. 鄭績，夢幻居畫學簡明〔M〕，北京：中國書店，1983 年。

101. 何文煥，歷代詩話〔G〕，北京：中華書局，2006 年。

102. 浦起龍，讀杜心解〔M〕，北京：中華書局，1961 年。

103. 丁福保，歷代詩話續編〔G〕，北京：中華書局，1983 年。

104. 章學誠，文史通義〔M〕，瀋陽：遼寧教育出版社，1998 年。

105. 丁福保，佛學大辭典〔M〕，北京：文物出版社，1984 年。

106. 惲恪，甌香館集〔M〕，北京：商務印書館，1941 年。

107. 蘅塘退士，唐詩三百首〔M〕，北京：中華書局，2003 年。

108. 蒲松齡，蒲松齡全集，盛偉編〔M〕，上海：上海學林出版社，1998 年。

109. 陸儼少，陸儼少全集〔M〕，杭州：浙江人民美術出版社，2008 年。

110. 林紓，春覺齋論文〔M〕，北京：人民文學出版社，1959 年。

111. 余嘉錫，余嘉錫文史論集〔M〕，長沙：嶽麓書社，1997 年。

112. 王國維，王國維先生全集·續編〔M〕，臺灣：大通書局，2007 年。

113. 王國維，靜庵文集〔M〕，瀋陽：遼寧教育出版社，1997 年。

114. 王國維，王國維文集〔M〕，北京：中國文史出版社，1997 年。

115. 王國維，人間詞話·人間詞〔M〕，合肥：安徽人民出版社，2005 年。

116. 阿英，晚清文學叢鈔〔M〕，北京：中華書局，1984 年。

117. 胡適，白話文學史〔M〕，合肥：安徽教育出版社，2006 年。

118. 孔另境，中國小說史料〔M〕，上海：上海古籍出版社，1982 年。

119. 魯迅，中國小說史略〔M〕，上海：上海古籍出版社，1998 年。

120. 魯迅，魯迅全集〔M〕，北京：人民文學出版社，2005 年。

121. 葉聖陶，葉聖陶論創作〔M〕，上海：上海文藝出版社，1982 年。

122. 白壽彝，文史英華〔G〕，長沙：湖南出版社，1993 年。

123. 朱光潛，悲劇心理學〔M〕，北京：人民文學出版社，1983 年。

124. 宗白華，藝境〔M〕，北京：北京大學出版社，1987 年。

125. 宗白華，美學散步〔M〕，上海：上海人民出版社，1981 年。

126. 錢鍾書，管錐編〔M〕，北京：生活・讀書・新知三聯書店，2001 年。

127. 聞一多，聞一多全集〔M〕，上海：三聯書店，1982 年。

128. 錢基博，中國文學史〔M〕，上海：東方出版中心，2008 年。

129. 蕭滌非主編，唐詩鑒賞辭典〔M〕，上海：上海辭書出版社，1982 年。

130. 周振甫，文心雕龍今譯〔M〕，北京：中華書局，1986 年。

131. 郭紹虞，中國歷代文論選〔G〕，上海：上海古籍出版社，1998 年。

132. 黃賓虹，黃賓虹畫語錄〔M〕，上海：上海人民美術出版社，1961 年。

133. 葉朗，中國美學史大綱〔M〕，北京：北京大學出版社，1985 年。

134. 葉朗，現代美學體系〔M〕，北京：北京大學出版社，1999 年。

135. 洪成玉，古今字〔M〕，北京：語文出版社，1995 年。

136. 洪丕謨，書論選讀〔M〕，鄭州：河南美術出版社，1988 年。

137. 林世田，淨土宗經典精華〔G〕，北京：宗教文化出版社，1999 年。

138. 邵增樺，韓非子今注今譯〔M〕，臺北：商務印書館，1983 年。

139. 熊公哲，荀子今注今譯〔M〕，臺北：商務印書館，1975 年。

140. 李漁叔，墨子今注今譯〔M〕，臺北：商務印書館，1979 年。

141. 楊伯峻，孟子譯注〔M〕，北京：中華書局，2005 年。

142. 陳鼓應，老子譯注及評介〔M〕，北京：中華書局，1984 年。

143. 陳鼓應，莊子今注今譯〔M〕，北京：中華書局，1983 年。

144. 陳鼓應，周易今注今譯〔M〕，北京：商務印書館，2005 年。

145. 陳鼓應，黃帝四經今注今譯〔M〕，北京：商務印書館，2007 年。

146. 朱一玄，紅樓夢資料彙編〔G〕，天津：南開大學出版社，2001 年。

147. 朱一玄，聊齋誌異資料彙編〔G〕，天津：南開大學出版社，1984 年。

148. 朱一玄，三國演義資料彙編〔G〕，天津：南開大學出版社，2003 年。

149. 朱一玄，西遊記資料彙編〔G〕，天津：南開大學出版社，2002 年。

150. 朱一玄，金瓶梅資料彙編〔G〕，天津：南開大學出版社，2002 年。

151. 朱一玄，明清小說資料選編〔G〕，天津：南開大學出版社，2006 年。

152. 朱一玄，水滸傳資料彙編〔G〕，天津：百花文藝出版社，1981 年。

153. 朱一玄，儒林外史資料彙編〔G〕，天津：南開大學出版社，2003 年。

154. 丁錫根，中國歷代小說序跋集〔G〕，北京：人民文學出版社，1996 年。

155. 黃霖，中國歷代小說論著選〔G〕，長沙：江西人民出版社，1985 年。

156. 陳平原、夏曉紅，二十世紀中國小說理論資料〔G〕，北京：北京大學出版社，1997 年。

157. 陳金淼，胡適研究資料〔G〕，北京：北京出版社，2000 年。

158. 魏紹昌，吳研人研究資料〔G〕，上海：上海古籍出版社，1980 年。

159. 胡經之，中國古典美學叢編〔G〕，北京：中華書局，1988 年。

160. 賈文昭，中國近代文論類編〔G〕，黃山：黃山出版社，1991 年。

161. 趙仲邑，文心雕龍譯注〔M〕，桂林：灕江出版社，1983 年。

162. 孔令河，五經譯注〔M〕，濟南：山東友誼出版社，2001 年。

163. 張建，元代詩法校考〔M〕，北京：北京大學出版社，2001 年。

164. 金元浦，文學解釋學〔M〕，長春：東北師範大學出版社，1997 年。

165. 韓兆琦，唐詩選注集評〔M〕，北京：商務印書館，2003 年。

166. 中國戲曲研究院，中國古典戲劇論著集成〔G〕，北京：中國戲劇出版社，1960 年。

167. 北京大學哲學系外國哲學教研室編譯，西方哲學原著選讀〔G〕，北京：商務印書館，1985 年。

168. 胡經之，西方二十世紀文論史〔M〕，北京：中國社會科學出版社，1988 年。

169. 何寧，淮南子集釋〔M〕，北京：中華書局，1998 年。

170. 中共中央馬克思恩格斯列寧斯大林著作編譯局編譯，馬克思恩格斯選集〔G〕，北京：人民出版社，1995 年。

171. 古今圖書集成〔M〕，北京：中國戲劇出版社，2008 年。

172. 張雙棣，呂氏春秋譯注〔M〕，長春：吉林文史出版社，1993 年。

173. 黎翔鳳，管子校注〔M〕，北京：中華書局，2004 年。

174. 徐朝華，爾雅今注〔M〕，天津：南開大學出版社，1994 年。

175. 姜濤，管子新注〔M〕，濟南：齊魯書社，2006 年。

176. 陳戍國，尚書校注〔M〕，長沙：嶽麓書社，2004 年。

177. 潘運告，中國歷代畫論選〔G〕，長沙：湖南美術出版社，2007 年。

178. 楊大年，中國歷代畫論採英〔G〕，南京：江蘇教育出版社，2005 年。

179. 中國繪畫全集〔G〕，杭州：浙江人民美術出版社，2000 年。

180. 陳洙龍，中國歷代畫論〔G〕，北京：人民美術出版社，2008 年。

181. 陳洙龍，山水畫語錄類選〔G〕，北京：人民美術出版社，2008 年。

182. 李明明，李成：北宋山水畫的宗師〔M〕，臺北：雄獅圖書公司，1979 年。

183. 杜貴晨，數理批評與小說考論〔M〕，濟南：齊魯書社，2006 年。

184. 楊義，中國古典小說史論〔M〕，北京：中國社會科學出版社，2004 年。

185. 季羨林，禪與文化〔M〕，北京：中國言實出版社，2006 年。

186. 居閱時，中國象徵文化〔M〕，上海：上海人民出版社，2001 年。

187. 周來祥，論美是和諧〔M〕，貴陽：貴州人民出版社，1984 年。

188. 周來祥，文藝美學〔M〕，北京：人民文學出版社，2003 年。

189. 周來祥，論中國古典美學〔M〕，濟南：齊魯書社，1987 年。

190. 王立，中國文學主題學〔M〕，鄭州：中州古籍出版社，1995 年。

191. 程夢輝，西方悲劇學說史〔M〕，北京：商務印書館，2009 年。

192. 武士珍，神話學論綱〔M〕，蘭州：敦煌文藝出版社，1993 年。

193. 潛明茲，中國神話學〔M〕，銀川：寧夏人民出版社，1994 年。

194. 鄧啓耀，中國神話的思維結構〔M〕，重慶：重慶出版社，2004 年。

195. 王增永，神話學概論〔M〕，北京：中國社會科學出版社，2007 年。

196. 林興宅，象徵文藝學導論〔M〕，北京：人民文學出版社，1993 年。

197. 魯樞元，生態批評的空間〔M〕，上海：華東師範大學出版社，2006 年。

198. 魏紹昌，吳研人研究資料〔G〕，上海：上海古籍出版社，1980 年。

199. 蒲震元，中國藝術意境論〔M〕，北京：北京大學出版社，1995 年。

200. 陳植鍔，詩歌意象論〔M〕，北京：中國社會科學出版社，1990 年。

201. 吳士餘，中國文化與小說思維〔M〕，上海：上海三聯書店，2000 年。

202. 周書文，小說的美學建構〔M〕，天津：百花文藝出版社，1997 年。

203. 辛曉玲，中國古典小說意境三部曲──《紅樓夢》《聊齋誌異》《三國演義》與人生〔M〕，北京：民族出版社，2007 年。

204. 古風，意境探微〔M〕，南昌：百花洲文藝出版社，2001 年。

205. 王克儉，小說創作的隱性邏輯〔M〕，北京：北京大學出版社，1994 年。

206. 程毅中，文備眾體的唐代傳奇文〔M〕，北京：中共中央黨校出版社，1994 年。

207. 寧宗一，中國小說學通論〔M〕，合肥：安徽教育出版社，1995 年。

208. 寧稼雨，中國文言小說總目提要〔M〕，濟南：齊魯書社，1996 年。

209. 江蘇省社會科學院明清小說研究中心編，中國通俗小說總目提要〔M〕，北京：中國文聯出版公司，1990 年。

210. 張士君，紅樓夢的空間敘事〔M〕，北京：中國社會科學出版社，1999 年。

211. 鄭敏，結構～解構視角：語言・文化・評論〔M〕，北京：清華大學出版社，1998 年。

212. 杜黎均，二十四詩品譯注評析〔M〕，北京：北京出版社，1988 年。

213. 袁行霈主編，中國文學史〔M〕，北京：高等教育出版社，2000 年。

214. 曹順慶，比較文學論〔M〕，成都：四川教育出版社，2005 年。

215. 曹日昌，普通心理學〔M〕，北京：人民教育出版社，1979 年。

216. 辭海〔M〕，北京：中華書局，1999 年。

217. 宋文堅，邏輯學〔M〕，北京：人民出版社，1998 年。

218. 趙誠，甲骨文簡明詞典〔M〕，北京：中華書局，1988 年。

219. 高等教育基礎教育教材編委會，馬克思主義哲學原理〔M〕，西安：陝西人民出版社，2003 年。

220. 陳先達，馬克思主義哲學原理〔M〕，北京：中國人民大學出版社，1999 年。

221. 亞里士多德，形而上學，吳壽彭譯〔M〕，北京：商務印書館，1959 年。

222. 黑格爾，美學，朱光潛譯〔M〕，北京：商務印書館，1984 年。

223. 馬克思、恩格斯，馬克思恩格斯全集〔M〕，北京：人民出版社，1995 年。

224. 叔本華，作爲意志和表象的世界〔M〕，北京：商務印書館，1982 年。

225. 休謨，人性論，關文運譯〔M〕，北京：商務印書館，1997 年。

226. 羅曼·英伽登，文學的藝術作品〔M〕，英譯本，柯拉包維茨譯，伊凡斯頓，1973 年。

227. 克雷奇，心理學綱要（下），周先庚譯〔M〕，北京：文化教育出版社，1981 年。

228. 榮格，心理學與文學·集體無意識的原型，馮川、舒克譯〔M〕，上海：生活·讀書·新知三聯書店，1987 年。

229. 維柯，新科學〔M〕，北京：商務印書館，1989 年。

230. 恩斯特·卡西爾，語言與神話〔M〕，上海：生活·讀書·新知三聯書店，1988 年。

231. 列維·布留爾，原始思維〔M〕，北京：商務印書館，1985 年。

232. 湯因比，歷史研究，曹末風譯〔M〕，上海：上海人民出版社，1986 年。

233. 恩斯特·卡西爾，人論〔M〕，上海：上海譯文出版社，2003 年。

234. 丹納，藝術哲學〔M〕，北京：人民文學出版社，1982 年。

235. 托馬斯 L·貝納特，感覺世界——感覺和知覺導論〔M〕，北京：科學出版社，1983 年。

236. 羅傑·福勒，現代西方文學批評術語辭典，薛洲堂譯〔M〕，瀋陽：春風文藝出版社，1988 年。

237. 弗朗西斯·約斯特，比較文學導論〔M〕，長沙：湖南文藝出版社，1988

年。

238. 托多羅夫編，俄蘇形式主義文論選，蔡鴻濱譯〔G〕，北京：中國社會科學出版社，1989 年。

239. 馬利安・韋伯斯有限公司，新大學生辭典〔M〕，斯浦林菲爾德出版社，1984 年。

240. 佛馬克，二十世紀文學理論〔M〕，北京：三聯書店，1988 年。

後　記

　　對於這部書的出版，我內心一直非常矛盾。首先，我爲這部書能夠被花木蘭文化出版社納入出版計劃感到驚喜。因爲這對一個剛剛步入學術領域的研究者來說，無疑是一個積極的肯定。其次，我又頗爲不安。因爲著書立說是件非常嚴肅的事情，稍有不愼就會貽笑大方。誠惶誠恐之下，最終我還是決定讓這部書與讀者見面。

　　這部書是我攻讀博士學位的結晶。2009 年 9 月，我赴山東師範大學攻讀中國古代文學專業博士研究生學位。入杜師之門庭，我倍感榮幸。無論是做人之品德還是學術研究之風格，老師都堪爲我的表率。老師雖嚴厲實則慈祥，雖剛硬實則善良。三年的耳提面命，讓我獲益匪淺。三年來，我亦忙碌不曾歇息。既要完成繁重的教學任務與行政工作，又要讀書撰寫畢業論文，還要照顧繁忙的家務。時間的流逝，未曾注意；身心的疲憊，卻格外顯明。因此，儘管我曾經製定了一個非常完善的計劃，但是由於主觀之缺陷，且受外在之影響，我雖然努力向上但並未達到既定之預期。

　　學問之道，個人以爲其要義有三。第一，創新知識。作爲一名研究者，應該刻苦專研，力避陳陳相因，實現知識的創新。只有這樣，人類才能夠不斷進步。第二，拓展視野。人生其實是一個不斷打破自己局限的動態過程，經由學問之徑不斷拓展個體的視野，是每一個人都應該重視的必由之路。第三，提升境界。既要經由知識進益實現對學問的宏觀俯視，又要經此進路實現人生境界的提升。這一境界的標誌便是不但要實現個體品德的完善，更要能夠審美地觀照現實世界。總之，作爲學者，既要有個性與追求，又要有責任與使命感。從這一角度而言，學問不僅僅只是具體知識的專研，更是體悟

人生之道的媒介。如此，則學者之幸，社會之幸。

　　「逝者如斯夫，不捨晝夜。」眨眼間，博士畢業已兩年有餘。期間，對於《中國古典小說意境論》這篇論文，我產生了更多的思考，也斷斷續續做了局部的修訂。但是在出版之際，我還是決定讓它以當初的原貌問世。第一，「中國古典小說意境論」這一選題過於宏大，究我一生也未必能夠窮盡根源，短期內的修訂無太大意義；第二，以其原貌問世也是對我當初生命狀態的一個見證。至於是好是壞，任由讀者評說吧。

　　花木蘭文化出版社在臺灣出版界與學術研究領域向負良好聲譽，多年前又開始在大陸地區開展免費扶持學術著作出版事宜，故現今在中國內地亦聲譽漸隆。本書承蒙花木蘭文化出版社慷慨解囊免費給予出版，是他們關注學術研究無私助益學術事業的結果。在此，向花木蘭文化出版社及其全體工作人員致以真誠的謝意！

康建強 2014 年夏末書於吉林白城寓所